Place de la Victoire

À Adrien, Marc et Muriel

JEAN-PAUL SOULILLOU

Place de la Victoire

I

*Maintenant que la jeunesse
s'est éteinte au carreau bleui.*

Aragon

Poste double, Adhémar, Moncalou, Combessie, les Contamines, adolescence, vers les Ygues, Sarlat, place de la Victoire, cité U, la visite de ma mère, à vélo par les banlieues, F. Léric.

L'incipit, m'a-t-on dit, est la clé qui ouvre la porte du livre, ce qui fera que le lecteur curieux en poussera doucement le battant du doigt. Je noircis alors des pages des plus savantes clés, mais n'aboutis qu'à des sortes d'aveux de complaisance et revins, apaisé, au haut de ma première page blanche, à « Aimez-vous la Dordogne ? ». Car je l'aimais, moi, à la folie, jusqu'à la fin de mon adolescence, et me revient toujours comment, des collines, je plongeais à vélo avec ravissement vers la vallée du Céou, comme aujourd'hui où je plonge aussi dans le passé !

Suivez-moi alors ce matin où je partis revoir l'école de St-Aubin-de-Nabirat où, après la libération, mon père et ma mère furent instituteurs en « poste-double » et habitèrent juste au-dessus des deux salles de classe, à quelques kilomètres du hameau de Moncalou où ma mère, en plein mois d'août, mit au monde avec grande difficulté un garçon qui s'appela Nanoloulou.

Après le tronçon du petit chemin de crête à hauteur des collines perdues dans le gris bleuté de l'été où la vue porte certains matins d'hiver jusqu'au liseré des monts d'Auvergne, le vélo fuit vers la vallée du Céou par la Côte des Morts où les charrettes, freins bien serrés, lestées d'un cercueil instable, abordaient la forte pente bordée de chênes rabougris et de quelques noyers accrochés à la pierraille, dernier obstacle du mort délégué à de maigres cortèges descendant vers le cimetière de Gaumier. D'autres rares processions accompagnent encore à pied un corbillard descendant au pas la même route, mais aujourd'hui, c'est une file étirée de personnages endimanchés, qu'un promeneur peut d'abord confondre avec une noce silencieuse, un peu comique.

Sur cette route déserte, on prend de la vitesse en quelques secondes dans cette pente où j'aime fredonner en filant. Il faut alors décoller le corps de la selle pour amortir avec les jambes toutes les méchantes bosses de cette vieille route que je connais tant. Les deux index aux aguets, il faut aussi regarder loin, puis freiner fort en fin de la ligne droite où la vitesse devient vertigineuse, juste avant la sévère épingle à la jonction de la Côte des Morts et de la route de Florimont à Gaumier. On passe alors le petit pont sur Céou, sous lequel ne coule l'été qu'un filet d'eau dans l'odeur des peupliers et de la menthe. Comme sur d'anciennes photos des courses cyclistes du village où les coureurs quittant la route blanche abordaient le rétrécissement du pont, je rejoins alors la départementale, à l'odeur de goudron fondu, qui remonte doucement vers St-Martial dans la trépidation des cigales et que je quitterai bientôt pour la petite route qui chemine vers St-Aubin, dans une campagne agricole, bordée aujourd'hui de champs de fraisiers, de friches sableuses, de genêts et de noyers. Depuis la guerre, les champs de tabac et la vigne y ont disparu. Quelques vieilles bornes de ciment signalées d'un bouquet de fleurs artificielles salies évoquent les jeunes hommes en chemise blanche et pantalon noué de ficelle, fusillés là, le cœur troué, alors qu'ils essayaient de lever leurs yeux bandés vers des nuages.

La façade symétrique de la vieille école de St-Aubin qui affiche toujours « École des filles » et « École des garçons » a été rénovée en mairie. Le calcaire roux de Dordogne a été violemment ravalé, le drapeau tricolore y côtoie celui de l'Europe, la cour est goudronnée avec une place de parking matérialisée pour handicapés. Les portes sont en verre teint, les deux jours d'ouverture hebdomadaire des bureaux, les horaires, l'adresse du site Internet y sont finement peints. Sur le mur adjacent, dans un cadre abrité de la pluie, sont exposés sous verre les arrêtés municipaux et le programme de l'Association Culturelle de la Communauté de Communes à côté d'un défibrillateur. Le grand marronnier présent sur d'anciennes photos de l'école n'est plus là. De l'autre côté du bâtiment, la cour et son préau ont disparu, une pelouse soumise à un arrosage rotatif les remplace.

Sur une photo de mon père, petit format à marge

dentelée blanche, Paulette, ma mère, pose devant l'école en jupe et chemisier serré, c'était aussi l'été. Elle a cette coupe de cheveux si populaire à la libération avec une frange haute et des cheveux qui coulent en rouleaux sur l'épaule. Elle s'appuie sur la poignée d'un landau découvert où je devais dormir. L'intérieur de ce landau est en simili de cuir blanc, j'imagine l'odeur de plastique qu'il dégageait.

Sur une autre photo, que mon parrain Theillaud a prise, ma mère me tient debout sur le rebord de la fenêtre du rez-de-chaussée, peut-être celle de la cuisine. Elle offre un sourire de bonheur. Elle a la même coiffure, une jupe écossaise, un chemisier blanc, les jambes nues et d'élégantes et simples espadrilles d'été noires. Mon père sourit légèrement comme attendant le clic libérateur de l'obturateur. Il porte un costume croisé, chemise blanche et cravate. Ses mains pourraient être l'esquisse d'un dessin de maître. Tous les deux sont manifestement endimanchés pour recevoir leurs amis. À cette occasion, mon parrain a certainement pris cette photo avec le premier appareil de mon père.

De tous les tiroirs que j'ai explorés, je n'ai trouvé (chez Simone, la sœur de ma mère) qu'une photo où figurent ensemble mon père et ma mère. Nous y formons un trio complémentaire, uni dans la simplicité d'un bonheur sans nuage, debout sur le rebord de la fenêtre, je tiens bien mon rôle, rien ne laisse entrevoir la souffrance qui dans cette union torturera ma mère toute sa vie et l'incapacité au bonheur qui toujours angoissera mon père.

Je n'ai pas de souvenir de la salle de classe de l'école d'Échourgnac, où sera le futur « poste double » de mes parents, seulement de la cour de récréation et du préau. Un jeu me fait encore trembler où, pour que ma mère m'aimât plus, ou au moins me remarquât sans distraction alors qu'elle bavardait dans la cour avec l'autre institutrice lors des récréations, après l'avoir frôlée à pleine vitesse, mimant le bruit du vent, je traversais la cour en courant droit vers le mur du fond du préau, mains tendues devant moi, aveuglé par un béret enfoncé sur la tête. Ces exploits firent frémir, avant que je ne les abandonne alors que ma tête aurait, selon ma mère horrifiée, évité un clou dans le mur (dont je ne vis jamais le petit trou, la trace dans le crépi du mur). Par-delà le préau commençait le jardin potager. J'observais des heures mon père y travailler après l'école, des moineaux ou d'autres minuscules oiseaux habitués comme moi aux plates-bandes sableuses, aux arrosages et au calme du lieu, se laissaient attraper avec douceur dans la main de mon père, cage amicale qui s'ouvrait après que j'eus délicatement touché de mes lèvres le duvet de leur tête. Plus loin, vers le village, il y avait l'autre jardin de plein champ avec des fleurs, puis une mare où nous allions attraper des grenouilles avec un appât de tissu rouge au bout d'une simple ficelle fixée à un bâton. Un petit sentier continuait en serpentant devant des maisonnettes jusqu'au croisement des deux routes du bourg, destination qui me paraissait lointaine, et de l'église dont le modeste narthex, qui précédait la grande porte à la peinture craquelée toujours fermée à clé, offrait aux enfants d'Échourgnac leur seul aperçu du classicisme. Ma mère et moi partions souvent le dimanche pour des promenades vers un bois de pins de l'autre côté du bourg où, assis ou allongés sur le dos, nous écoutions le bruit du vent en regardant le ciel dans les trouées des ramures d'aiguilles. Très loin, tout autour, s'étendait la Double, mystérieux pays de bois, de palombières et d'étangs.

Devant l'école passait la route goudronnée qui, peu empruntée par les voitures, était mon terrain de jeu le mercredi, le dimanche et pendant les vacances. J'avais un ami, François, un peu plus âgé que moi, dont la mère était aussi institutrice. Je revois en contre-jour, au-dessus de moi, son visage rieur et ses cheveux clairs et vaporeux qui, comme les lignes du porche de l'église d'Échourgnac, me laissèrent peut-être une secrète empreinte. François me fascinait par l'habileté qu'il avait à dessiner en grande quantité des voitures, d'un seul modèle et toujours représentées de profil, que je n'imitais qu'avec peine, sous le joug du dessin des feux arrière et de la ligne du bouton d'ouverture du coffre (griffonnés des années sur la marge de mes cahiers au lycée.).

Fragments infimes et flous d'un petit village de l'après-guerre, ces souvenirs restent empreints de douceur. Ce qui sortait mystérieusement de ce cadre et que ma mémoire d'enfant enregistrait avec une précision photographique n'avait pas de sens pour moi et restait un négatif qui ne se révélerait que bien plus tard. Je suis alors dans la cuisine qui se redessine pendant que j'écris : comme dans les autres écoles où nous habiterons, elle est au rez-de-chaussée et donne sur la cour de récréation. Avec le poêle et son tuyau qui monte et traverse le plafond, elle a peu de meubles, la table ronde nous suivra jusqu'à la maison de Belvès et de Sarlat, sa toile cirée, le lino du sol. Mon père est assis et, pour une raison inconnue de moi, pleure sans possible retenue. Ma mère, icône de Gala debout près de lui en une de ces robes d'été qui restent toujours pour moi des robes d'après-guerre, entoure sa tête de ses bras et la presse contre elle, sans bouger, sans la bercer. Ignoré, assis à l'autre bout de la table, au bord des larmes, j'observe cette scène.

***

Après l'âge de cinq ans, les souvenirs s'élargissent à un monde dont la dimension s'étend toutes les heures à de nouveaux horizons, à un nombre grandissant de plantes, d'arbres, d'animaux et de personnages. Notre arrivée à l'école publique de Fleurac fut la première perception de ce qui constituait tout un village, alors que du flou des lointains émergeaient aussi des collines et vallées révélées par les rayons de soleil le matin. Fleurac est un petit village à l'épaulement du plateau dominant la vallée de la Vézère. Son unique rue s'écoule en pente douce de l'école vers la place bordée par la route qui, des Eyzies, « monte » vers Rouffignac. Son église fortifiée au clocher-mur habité de deux lourdes cloches et d'omniprésentes corneilles, la seule grande demeure bourgeoise du bourg et une avancée de dépendances du château de quelques identiques maisonnettes pour employés agricoles finissaient d'encadrer la place du village, ombragée de marronniers centenaires. Au centre de la place siégeait le monument aux morts, quadrilatère ceinturé de buis, et d'une grille cadenassée protégeant un socle de ciment moussu où culminait un poilu vacillant étreignant un drapeau de pierre. Passé la route de Rouffignac, Fleurac apparaissait comme une simple dépendance d'un château. Épisodiquement habité, ce château siégeait au milieu d'un vaste parc meublé de paons criards et débordait au loin vers des collines mystérieuses, sur ce qui s'appelait alors « la propriété » et dont les hectares ne s'apercevaient que derrière d'imposantes grilles toujours closes. Je ne garde que l'impression d'un mystère sans attrait de cette immense construction du début du XXe siècle, édifiée, dit-on, sur des ruines moyenâgeuses dont ne demeurait aucune pierre et surchargée de tourelles aux toits pointus. Château dans lequel je ne pénétrai qu'une fois, tenu fermement par la main de ma mère, endimanché et bardé de recommandations prévenant toute conduite imprévue. C'était un dimanche où mademoiselle de W..., qu'on disait appartenir aux « deux cents familles », avait fait ouvrir la petite porte de la conciergerie, surmontée d'une cloche, dans la grille du parc. Un chemin soigneusement ratissé et balisé nous conduisit alors vers la seule porte ouverte de la bâtisse donnant sur une pièce où quelques bibelots étaient offerts à la vente aux habitants de Fleurac et des villages avoisinants, attirant une clientèle de vieilles dames plus curieuses que riches.

De l'école, tout en haut du village, après l'épaulement où trônait une « sapinette », le regard s'ouvrait alors sur les champs et là-bas, à perte de vue, sur les ondulations du plateau. Je passais des heures dans cette sapinette dont la disposition des grosses branches en véritable escalier me permettait de l'escalader facilement jusqu'au sommet où la vue portait aux limites du plateau, vers la vallée de la Vézère. Plus bas, le sol ombragé était souvent bleui de cyclamens alors que les branches les plus basses de l'arbre, mollement agitées par le vent du plateau, avaient tracé sur le sol de grands arcs dénudés.

L'école avait une exacte symétrie qui, côté cour, regardait la sapinette et plus loin la fuite des champs, avec l'aile de la classe de ma mère qui accueillait les plus petits et offrait, derrière de grandes fenêtres, une vision de lumière, d'ordre et de propreté et, à l'autre bout de l'école, la classe de mon père qui conduisait au certificat d'études et quelquefois au lycée. Cette classe était plus désordonnée et, souvent mis par lui à la porte, je dus la quitter en le maudissant, assis, le dos contre la porte sur la marche de ciment. Il amenait souvent « les grands » marcher dans les hautes graminées du plateau, on ramenait alors des herbes et des fleurs que l'on collait sur les grandes pages d'un herbier qui générait les éloges des inspecteurs. Nous n'avions à l'époque que quelques disques, dont La Symphonie pastorale, et, chaque fois que sous l'aiguille d'acier naissait son premier mouvement, comme aujourd'hui encore, je revoyais les élèves dispersés marchant dans les hautes herbes sous quelques nuages de beau temps immobiles dans un ciel bleu pâle. Les deux classes étaient séparées par notre cuisine et une entrée prolongée d'un couloir d'où s'élevait un escalier dont la haute fenêtre était souvent ouverte aux soyeuses incursions d'hirondelles. Il conduisait à deux chambres, celle de mes parents et la mienne qui servait aussi aux invités. Derrière la cuisine s'ouvrait le « salon » et de l'autre côté du couloir la salle à manger, espace immuable aux meubles et parquet lustrés dont des patins gardaient l'entrée derrière une porte soigneusement close qui ne s'ouvrait que les jours où mes parents recevaient des invités. Enfin, une buanderie au sol cimenté, théâtre de formidables batailles de petites voitures lancées les unes contre les autres quand François Miermont (le fils d'Adémar dont je parlerai bientôt) vint habiter chez nous.

Le salon qui prolongeait la cuisine fut le lieu de mon premier souvenir cozy, de ma première maison d'enfant où je ressentis être moi-même. Sa seule fenêtre regardait le nord à l'arrière de l'école, donnant toujours dans mon souvenir sur le soir tombant. Ce même sentiment assaille encore aujourd'hui mes rêveries dans un TGV qui me ramène de Paris alors que la nuit tombe et que le ciel est encore clair au-dessus d'interminables banlieues. Jouent alors dans ma mémoire, à cette heure du loup qui ressemble à l'aube du « Camion » de Duras, les variations Diabelli, alors que les champs gris et les bosquets sombres accourent à la rencontre du train et s'éloignent sans fin. Une table de ferme et deux bancs y répandaient une odeur de cire. Je me revois assis dans le presque noir, les murs sont vert sombre, aplats mats comme de la craie mouillée d'encre verte sous la faible lumière. À côté du gramophone, il n'y a que quelques disques, le quintette en la et le concerto pour flûte et harpe de Mozart, Water Music, Paul Robeson « Si tu vois mon pays, mon pays malheureux… », La Pastorale, le chœur des Cosaques du Don.

La cour de récréation, recouverte d'un excès de gravier bruyant sous les pieds des écoliers, était fermée à gauche par le préau des garçons et à droite par le garage et le préau des filles. Aux platanes pendaient une balançoire et une corde lisse terminée d'un gros nœud. Le potager de mon père flanquait l'école du côté préau des garçons alors que, du côté regardant le village, au nord, étaient oubliées de misérables plates-bandes. Là était ma maison et là était mon école qui le mercredi et le dimanche s'ouvrait à mes muettes visites. Je prenais soin de ne rien déranger de ces deux classes vides qui se figeaient alors ces jours particuliers.

Il n'y avait pas d'enfant de mon âge dans le bourg hormis Massoubras, le fils du cantonnier. La maison des Massoubras, tout près de l'école, ne semblait pas avoir été tout à fait terminée. Au bout d'un escalier en ciment sans rambarde, on arrivait à la porte toujours entrouverte de la cuisine au premier étage, où sa mère s'affairait encombrée des frères et sœurs de Massoubras. Devant la maison, empiétant sur un chemin de terre, une sorte de basse-cour était jonchée de Mobylettes en réparation, de vélos abandonnés et du vélo de Massoubras lui-même qui supportait tous nos traitements. Les Massoubras avaient une réputation mystérieuse qui affectait toute la maisonnée et que je ne comprenais pas. Son père, taciturne, rentrait tard du travail. Souvent, un de mes parents, inquiets de mon absence, venait à la venelle à l'entrée de leur cour et m'appelait, demandant si je ne dérangeais pas en étant « toujours fourré dans la cuisine » et, gêné, me grondait un peu devant la mère Massoubras (à vrai dire aussi gênée de ne rien comprendre à cette inquiétude). Une autre maison que je fréquentais était celle de Moza, la première bicoque sans étage de la petite rue goudronnée qui partant de l'école descendait vers la place du monument aux morts. Moza, toujours habillée d'une même robe de paysanne grise, plus sombre que le gris de ses cheveux, venait à l'école pour la lessive et le ménage. Comme une grand-mère, Moza était avec ma mère la seule femme qui pouvait me laver sans heurter mon extrême pruderie. Nu debout dans le tub, dans la cuisine surchauffée pour cette occasion, je laissais longtemps l'eau de l'éponge de Moza ruisseler sur ma tête. Dans mon dernier détour à Fleurac avec mon fils Adrien, comme dans un souvenir du Grand Meaulnes, nous fîmes à vélo le tour de l'église et ses bruyantes corneilles et de l'école, poussant jusqu'à la « sapinette », avant de frapper à la porte de la cuisine de Moza. Un voisin avait dit : « Elle n'est pas loin, je pense. » Comme personne ne répondait, je poussai du doigt la porte entrouverte et pénétrai dans le silence de la cuisine, soudainement transporté quarante ans en arrière. Rien de cette cuisine n'avait changé, le lino au sol, la table et sa toile cirée, la cuisinière, le calendrier mural, les rideaux de l'étroite fenêtre, le serpent gluant de l'attrape-mouche, la pénombre, l'odeur, tout semblait identique. Je restai figé, tous les sens en alerte, et attendis en vain un long moment son retour. Où était-elle ? Mais devant l'impatience d'Adrien à reprendre la route, je dus partir comme coupable d'un larcin. Je mis sur la toile cirée un mot, forcément stupide, griffonné sur un petit bout de papier, « elle était par là… » je ne l'ai plus jamais revue.

De l'autre côté du chemin, en face de la maison de Moza, était la baraque du forgeron. Bien que souvent fermée, elle dégageait sur le chemin, particulièrement les jours de pluie, la forte odeur du charbon de bois et de ferrailles refroidies. Quand le forgeron venait réparer les outils agricoles du château, le trou noir de la forge, où ne pénétrait qu'une pâle lueur du jour par l'ouverture du toit d'où la fumée pouvait s'échapper, s'éclairait d'un brasier incandescent dont les gerbes d'étincelles crépitantes étaient exacerbées par un apprenti tirant sans cesse sur la chaîne du grand soufflet suspendu au plafond, affolant la respiration bruyante de courtes flammes. Sous la poussière en nappes épaisses alourdissant les toiles d'araignées, le cristal noir de la suie s'allumait aux reflets du brasier. Le fer chauffé à blanc se prêtait impuissant aux gestes fascinants du forgeron. Les coups du marteau rebondissant, résilients, assourdissants se faisaient presque délicats alors que la forme du fer renaissait sur l'enclume, m'hypnotisant jusqu'à ce que la fureur du fer rougi soumis à l'eau, bruit fusant de serpent brûlé par le fer, me fasse brutalement reculer.

Lors de mes dernières années à Fleurac, les jours sans classe, je m'aventurais jusqu'à la grande maison à pignons du régisseur du château pour rencontrer deux autres garçons qui rentraient du lycée le week-end. C'était une famille d'Alsaciens venue travailler au château. Le régisseur vivait plus dans le château que dans le village où on ne le voyait que rarement.

Il portait des pantalons de cheval, singularité vestimentaire qui me le faisait comparer à mon père (mais lui, empreint d'autorité renforcée par son chapeau de brousse) et me témoignait une rude gentillesse qui m'impressionnait. Si l'aspect extérieur de leur maison ne contrastait ni avec la conciergerie ni avec le bâtiment du château, elle-même conçue dans un même plan, cette maison de maître, tant par l'extérieur encombré de voitures que par le modernisme des pièces et l'agitation qui y régnait, était unique au village. Tout y différait tant de notre école et de notre maison ! Une Jeep de fonction aux armoiries du château était garée devant l'entrée qui s'ouvrait sur une vaste cuisine où derrière l'opulence des équipements brillaient de grands panneaux de faïences blanches, une haute verrière donnait sur les arbres. Le couloir débouchait sur une spacieuse salle de séjour où une table de travail était surchargée de papiers, de dossiers et d'un téléphone. Les deux enfants plus âgés que moi m'accueillaient avec gentillesse et nous montions en courant à l'étage dans leurs chambres embarrassées de jouets électriques, d'un Monopoly, d'un baby-foot, de battes et gants de base-ball et de raquettes de tennis. Malgré mon sentiment d'être toujours un étranger dans cette maison, j'étais reçu comme une personne importante et leur mère me gâtait.

Mes autres incursions dans le village étaient plus utilitaires, aller remplir la cruche d'eau fraîche à la pompe, aller chercher du pain à la boulangerie en suivant le raccourci qui passait devant chez Massoubras et, en fin d'après-midi, descendre sous les marronniers de la place vers les dépendances du château et traverser la cour de gros pavés pour aller chercher le lait dans une toute petite pièce. Tous les jours, le même ouvrier maladif, Marcel, remplissait ma bouteille de lait bien nettoyée et notait le litre sur le carnet « du chaix ». Quelquefois, la traite des vaches n'étant pas finie, j'entrais dans la chaleur de la grande étable pour entendre le bidon se remplir des jets métalliques de la traite dans le piétinement des vaches. Certains jours, impatient, je partais vers le « chaix » dès la fin de la classe, alerté par la saccade lente et puissante du tracteur monocylindre Manufrance, aussi haut qu'un camion, installé alors comme une guillotine sur ses cales de bois sur les pavés inégaux de la cour et dont la large courroie croisée activait en sifflant l'axe de je ne sais quel broyeur. Je devais rester à distance alors que les BOUMS-BOUMS du seul piston de la machine, montant soudain en un furieux crescendo comme obéissant à sa propre volonté, me coupaient le souffle. En proie à cette forte drogue, je restais là, hypnotisé, attendant que la soupape éteigne avec difficulté le monstre qui, sans cela, pouvait, me disait-on, tourner toujours.

Le jour de l'Armistice, l'ensemble des élèves de la classe des grands, accompagnés par l'instituteur, mon père pour moi, rejoignait le monument aux morts où attendaient déjà quelques curieux du village, le régisseur du château et le maire. C'était déjà l'époque où mon père s'habillait en knickers de montagnard et hautes chaussettes de laine à torsades dans ses chaussures « Le Trappeur ». Cette étrangeté plongeait ma mère dans une sorte d'angoisse lors de toutes apparitions publiques, mais nous percevions aussi, comme les gens du village, l'inspecteur d'académie lors de ses visites, ses collègues, une appartenance à une sorte d'aristocratie mystérieuse et personnelle qui faisait qu'il ne serait jamais tout à fait comme les autres et qui imposait un prudent respect. Après un bref discours du maire, mon père se plaçait devant nous pour le Chant des Partisans. Sa main guidait avec entrain la petite chorale alors que son corps légèrement penché en avant se dressait sur la plante des pieds pour les plus vigoureuses mesures. La petite assistance percevait distinctement sa voix par-delà les hésitations du chœur de la classe des grands. Les paroles du chant qui nous nouaient la gorge feraient de nous tous des résistants, des partisans et des défenseurs de la liberté. Défenseur qui, dans ma première année dans la classe des grands, ne fut qu'un moment la proie d'une vieille dame qui faisait le catéchisme. L'histoire miraculeuse d'une morte, béatifiée, qui aurait gardé les yeux ouverts après sa mort, m'envoûta, me conduisant jusque sur les marches de l'autel, enfant de chœur agenouillé.

Ma mère prenait un soin maladif de moi. Je fus affublé d'un appareillage dentaire aussi démesuré que médiocrement efficace pour redresser mes incisives supérieures, j'ingurgitais (sans respirer) des litres d'huile de foie de morue et montrais ma bonne volonté en abusant d'une recette de poudre de soufre malaxée dans du miel. L'angoisse de ma mère était liée à ma maigreur et mon faible appétit. Si j'avalais avec entrain tous les matins le grand bol de lait saturé de poudre de chocolat et encombré de morceaux de pain, mon calvaire commençait aux repas. Je restais dans la cuisine, écœuré devant un œuf sur le plat pendant tout le temps de la longue pause de midi alors même que la table était depuis longtemps desservie, seulement libéré par la reprise de la classe alors que ma mère en larmes, vaincue par la sonnerie, rangeait théâtralement l'œuf en me jurant qu'il faudrait que je le mange le soir. Me révulsait aussi un de ses plats favoris : les petits pois accompagnant une aile de pigeon, là je résistais avec délice, sachant que je vaincrais toujours. Cette phobie était née de mon incompréhensible insistance à demander à étouffer moi-même un pigeon après avoir souvent observé, terrifié, Moza ou ma mère se livrer à ce meurtre pour préparer le plat. Le jour où Moza céda est gravé dans mon cœur, alors que faiblissait celui de l'oiseau à la poitrine sauvagement comprimée par ma terreur, et qu'enfin faiblissait la fureur des mouvements d'ailes, puis s'affaissait sa tête.

***

La routine de mes jours fut bouleversée par l'arrivée chez nous de mon oncle maternel, Adhémar Miermont. Mon oncle divorçait et souhaitait que son fils, mon cousin François, vive pour un an dans la quiétude d'une famille d'instituteurs qu'il idéalisait. Aujourd'hui, mon oncle Adhémar m'apparaît comme un flambeur au grand cœur dont souvent la vantardise gênait, mais qui restait impossible à détester. Il venait de Bordeaux, la grande ville, avait de beaux habits discrètement parfumés, fumait d'élégants cigares sortis d'un coffret de bois, tout autour de lui paraissait auréolé de succès faciles. Grand, il portait haut son large visage, la moustache soigneusement taillée à quelques millimètres de la lèvre supérieure. Bien que partout familier, il était pour moi si totalement étranger à Fleurac que, lors de ses passages, la fortune du château m'apparaissait campagnarde et désuète. Il nous rendait épisodiquement visite en voitures luxueuses. Nous partions alors, anxieux, en courtes promenades dans la Talbot-Lago, la Facel-Vega ou l'Hotchkiss vers quelques longues lignes droites où la voiture montait lentement en régime jusqu'à 130 km/h. Tous muets, l'œil fixé sur le compteur, dans le miaulement du vent sur les aspérités de la carrosserie, nous sentions la grande caisse tanguer jusqu'au moment où ma mère demandait grâce. Alors se libérait la parole, nous accoudés à la vitre de séparation des compartiments avant et arrière, restée grande ouverte pour l'occasion.

Il nous rendait quelquefois visite avec son épouse Gaby que j'adorais comme ma mère. Gérante d'un magasin de fourrure dans le centre de Bordeaux, d'un physique généreux, elle portait alors du vison avec naturel et fumait des cigarettes américaines au bout de l'or de sa main et d'un porte-cigarettes de nacre. Elle répandait un enivrant parfum quand elle se dévêtait de la fourrure et disait à ma mère : « Paulette, essaye-le s'il te plaît, ça te va si bien ! » Mais lors d'une de ses dernières visites, Adhémar était accompagné d'une femme bien plus jeune que je trouvais très belle et qui me plongea dans un gênant désarroi. Il la présenta comme d'un naturel réservé du fait d'une éducation supérieure. Il n'était ce jour-là que de passage pour quelques instants. Avant de repartir, cette jeune femme recousit un bouton de la braguette de son pantalon dans une scène où Adhémar, debout, considérait mes parents d'un imperceptible sourire de modeste vainqueur. La jeune femme, élégamment agenouillée, l'aiguille prudemment maintenue entre ses lèvres, vérifia la finition en tapotant la bonne tenue de l'étoffe enfin réparée.

Mais quand mon oncle vint amener François, ils étaient seuls en 2CV Citroën. De ces premières rencontres à des années plus tard et jusqu'à sa mort, Adhémar nous surprit par ses fortunes diverses qui n'affectaient pas sa joviale faconde et sa résilience, sultan flambeur un jour et « dans la dèche » lors d'une autre visite. Il possédait une pharmacie à Bordeaux dont les revenus ne semblaient pas couvrir son train de vie à certaines périodes. Il commençait alors un tour de France en 2CV Citroën pour la promotion d'un dentifrice de son invention, le « Sanodent », préparé dans un mystérieux laboratoire et dont je me souviens de la forte odeur « pharmaceutique » et de la médiocre texture granuleuse de la pâte. L'effet de ces grandes tournées promotionnelles semblait rapidement miraculeux. Lors de ses passages, nous engagions des tournois féroces de baby-foot où se joignait mon père au seul café de Fleurac, où ma virtuosité à attraper en un éclair la balle de liège alourdie juste avant sa disparition dans la trappe, lors de coups désarmant la défense, prolongeait les parties. Mais plus souvent, dans les cris, la cage de tôle sonnait sèchement sous l'impact de la balle qui disparaissait trop vite, et mon oncle, pour moi joueur généreux, remettait alors les pièces dans le meuble d'où les balles libérées redescendaient en hordes pour rejaillir une à une dans l'arène. Adhémar mourut jeune d'une crise cardiaque, alors qu'il avait élu domicile dans la propriété de famille de sa dernière épouse à Nice, une « Vérani », grande famille niçoise, nous assura-t-il. Adhémar, qui rémunérait mes parents pour la pension de François, nous offrit un jour notre premier vélo. Le Motobécane de François et le mien ne différaient que par la couleur. Ils avaient d'innombrables vitesses, trois plateaux et deux resplendissantes manettes de dérailleurs, des porte-bagages avant et arrière munis de tendeurs, une longue pompe accolée au cadre, un phare, des feux arrière et une dynamo. Les vélos étant trop grands, c'est en glissant la jambe droite dans le cadre pour atteindre la seconde pédale que nous descendîmes et remontâmes pour la première fois la côte de Manaurie revenant des Eyzies.

***

J'accompagnais souvent mon père lors de visites après la classe dans des fermes amies. Ces premiers souvenirs d'intimité que je ne peux pas vraiment décrire avec des yeux d'adultes m'assaillent toujours. J'avais huit ans peut-être, on roulait en voiture, c'était l'hiver à la nuit tombante. Je revois le visage de mon père au-dessus de moi sur ma gauche, vaguement éclairé par la lumière jaune du reflet mouvant des phares devant nous. On ne parle pas. Je ne vois pas la route au-dessus du tableau de bord, la voiture me paraît immense, la lumière du compteur éclaire faiblement. Je revois l'espace sous le tableau de bord, sous le volant, vers les pédales, comme l'intérieur du salon d'une petite maison. J'étais exalté par les pensées étranges qui m'habitaient, je plaignais mon père pour un malheur que je ne comprenais pas. J'étais content qu'on roule, repoussant devant nous la compréhension de toutes ces choses. Je croyais fuir un malheur qui n'était peut-être qu'une douceur. On allait chez des amis, le père d'un élève je crois, notre fuite était secrète, connue de nous seuls. La route traverse des bois, c'est un pays d'étangs et de palombières. Je devine de grands arbres, mais ne vois pas exactement tout ce qui entoure la voiture qui, dans le silence, progresse lentement dans la nuit. Il conduit et je vois son visage attentif à la route, ce beau visage regarde devant nous vers le faisceau des phares qui balaient de lents virages, illuminant les talus vert pomme avant que les reflets ne se noient dans les ombres et la nuit. S'il devait partir, moi je le rejoindrai partout, pensais-je ! Il faudrait qu'il me donne un rendez-vous très précis, peut-être au croisement de la route de Manaurie et d'un chemin, assez loin de la maison. Je fuirais, moi aussi, et jamais je ne l'abandonnerais, lui qui me montrait de la faiblesse, alors que si petit je ne savais pas que, pour la première fois, je trahissais.

Ma mère, qui n'a jamais conduit une voiture, acheta une Mobylette quand je fus dans la dernière année de la classe des grands. Cette Mobylette qu'elle me prêta après mille recommandations élargit d'un coup mon espace vers les communes avoisinantes. J'allais pour la première fois me rendre tout seul aux fêtes de Rouffignac et des Eyzies. Ma mère me prêtait alors ses lunettes de soleil dont les branches métalliques pinçaient fragilement le rebord supérieur de leurs verres en ellipses asymétriques aux extrémités relevées. Habillé étrangement d'emprunts disparates, dont certains habits de ma mère, lunetté comme La Callas, soigneusement peigné, je partais alors sur la route de Rouffignac dont des cinq kilomètres, je connaissais tous les virages. Mes mains, mes bras, jusqu'à mes dents vibraient intensément à l'unisson des vibrations du moteur alors que je poussais à fond la poignée des gaz. J'arrivais, dépeigné, mystérieux comme Meaulnes, sur la place de Rouffignac qui, ces après-midi de fête, n'abritait que deux ou trois baraques de forains. Plus tard, je m'enhardis jusqu'aux fêtes des Eyzies. Mais ces excursions restaient rares, les jours sans classe, je traînais désœuvré dans l'école. Les jours de pluie, sous le préau, je fixais les petits ruisseaux d'eau tomber du toit sur les flaques de la cour. Frissonnant, dans une sorte d'extase, je m'identifiais à un arbre, à la pluie.

Un jour, invités par le docteur de Rouffignac dont l'épouse était institutrice, mes parents m'amenèrent à une soirée. J'étais le seul enfant et je fus un moment au centre de l'attention des invités surpris de me voir là, puis oublié. Après un long repas et des conversations sur d'innombrables sujets dont j'ignorais le sens, mais qui dessinaient un monde nouveau, les tables furent poussées et le docteur mit des disques. Des couples s'avancèrent sur le parquet du salon et je vis mes parents, comme des étrangers, danser pour la première fois. Ma mère me fit ensuite danser, ce devait être un slow où je me dandinais d'un pied sur l'autre, la pénombre masquant ma gêne. Nous partîmes avant les autres, à cause de moi, pensai-je à regret. Je devenais « grand », les amis de mes parents me parlaient différemment et me prêtaient plus d'attention. Je commençais à lire des livres : Crin Blanc, Le Petit Prince, mais aussi le Grand Meaulnes, Jacquou le Croquant, etc. Cousteil et « Cousteillete », un couple d'instituteurs amis, m'offrirent mes premières chaussures de foot. Comme pour les besoins d'une ballerine, elles avaient été confectionnées sur mesure par le cordonnier de Rouffignac. Le corps de la chaussure était découpé dans un cuir mince recouvert d'une laque noir brillant. Les crampons étaient faits de bouchons de cuir dur cloués sur une semelle en cuir lisse. Galvanisé par cet équipement, je les mis enfin pour une première partie de foot contre l'école de Plazac. Les crampons se déchaussèrent avant la première mi-temps, elles étaient aussi trop petites à l'usage, je finis les pieds ensanglantés. Après plusieurs semaines, l'ongle du gros orteil finit par tomber après résorption d'un hématome.

Je suivais maintenant les « virées » de mon père qui partait pour quelques jours de vacances avec un ami instituteur et musicien de Plazac, je dormais sur la banquette arrière quelquefois avec notre chien Maker. Nous allâmes voir la mer jusqu'à Saint-Raphaël, il m'en reste le souvenir du bleu de vaguelettes sur les moellons d'un petit port, l'odeur de sel de la brise, la beauté d'une boulangère portant un grand chignon quand, le matin, nous allions acheter du pain et des croissants, respirant l'odeur du fournil et de son parfum. Ma mère ne venait pas, j'étais insouciant de toutes ces choses qui faisaient pourtant leur chemin au fond de moi.

Le jour de l'examen d'entrée en sixième à La Boétie, Sarlat, je me revois, conquérant, glisser quelques sucres dans ma bouche. À la pause, je courus vers la grille d'entrée du collège derrière laquelle des parents attendaient, angoissés par l'issue du concours (traditionnellement sans refus d'élèves par ailleurs). Grimpant sur la grille plus haut encore que deux ou trois autres écoliers, enthousiaste, enlaçant les barreaux de mes maigres jambes, je fis de grands gestes assurant les miens que tout allait bien alors que la cloche nous rappelait déjà vers la grande salle de cours aménagée pour cette journée particulière.

À la rentrée, j'entrai dans un Moyen Âge qui allait m'accaparer jusqu'en 3e. J'interrompis l'exploration des sentiers, des chemins et des routes qui, avec la Mobylette de ma mère, s'étaient tant élargis autour de l'école de Fleurac vers d'autres villages. Le lycée était un monde clos, et rares étaient les excursions hors des murs ou de la monumentale grille et de sa petite porte gardée par le concierge. Seule l'entrée des véhicules de services du lycée restait ouverte, donnant sur une route et un terrain vague, mais nul n'en franchissait la porte symbolique sans une vive inquiétude. J'arrival à La Boétie avec une petite valise neuve, que ne remplissaient pas quelques chemises et sous-vêtements que, pour la première fois, je rangeai docilement dans une armoire avant de faire mon lit dans une des longues rangées du dortoir, aux blanches couvertures de salle commune d'hôpital. La plaque de chocolat glissée par ma mère, le petit portefeuille et mes 5 francs de la semaine allèrent, eux, au fond de la salle d'étude dans mon casier au cadenas neuf pour les livres et cahiers. Les déjeuners et les repas en réfectoire, les cours et la lecture après les devoirs, les copains, les professeurs, les rares séances au ciné-club, l'attente de la voiture de mon père le samedi soir, le retour au collège le dimanche, les punitions et mille autres choses d'un tourbillon clos allaient m'amener jusqu'à la seconde, après que mes parents, ayant quitté Fleurac pour Belvès, habitèrent Sarlat. À ma vie à Fleurac s'était substitué un univers de cloisons, d'escaliers, de couloirs, de grandes et petites cours et de visages d'élèves, de professeurs et de surveillants. Les dimanches à la maison à Fleurac, puis à Belvès, me livraient des notes épisodiques de la lente mésentente de mes parents. Les absences de mon père s'organisaient de plus en plus en une fuite. Dépressif, étouffant dans une maison où il se sentait étranger et abandonnant déjà son métier d'instituteur pour se réfugier souvent à Moncalou, pour disparaître enfin des semaines en stage de reclassement pour devenir instituteur agricole, un nouveau métier au statut itinérant. Le samedi, dès quatre heures, le lycée se vidait, les voitures embarquaient des grappes joyeuses vers leurs villages, et rares étaient les camarades qui, comme moi, de l'autre côté de la grande grille, guettaient longtemps l'arrivée d'une voiture. Tard en fin d'après-midi, j'attendais encore mon père quand la nuit tombante cachait la silhouette des voitures, je voyais les phares jaunes passer devant le lycée sans ralentir. Ces attentes m'humiliaient et souvent l'hiver je restais seul jusqu'à nuit noire avant que l'Aronde n'arrive et ne ralentisse. Toutes ces années, je ne reçus de derrière les murs de pierres de calcaire jaune du lycée que quelques bouffées de dimanches où je « sortais », alors que la première des punitions qui m'accablaient était la privation de sortie. Me serraient encore plus le cœur les sorties où j'allais à Moncalou avec mon père, la maison où j'étais né et où je passais les étés, car j'avais le sentiment de trahir ma mère.

***

Moncalou devint une sorte de seconde maison dont ma mère allait lentement se détacher. Mais c'était pour moi une maison qui ne changeait pas d'endroit comme les écoles des « postes doubles », où la campagne ne variait qu'à travers les saisons. L'intérieur en fut immuable jusqu'à la mort de ma grand-mère et le divorce de mes parents. J'ai longtemps dormi dans la chambre que ma grand-mère partageait avec Tati Paule, sa fille devenue infirme après une affection de la colonne vertébrale survenue alors qu'elle n'avait pas vingt ans. Tati Paule agrippait le dossier d'une petite chaise qui lui servait de canne et montait l'escalier de bois en se tractant sur la rampe. Avant cinq ans, j'avais de longs cheveux noirs qui me tombaient sur le front en larges boucles, je voulais être une fille. Ma place dans le lit de ma grand-mère était contre le mur, et tombait au-dessus de moi le cordon de l'ampoule électrique fichée plus haut dans le mur et dont j'avais l'exclusivité d'usage. À l'opposé de la chambre, Tati Paule dormait dans son petit lit, presque un lit d'enfant doté de lourds panneaux de bois sombre pour pied et tête de châlit et dont le matelas de laine était affaissé, déformé par des années de lutte pour se coucher, se lever, se dévêtir, s'habiller. Chacun des lits avait une petite table de nuit avec un pot de chambre, un tiroir encombré de vieilleries, chapelet, missel, thermomètre. Le dessus de table de nuit de Tati Paule était toujours achalandé en pastilles Vichy et comprimés d'aspirine dont elle faisait grande consommation et que je voyais tomber en petite chute de neige quand elle les plongeait dans le verre d'eau. Face au lit de ma grand-mère se trouvait la table de toilette au-dessus de marbre. L'eau d'un grand broc était versée dans une cuvette en porcelaine pour la toilette. De ma place du lit, je regardais ma grand-mère brosser et peigner longtemps ses longs cheveux blancs devant le petit miroir posé sur l'étagère du meuble, mettre les cheveux tombés dans la corbeille et fixer son immuable petit chignon gris avec les épingles. L'été, je devais faire une sieste d'une heure dans la chambre ombragée, aux volets clos. Allongé sur le dessus-de-lit en coton blanc, rêvassant sans dormir, jouant avec le cordon de l'ampoule, j'écoutais les bruits de la maison, du chemin, des conversations qui montaient de la terrasse sous la fenêtre. Je passai toutes mes premières vacances à Moncalou, jouant dans les granges, participant aux vendanges, accompagnant le journalier Amédée, aux champignons dans la pinière ou à la pêche au Céou.

J'aimais suivre ma grand-mère pour ses visites à quelques maisons amies de notre famille dans le village, ou pour prendre des mesures ou demander des retouches chez le tailleur à Daglan. Elle s'habillait alors avec grand soin et prêtait aussi beaucoup d'attention à ma tenue. Les formules de politesse alors échangées en français m'impressionnaient. Elle avait toujours été une paysanne « distinguée », ce qui, à la campagne, est une élégance qui s'étend au caractère. Les visites à certaines maisons de Moncalou, qui appartenaient à une mystérieuse hiérarchie, procédaient de la même préparation. Endimanchés, nous partions sans hâte pour les centaines de mètres qui nous séparaient de chez Gabrièle, une vieille dame veuve qui vivait maintenant seule dans une grande bâtisse de pierre et qui, nous ayant vus venir, nous attendait sur sa terrasse en haut du grand escalier de pierre. Après les phrases d'usage, nous rentrions dans une vaste cuisine sombre et fraîche comme un sous-bois. Ma grand-mère sortait alors quelques cadeaux, légumes ou fruits du jardin, quelques gaufres ou merveilles de sous un linge immaculé, et parfaitement repassé, recouvrant un panier sous les récriminations de Gabrielle qui y répondrait à la fin de la visite par quelques légumes de son jardin. Commençait une discussion qui sonnait étrangement dans le silence de la maison. La cérémonie de ces visites ne prenait fin qu'à distance de la maison de Gabrielle lorsque nous rejoignions la petite route goudronnée bordée de noyers où je pouvais alors m'échapper à cloche-pied ou en courant dans le village.

Le soir, juste après le repas, nous allions à la cabane de la Combe fermer les poules. Dans l'obscurité, je croyais souvent décerner, derrière les genévriers, les yeux phosphorescents du renard tant redouté. Nous entrions alors par une toute petite porte dans l'air surchauffé de la cabane de lauzes, les poules, déjà tassées sur des piquets fichés horizontalement d'un interstice à l'autre entre les pierres du mur, gloussaient sans s'effaroucher et se poussaient quand ma grand-mère « relevait » les œufs posés çà et là dans des sortes de nids grattés dans le sol terreux et me les tendait tièdes. Courbés, nous ressortions dans le silence rétabli et fermions la vieille porte de bois, satisfaits, avec une pensée pour le renard.

Moncalou était souvent l'objet de visites ou passages rituels. Marceau, signalé plus haut dans le village par les « voilà Marceau ! » des enfants, venait dont on ne savait où, mendiant le pain et le vin, un peu de tabac gris dans les villages, mâchonnant des cailloux qui, disait-il, l'aidaient pour son bégaiement.

Sous un chapeau cabossé, gris de toiles d'araignées et posé sur une chevelure embroussaillée pendait sa longue barbe jaunie par le tabac. L'odeur de ses haillons lui interdisait les cuisines. Une crainte entourait aussi toujours Marceau alors même qu'il n'était pas voleur, disait-on, les gens ne l'approchaient pas. Lors de ses passages, ma grand-mère lui montrait l'endroit où dormir dans le foin à la grange. Pramil, le marchand de tissus, arrêtait toujours sa voiture devant notre porte. C'était un très vieux modèle qui roulait presque au pas et démarrait avec une manivelle. Vu de l'arrière, il ressemblait à une malle-poste avec ses roues étroites et son grand coffre en bois encombré, comme l'intérieur de la voiture l'était jusqu'au toit, de coupons de tissu qui servaient de matière première à tous les tabliers des femmes du village et aux rapiéçages. Il alertait le village de son arrivée avec une trompe et, dès l'arrêt du moteur, nous grimpions à la portière, humant l'odeur des étoffes et des traces d'essence, tirant sur le volant de bois. Ma grand-mère venait alors avec la liste des emplettes et de commandes. Marceau apportait des nouvelles fraîches des villages environnants.

Personne de chez Soulillou n'allait aux messes le dimanche, mais la viande sur la table un vendredi était bannie et mes parents, bien qu'athées, acceptèrent que je sois baptisé. Seul le petit missel du tiroir de la table de nuit de ma grand-mère, décoré d'enluminures d'anges et de Marie drapée de blanc et de bleu ciel, que je feuilletais lors de mes siestes, veillait sur la vie outre-tombe de la mère et de sa fille. Mais à Pâques, ma grand-mère m'amenait à la messe à Florimont. Nous partions à pied par le petit chemin de la Garrigue, je tenais à la main comme un viatique un étrange bouquet, confectionné avec mon père, fait d'une branche de poirier enveloppée de papier aluminium de plaques de chocolat. La petite église était déjà bondée à notre arrivée, les dalles usées par les pas étaient jonchées de feuilles de buis, les gens s'installaient dans le raclement des chaises. Des enfants habitués des lieux se bousculaient dans les allées, mais je restais au côté de ma grand-mère, ma main prise dans la sienne alors qu'elle saluait des cousins de hameaux éloignés, tenant de l'autre la branche d'argent qui brillait sous les faibles lumières. Les chants s'élevaient, amplifiés par l'étroitesse de la nef de pierre, je suivais avec attention les agenouillements soudains de ma grand-mère, puis, dans un brouhaha et le bruit de chaises, les redressements, qui obéissaient à un alphabet qui m'était inconnu.

Je n'ai qu'une photo d'elle, jeune, prise au studio A. Lahontâ de Cahors, photo que Nadar n'aurait pas reniée. Elle devait avoir vingt ans, portait une robe noire à grands rabats, d'où émergeait un chemisier noir à haut col où avait été fixée une petite broche étoilée. Ayant les mains derrière le dos, son visage émergeait de l'austère apprêt du studio. Le photographe avait saisi son visage alors qu'il semblait réprimer l'ombre d'un sourire, ses grands yeux projetaient un regard décidé, mais non dénué de pudeur, intelligent. Alors que je découvrais cette photo, me revenaient de rares souvenirs de mon grand-père

Léopold, son mari. L'homme que ma grand-mère épousa émergea de lointains Soulillou agriculteurs. Après les ravages des vignes de la commune par le phylloxera, mon grand-père Léopold se lança dans le commerce du bois et embaucha des ouvriers à la scierie du « Moulin d'Albert » qui enjambait le Céou dans la vallée. Sur le buffet de la cuisine de Moncalou trôna le premier téléphone de la commune qu'on venait utiliser de loin, « Allô ! ici le 5 à Bouzic, trois et deux ! », disait-on. Léopold eut aussi une des premières « Onze » tractions avant Citroën du canton. Cette union permit aux Soulillou d'accéder à la petite bourgeoisie terrienne et à mon père, transfuge de classe, d'aller au collège.

Bien que ma mère vînt moins souvent à Moncalou, Paulette (comme on l'appelait ici) gardait un fort prestige dans la maison et dans le village. Elle était perçue comme rebelle, indépendante et finalement étrangère à cette maison dont mon père ne pouvait pas se détacher. Il n'y avait pas encore de salle de bains à Moncalou, mais seulement, comme dans la chambre de ma grand-mère, des brocs et des cuvettes. Moment de gloire, ma mère, profitant certains jours de l'absence d'hommes *en bas* et de l'eau claire de la citerne coulant en saccades dans l'évier de la cuisine alors que j'activais vigoureusement le bras de la pompe crachotante, se mettait torse nu devant la fenêtre de la cuisine grande ouverte et se lavait le buste à grande eau avec cris éclaboussements. Tati Paule ou Marguerite Lacase, une voisine qui venait faire des petits travaux chez nous, riaient de ces impensables bravoures qui restaient secrètes. Tati Paule faisait tous les jours la cuisine. Assis à table à sa gauche, je terminais rituellement mes repas, renversé de son côté, ma tête sur ses genoux, regardant le chien et les jambes de la tablée. Je faisais épisodiquement le même inventaire du tiroir de la table en face de la place de Tati Paule ; couteaux, fourchettes, cuillères, bien rangés, mais, plus au fond, une petite lampe de poche, une pierre à aiguiser, un bric-à-brac d'élastiques, d'étiquettes, de ficelles, de tournevis. L'hiver, après la fin du repas, utilisant quatre chaises de bois couchées sur les petites tommettes du carrelage, je construisais une croix qui dessinait un avion. Glissé entre les barreaux d'une chaise, je survolais des fleuves, des paysages, des animaux de la savane, m'attirant de l'indulgence avant de me résigner à monter dans la chambre.

Deux ou trois fois par an, lors d'occasions extraordinaires, un repas se prenait dans la salle à manger dont la porte s'ouvrait alors dès le matin sur les meubles luisants, sur des odeurs de compotier et de cire. Ces invitations qui généraient une activité fiévreuse de ma grand-mère et de Tati Paule et une inquiétude générale sur le déroulement de la journée concernaient habituellement une parentèle éloignée qui avait « réussi », comme Adhémar. Tous les ans étaient invités les Montagne de Périgueux. Edmond Montagne était une sorte de sosie de Tino Rossi (dont il empruntait peut-être inconsciemment un filet de voix de poitrine) chez qui, certainement à titre de réciprocité, je devais des années plus tard dormir la veille du bac à Périgueux. Ce cousin, substitut du procureur au tribunal de Périgueux, était, bien avant et après sa venue, particulièrement réputé par Tatie Paule, homme simple malgré son impressionnant rang social. Débarquant avec son épouse et sa fille, il captait notre attention pendant ces repas avec quelques histoires de crimes où me frappaient des phrases particulières comme « Il a fallu dire deux fois à ces imbéciles de gendarmes de faire ou de dire X ou Y !... » (Était-ce vraiment possible ?). Un drame survint lors d'un de ces repas annuels de la salle à manger quand tout le monde comprit, mais trop tard, à la sortie du four, que la volaille n'avait pas été vidée !

Moncalou était alors peuplé de « caractères » qui souvent nous rendaient visite au moment des repas, les adultes ne parlaient alors que patois. Raymond Peyronen, son béret couvert de toiles d'araignées, s'asseyait au bout de la table et ouvrait le tiroir à pain, sortant la tourte et coupant de nouvelles tranches de pain pour nous quand le panier se vidait. Mon père, qui avait des dons d'imitation, lui répondait en l'imitant, ce qui le faisait rire. Mais c'était le passage de Belly, bègue sérieux, grand (et susceptible) ami des Soulillou qui venait téléphoner aux heures des repas, qui atteignait des sommets. Lors de ces appels téléphoniques, presque toujours polémiques, Belly semblait prendre à témoin la tablée, très attentive, de la mauvaise foi de son interlocuteur. Un crescendo d'indignation lui causait alors un soudain blocage de la parole et de la respiration où le temps, suspendu à un hoquet que nous redoutions un moment définitif, se figeait. Belly, que nous aimions vraiment comme un membre de notre famille, pardonne-moi d'évoquer ici la tension dramatique que tu déclenchais alors sur tous les convives, qui soudain s'acharnaient, convulsés, à ramasser une serviette tombée sous la table, ou se levaient précipitamment pour fermer la porte ou appeler un enfant échappé sur la terrasse.

Alors que j'aimais la ferme de la famille de ma mère, située à Saint-Martial sur une colline à quelques kilomètres en contrebas de Moncalou, Moncalou me gardait, en sorte, prisonnier. J'avais cependant été amené à Saint-Martial sur décision ferme de ma mère lors d'une pneumonie (qui resta toujours une « double pneumonie » dans mes antécédents) où je reçus les premières doses de pénicillines et les soins inoubliables de Simone, la sœur de ma mère. Mais ces visites étaient rares et j'en ressens encore comme un remords, une lâcheté avec laquelle il me fallait composer.

***

Mon père ne vint plus me chercher le samedi après que ma mère fut nommée à Belvès. Je prenais alors une micheline jusqu'au Buisson puis une autre vers la gare de Belvès. Je retrouvais d'autres camarades dans de vieux compartiments de seconde au siège de bois, je ne me souviens que des mois d'hiver et des lumières de la gare, tout se mélange aujourd'hui avec d'autres souvenirs de films de Jean Vigo. Au Buisson, en attente de l'arrivée de la micheline, nous explorions chaque fois le même innocent café dont certains juraient qu'il était un bordel, scrutant une patronne affairée qui nous trouvait étrangement sympathiques. Ma chambre à Belvès avait la même couleur vert foncé que notre salon de Fleurac, les meubles, en particulier ceux de la cuisine, avaient été transportés de Fleurac. Belvès était une petite ville et les chemins de Fleurac faisaient maintenant partie des souvenirs, ici j'errais dans un labyrinthe d'étroites ruelles faiblement éclairées, aux murs de crépis. Derrière de petits rideaux, je voyais les habitants vaquer à diverses occupations sous les lampes, tout y était mystérieux, je ne connaissais personne et j'attendais toujours une chose que j'ignorais, qui ne venait pas. J'allais quelquefois avec ma mère au cinéma Rex sur le boulevard qui domine la vallée, maintenant une droguerie, nous y vîmes « L'Eau Vive ».

À la fin de chaque mois, Broner, proviseur alsacien en mission sur terres méridionales au lycée La Boétie, entrait à pas lent dans la salle de cours. Le professeur s'interrompait au milieu de sa phrase alors qu'il se positionnait face à nous près de l'estrade. Ses lunettes au verre de cristal fascinaient et donnaient à son visage un masque inhumain alors qu'il énonçait dans un silence inhabituel la liste des noms des « Inscrits au Tableau d'Honneur », les gratifiant un à un d'un bref et sévère regard. Bien que le cœur battant et chaque fois attentif à tous les noms, jamais je n'entendis le mien. Déjouant les rondes des surveillants, j'aimais pourtant prolonger tard dans la nuit, sous les couvertures, avec ma lampe de poche, mes lectures de mythologie grecque, de poètes et de premiers romans.

Comment, dans l'espace si clos des murs du lycée, pouvaient s'entasser tant de vie, de conflits, de rêves, de projets secrets, de peines ressenties comme des malheurs insupportables ? Les années passaient cependant étrangement vite, alors même que les heures et les jours de la semaine répétaient la même routine que nous faisions tout pour égayer. C'était l'époque d'homériques fous rires et de cruels chahuts. Les repas étaient en particulier l'objet de règles rigides, établies après tirage au sort, désignant l'ordre par lequel, tour à tour, nous pouvions nous nourrir de la totalité d'un seul plat dans le déroulé du menu, privant de nourritures les suivants. Il arrivait que les trois plats du repas ne dépassent pas les trois premiers élèves désignés par l'ordre du tour de table. Ingurgitaient alors, l'un tous les radis au beurre et le pain, l'autre les langues de bœuf aux câpres et le dernier, l'œil instable, le saladier de crème blanche devant le reste de la table partagé entre l'admiration, la faim et la rage de la revanche. Ces industrieuses activités contribuèrent-elles à ce que je ne gravisse qu'une seule fois l'escalier de l'estrade lors de la cérémonie de remise des prix de fin d'année ? C'était un 14e accessit de géographie, dont je garde toujours intact l'excellent volume « Espagne, Larousse Monde et Voyages ».

J'eus de vraies amitiés dans ce lycée. Le fils du cantonnier de St-Martial qui avait appris le latin à l'église et ne conversait qu'en latin avec le professeur, le fils d'un géant à l'abondante chevelure blanche, professeur de philosophie allemand qui ne resta que quelques mois au lycée et qui, suprême honneur, m'arrêta un jour dans la cour pour saluer « l'ami de son fils », météore blond dont j'ai oublié le nom et qu'une incisive ébréchée dotait d'un désarmant sourire.

Quelques-uns de mes professeurs, fantômes qui bien après leur mort me guident encore de quelques mots ombreux, me marquèrent à jamais. Combessie, professeur de physique, le cuir de la joue tanné quotidiennement au plus près par le fil du rasoir, chevalière au doigt, impeccable costard tabac, une éternelle Craven au coin de la bouche, la main soupesant son briquet en or, nous en imposait plus que tout règlement. Je me souviens de son parfum lorsque, sourd adulé, son sourire bienveillant se penchait vers nous pour mieux lire la page de nos calculs et tenter d'entendre nos questions. À ce moment-là, habité d'un sixième sens, je murmurais juste au-dessous de l'appréciation innée que j'avais de sa surdité d'étranges phrases d'amour : « Tu vois, mon vieux Combess, tu n'entends pas bien, nous le savons bien, mais sans toi, que saurions-nous de ce qu'est *la classe* ? » Il devait voir sans inquiétude le mouvement de mes lèvres pendant qu'en quelques mots lumineux, masses et vecteurs se replaçaient dans la logique de la causalité avant qu'il ne poursuive dans l'allée entre les tables.

Les livres, vite, me firent m'évader des murs clos du lycée vers des espaces sans limites. Les héros de la mythologie grecque, de Rome, des romans de chevalerie et d'aventures, les dizaines de feuilletons, maintenant disparus, relatant les escarmouches de Tecumseh (chef indien, « Jaguar céleste ») de la bibliothèque du lycée, prirent un temps possession de moi. Puis un jour, l'arrivée du Bibliobus dans la cour du lycée apporta d'autres livres de renommée mystérieuse, livres « qu'on m'avait dit « maudits ». Je passais alors de Tecumseh aux Nourritures terrestres, à Dostoïevski, Rimbaud, Verlaine, Musset, Hugo et tant d'autres d'une liste qui ne finit jamais. Relisant « Les Frères Karamazov », comment comprendre l'indéfinissable trace que ce livre laissa sur un enfant de 13 ans ? Ces premières lectures ne procèdent pas de la lecture posée d'un adulte blasé, mais d'inouïes correspondances, peut-être les mêmes que celles qui naquirent sous la plume de l'auteur au moment où il écrivait, gravant d'indélébiles empreintes dans l'esprit d'un enfant, qui devenait autre chose chaque jour, et qui peut-être me sauvèrent.

Il arrivait cependant que, lors des heures d'éducation physique, nous sortions hors des murs. Nos cross nous menaient jusqu'à bout de souffle dans les petits chemins creux montant dans les prés verts de l'Alignée au-dessus de Sarlat où, rompant alors le groupe, déambulant derrière le brouillard de nos haleines comme des chevaux après la course, nous cherchions les pommiers en automne, les cerisiers au printemps. Le mercredi après-midi, nous partions en cohorte vers le stade Madrazés pour le saut, le lancer du poids ou les 400 mètres, où la sortie du dernier virage de la piste cendrée nous conduisait au bout de la ligne droite d'arrivée où beaucoup s'effondraient sous les gradins vides. Peu d'entre nous avaient des tenues de sport, et nous revenions vers le lycée en cohortes étirées, les pieds douloureux. Nos rangs nous menaient enfin une fois par semaine aux douches municipales. Nous rentrions quatre par quatre dans les cabines aux portes grandes ouvertes à la surveillance des pions. La vapeur et les cris montaient de trombes d'eau surchauffée, rare extase dont il fallait presque nous chasser tant nous nous y abandonnions.

Puis approchait le 7 mai, jour de l'armistice, où toute la jeunesse du lycée devait s'exposer en bonne place devant les porte-drapeaux et la fanfare, au monument aux morts au bout de la Traverse. Après avoir écouté les discours édifiants des édiles, chanté une Marseillaise endiablée, nous respirions déjà le temps des vacances qui allaient s'ouvrir pour toujours, nous semblait-il, tant il se perdrait dans l'été qui paraissait sans fin. Par la crainte de renouvellement de célèbres exploits passés, l'atmosphère de cette journée était aussi tendue qu'un jour de signature de reddition d'une armée. Je fus une fois témoin d'une cérémonie irrémédiablement troublée par un étrange et improvisé chahut venu des rangs des terminales. Alors que devant le premier de nos rangs, le sous-préfet en grande tenue, les officiers de gendarmerie en uniforme, le maire et d'autres notables (dont notre proviseur), d'un pas solennel, se déplaçaient de concert pour porter la grande gerbe enrubannée de tricolore au pied du mausolée, un siffleur virtuose accompagna dans l'installation d'un bruissant silence la lente cadence des pas d'un mince filet sonore sur l'air de « C'est toi Laurel, c'est moi Hardy ». L'insolent chalumeau marquait le pas aux arrêts de la phalange, et reprenait plus pur encore, lors du recul coordonné des édiles devant la gerbe enfin déposée et, après quelques hésitations, mourait pendant leur recueillement. Nous, comme les grands, dignes de Sparte, serrâmes nos rangs sous le fin chalumeau et fûmes imperturbables dans l'enquête.

***

Pendant quelques années, les mois d'été furent le théâtre de transhumances de notre famille aux Contamines Montjoie dans les Hautes-Alpes. Ces séjours se déroulaient comme une seconde vie à épisodes jusqu'à ce que finisse la colonie de vacances qui nous accueillait, vie qui n'avait pas grand rapport avec celle du lycée, avant ou même après que mes parents rejoignirent Sarlat et où je fus externe, hors des murs. J'ignore comment mon père avait obtenu ce poste de directeur d'une si lointaine colonie de vacances. Tout ce qui était encore une famille depuis la naissance de mon frère Jacques partait donc mi-juillet pour traverser la France, de la Dordogne à la Haute-Savoie, dans notre Renault 4CV, puis dans la Simca Aronde. Bien avant l'arrivée des pensionnaires, nous devions prendre possession des locaux de l'école publique à l'entrée du village, face aux Miages et à la Bionnassay dont le premier matin après notre arrivée tard dans la nuit, je découvris, dans un air plus vif et plus transparent que jamais, les sommets s'incendier aux premiers rayons du soleil. Mes parents avaient le privilège d'une chambre où dormait aussi mon frère, chambre qui symbolisait notre famille, encombrée de matériel de photo, de plateaux de vannerie, d'un miroir enchâssé dans un cadre d'osier, des produits de toilette de ma mère, de vêtements. J'aidais les cantonniers qui transformaient en une semaine les classes en dortoirs où, sur de vieux lits métalliques grinçants, étaient jetés les matelas de laine et les couvertures de feutre gris des années précédentes. Les lavabos à l'eau glacée des montagnes s'alignaient dans le couloir. Aux barres de fer du pied de chaque lit séchaient nos serviettes de toilette. Dans le réfectoire, un phonographe jouait des **Scottishs, Brassens, Ferré, Douai, Soleville, les Quatre Saisons et un adagio d'Albinoni** qui envoûtait. Après le lycée, tout ressemblait à une veille de Noël, un monde nouveau s'ouvrait. J'aidais mon père à afficher au mur les cerfs-volants peints de licornes, d'oiseaux fabuleux. Ses knickers de gabardine et chaussettes à torsades étaient maintenant ceux du pays. Une cuisinière de Nice, grand-mère accompagnée de sa petite fille et qui fut de toutes les parenthèses, arrivait aussi en avance et mettait en route les fourneaux, rangeait la vaisselle et les réserves. Mon père faisait le marché et passait des accords avec les commerçants qui allaient livrer tous les jours de quoi nourrir une centaine de personnes. J'explorais alors le village avec sa vieille église au crépi jaune moutarde, le café sur la place, les vitrines remplies de chaussures, de crampons, de piolets, de cannes décorées d'Edelweiss, de gourdes en peau de chèvre, de tourniquets de cartes postales. Celle de Giet, le photographe, exposait des agrandissements en noir et blanc de cordées progressant sur des arêtes et des champs de névés, les dégradés de chaînes se perdaient dans la distance. Des ruelles flanquées de chalets entourés de jardinets montaient vers les flancs de la vallée, vers les pâturages jusqu'aux premiers sapins. Au fond de la vallée fumait le soir le Bon Nant, torrent dont j'aimais fixer longuement le flot tumultueux du vieux pont de pierre, doucement il m'entraînait dans un soudain vertige vers un solitaire mouvement perpétuel vers l'amont, dans le raclement sourd des blocs de granit déplacés par le courant.

Puis vint le jour où deux cars d'Annecy à la galerie surchargée de valises se garèrent devant ce qui était devenu la colonie de vacances, libérant garçons et filles dans les cris de joie et découverte alors que des moniteurs, déjà debout sur le toit des cars, descendaient les sacs et valises. En haut, en contre-jour sur la galerie, je vis pour la première fois Jean-Claude Bellino, dit Kob, jeune professeur d'anglais qui revenait de Philadelphie. Pipe de maïs à la bouche, je le vis tendre les valises et sacs à dos vers les bras du chauffeur et des autres moniteurs avec ces gestes précis et si singuliers qui, sans explication, fascinaient dès les premiers regards sans qu'il en ait conscience. Bien plus tard, voyant les Misfits, j'eus pour les acteurs une même sorte de fascination, sans la fraîcheur du direct, du réel, que je voyais alors. De taille un peu plus grande que la moyenne, cheveux drus désordonnés, noirs et mats, coupés à la James Dean, il avait des yeux noirs et soyeux contrastant avec un visage anguleux à l'expression légèrement amusée. Mate sous le rasage de près, sa peau montrait plusieurs cicatrices sur un sourcil et le menton. Il était habillé à l'américaine, gabardine beige et ceinture de GI en tissu kaki, manches retroussées à l'intérieur très haut sur ses biceps musclés. Comme il le ferait tant de fois, il tapota de trois doigts sa poche de poitrine, palpant la présence de son paquet de tabac, et bourra sa pipe en épis de maïs, regardant du haut de la galerie vide l'agitation de la découverte de l'école. Montagnard, Indien, moniteur des grands, nous le suivrions partout ! Le même jour, dans une constante agitation de nouveauté, nous fîmes connaissance de Christian George qui allait être le moniteur de mon équipe, et de Marc et de Léone. Christian était mince, son visage en lame de couteau avait un regard bleu pâle comme la glace des rigoles des séracs que nous découvririons plus tard, sa chemise et son short étaient bien repassés et il marchait avec des souliers de ville. Rêveur, il semblait souvent absorbé par quelque chose de mystérieux, d'incompréhensible. Ce que me révélaient ces premiers jours était plus important que découvrir mes premiers camarades ou les brefs regards des filles s'installant dans l'autre partie de l'école. Enfant, j'allais côtoyer tout l'été ces jeunes adultes, tuteurs de cette partie non solitaire de mon adolescence, de ces étés de parenthèses.

L'équipe partit chaque jour à la découverte de la

vallée, de ses contreforts, poussant de plus en plus loin vers des lacs, des torrents, des cols d'où d'autres vallées s'ouvraient soudain à notre vue. Notre société particulière s'établissait, s'approfondissait dans l'été, dans ce vide qui paraissait infini, s'étendant déjà vers le prochain été. Après une âpre montée dans l'odeur des sapins et des pâturages, une première échappée nous conduisit à Armancette que nous atteignîmes essoufflés, ignorants du dandinement bon enfant des montagnards chargés de lourds sacs à dos en route pour le refuge de Tré-la-Tête, par nous doublés en courant au pied de la pente, et qui nous rattrapèrent bien avant le lac. Le petit lac d'Armancette se révélait tard à la vue alors que le sentier s'ouvrait déjà sur un vaste replat encombré de petits ruisseaux qui glougloutaient et où, allongés sur l'herbe courte et drue, nous buvions une eau glaciale au goût métallique. Le lys martagon au pollen enivrant et la gentiane y fleurissaient près de l'eau. De l'autre côté du petit lac, un sapin couché par l'orage, mais aux branches toujours vertes et vivantes, plongeait dans le vert sombre du lac, la flèche de sa cime cassée par la transparence de l'eau. Le reste d'un névé s'était arrêté aux premiers clapotis de la rive. Derrière le lac, plus abrupt, sans chemin ni sentier, s'élevait, comme un rideau de théâtre, la vue sur des éboulis de vieilles moraines qui nous appelaient à continuer un jour notre marche, à aller seuls encore plus loin sur ces contreforts des Miages. L'année suivante, Christian partit du lac rejoindre directement l'arête neigeuse de crête, inaccessible à nos regards au pied de la moraine, et revint brûlé par le soleil, déshydraté, titubant sur un chemin de traverse, soutenu par un promeneur qui l'aida à rejoindre le village. Nous fîmes halte sur le rocher de granit de la rive près du sapin englouti et Christian distribua le goûter, coupant les pains et les tranches de tomme, et gardant le reste du chocolat pour ceux qui répondraient à l'épreuve dont nous avions discuté avec passion en montant. Pour une barre de chocolat de plus, du granit tiédi par le soleil où nous goûtions, nous devions plonger dans le lac près du sapin et du névé. De ce bref voyage, moins que le froid qui avait à peine le temps de nous saisir, c'est la transparence de cristal de l'eau et la précision des détails des branches et ramures vertes de la partie engloutie du sapin qui s'inscrivaient alors pour toujours dans les yeux de ceux qui par faiblesse ne purent dire non et plongèrent.

Par jour de « grand beau temps », la balade vers les chalets de Colombaz sur le flanc du Joly vers le col sur le chemin d'Hauteluce se faisait en une journée, avec toute la colonie. Chargés des sacs à dos du repas de midi, nous montions lentement sur un large chemin de terre blanchie, en groupes étirés de grands et petits. Autour de Jean-Claude qui guidait nos paroles trébuchantes, quelques garçons et filles chantaient Brassens – l'Auvergnat, Brave Margot, le Parapluie et bien d'autres chansons – sur les kilomètres de la montée, découvrant sans nous le dire que nous avions grandi. La colo faisait alors halte sur un long replat que rayait en diagonale un ruisseau qui avait creusé des séries de bassins superficiels dans l'ardoise noire où l'eau s'était tiédie au soleil. Assis alors sur l'herbe, déchaussés, allégés de nos sacs, nous marchions dans l'eau courante sur les dalles d'ardoise tièdes. De l'autre côté de la vallée s'était élevé avec nous le massif du Mont-Blanc dont la chaîne dégagée de premier plan resplendissait sous le soleil au zénith. Nous apprenions alors le nom de ces sommets neigeux, plus bas le regard remontait le cours du Bon Nant jusqu'à la voie romaine dont les dalles polies brillaient par moments, vers le col du Bonhomme. Mes parents venaient souvent lors de ces grandes balades, mon père amenait son Rollei, ses portraits d'enfants et d'ados devant la splendeur de l'arrière-plan de ces journées se révélaient au fil des semaines dans la vitrine de Giet aux Contamines. Ma mère qui, de son pas balancé, montait plus lentement (on l'appelait « la baronne »), ne s'était jamais fondue dans le style de la colo où les femmes monitrices sortaient de l'adolescence, elle nous rejoignait plus tard et se tenait un peu à l'écart des cris et de l'agitation, sous un vaste chapeau.

Chaque sentier de la vallée fut exploré la première année, fixant la géographie de ce que serait le décor du prochain été. Nous irions plus loin, au lac Jovet, au col du Bonhomme pour voir l'Italie, sur le plateau du Truc couvert de rhododendrons et de myrtilles, jusqu'aux chalets des Miages devant la Bionnassay, à Tré-la-Tête pour marcher sur le glacier et vers le Joly par Saint-Nicolas alors que, chaque jour, les neiges nous attiraient plus fort. Les jours de repos, nous traînions dans les graviers et les galets du Bon Nant dont le cours assagi à l'entrée du village s'étalait alors dans une sorte de mangrove où nous nous égarions. Ou encore par le petit sentier qui descendait derrière l'école, nous rejoignions son cours qui était redevenu sauvage. Assis sur de grands blocs de rochers qui divisaient son lit, nous laissions le bruit furieux de son flot nous saouler, l'air était saturé de gouttelettes qui, mêlées au soleil, piquaient la peau de nos dos nus. Nous remontions en cueillant des bouquets de colchiques pour les tables du réfectoire.

Les parties historiques de ballon prisonnier, de prise de foulard, de jeux de piste se perdant tard dans la vallée alimentaient une mythologie de la parenthèse. Mais, dans la cour, où nous côtoyions les filles, nous faisions aussi, comme des enfants, des jeux cruels. La ronde « entre les deux mon cœur balance » arrachait des larmes quand, un rejeté du cercle, la sarabande tournoyait plus fort en chantant « mon p'tit cœur n'est pas fait pour toi, il est fait pour celui que j'aime..., etc. ». Une soirée était consacrée à un montage photo sur la musique des Quatre Saisons. Miki, guide de haute montagne, devenu un familier de la colo, avait photographié le dégel, les oiseaux ébouriffés, l'eau partout. Le printemps éclatait dans les fondus enchaînés portés par cette musique que nous découvrions et nous amenait à l'hiver, au froid qui étirait le violon, émus jusqu'aux larmes. Privilège de fils du directeur, comme jadis à Fleurac celui de fils de l'instituteur, j'aimais monter en secret dans la chambre de mes parents, m'allonger sur la couverture de stock de l'armée qui couvrait le grand lit fait de deux lits de camp, déboucher le flacon de parfum de ma mère, essayer ses foulards, son chapeau, ses lunettes de soleil. Mais ma mère acheta cette année-là un « grenier » situé à la sortie du village, sur le dernier pré pentu avant que le sentier de Tré-la-Tête passe à gué un petit torrent et s'enfonce dans les sapins. Ces petits greniers à céréales, construits sur de courts pilotis de pierres, pouvaient se transformer en mini-chalets d'une pièce avec son coin cuisine, une petite cheminée et une minuscule chambre, un endroit où elle pourrait se réfugier, quitter la colo. Miki accepta de travailler sur le vieux grenier à la morte-saison pour qu'il soit prêt l'année prochaine, alors le statut de ma mère aurait changé.

Vint la fin de la parenthèse : le retour des cars d'Annecy et l'arrivée de parents venus en voiture chercher leurs enfants. Des scènes de désespoir pétrifiaient des parents désarmés qui ne reconnaissaient plus leur progéniture. À côté de quelques 4CV ou 2CV, des enfants en larmes auraient tout donné pour être dans les cars. Mais pour d'autres raisons, autour des autocars, presque tout le monde pleurait aussi me semblait-il, alors que les valises et les sacs, dans le film rembobiné, remontaient sur les galeries où des « grands » avaient alors rejoint Jean-Claude. Quant à moi qui restais, je ne pus retenir mes larmes quand les cars repartirent dans le bruit gras des moteurs montant en régime, interrompu par les changements de vitesse, avec cette fumée d'échappement à l'odeur plombée des départs que n'ont plus les cars d'aujourd'hui, alors que les cris, les derniers chants de colo, les mains agitées par les fenêtres et les visages en pleurs collés à la vitre arrière du dernier car disparaissaient.

Une longue Studebaker vint plus tard le soir se garer devant le ventre maintenant vide de la colo, chercher Jack Metz, un jeune Belge, « Le Belge » qui devait acheter une bouteille de lait tous les jours du séjour. Ses parents vinrent remercier les miens, la cuisinière, les derniers moniteurs, et les mains de Jack furent les dernières qui disparurent agitées jusqu'au bout de la ligne droite. Les jours suivants, s'abattit sur nous une grande lassitude, peu de ceux qui restaient parlaient. Pour la prochaine parenthèse, il fallait alors refaire tout le rangement, replier les lits de fer aux ressorts grinçants, les couvertures, les tables et les bancs qui devaient rejoindre le grenier après trois étages par le large escalier où les sons résonnaient maintenant étrangement. Nous partîmes enfin alors que les instituteurs de l'école rentrant de vacances faisaient le constat des petits dégâts avec mon père. L'Aronde était surchargée, au-dessus des valises amarrées, la galerie était hérissée de l'osier « des ateliers libres » que mon père travaillerait encore.

***

Au retour, ma mère obtint enfin un poste à Sarlat. Nous quittâmes Belvès, mon père suivit, mais Sarlat réunissait ce qu'il détestait. J'allais devenir externe, rentrer chez moi en dehors des heures de cours. Nous louâmes un appartement vieillot au premier étage de la maison d'un ancien menuisier, rue des Cordeliers, en haut de la Traverse, vers la route de Montignac. Passé un vieux portail de fer toujours ouvert, on montait par un escalier de bois extérieur plaqué contre le mur et surplombant un vieux hangar encombré de planches et de poutres abandonnées. Le premier jour, assis sur le bord de la fenêtre de la salle à manger, adossé au mur, je goûtai ma nouvelle liberté en regardant la rue et, dominant aussi les restes de la scierie, je m'identifiai à Patrice alors que je commençais Le Rouge et le Noir. Mon frère et moi eûmes une chambre chacun, et mon père étant souvent à Moncalou, je vivais plus près de ma mère. Je me souviens du jour où, dans la cuisine, au petit-déjeuner ou peut-être le soir, seul avec elle, je vis qu'elle pleurait. Je ne lui posai pas de question, mais pour la consoler, je lui parlai soudain des métiers que je ferais plus tard, je serais physicien ou géomètre. Nous fûmes tous les deux surpris par l'ambition et la passion que je lui donnais en parlant de mes projets. Elle se leva alors pour débarrasser la table, pleurant encore à peine et, gênée de ne pas pouvoir se montrer maintenant complètement heureuse, me dit comment elle était fière de moi. Je sentis alors que je pourrais arriver à réaliser tout ce qui me venait dans ce flot de paroles.

La ville m'offrit de nouveaux copains. Balzon venait me chercher avec la Borgward de son père, je commençais aussi à conduire sans permis quand mon père était là. J'allais aux premières surboums, à vélo aux baignades à la Dordogne ou au Céou, sous le pont à Castelnault, amenais des filles chez moi quand mes parents n'étaient pas là. À cette époque, ma mère hérita d'un terrain à l'autre bout de Sarlat près du chemin du Plantier sur le flanc des premières collines, vers Sainte-Nathalène. La vue s'étendait sur les toits de Sarlat à droite et à l'opposé vers le viaduc du chemin de fer. L'herbe y était haute, et seuls quelques vieux poiriers et pommiers rappelaient qu'il fut jadis un jardin. Ma mère, qui affirmait que la parcelle portait le nom de « lo tèrra del rei » en patois, ne pensa plus alors qu'à y faire construire sa maison. Mon père, qui redoutait ce futur, n'accompagnait pas les discussions sur le plan et venait de moins en moins à Sarlat. Un soir de juin, juste avant les grandes vacances, j'avais eu un rendez-vous avec une fille et, ne sachant pas où aller, je lui proposai de monter par de petits chemins à la périphérie de la ville. Je voulus alors lui montrer le terrain où se situerait notre maison, proposition de mon inconscient qui me fut aussi surprenante qu'elle dut l'être pour elle ! Elle était esthéticienne dans un nouveau salon de la Traverse. Je ne la connaissais presque pas, elle était plus âgée que moi de quelques années, mince, plutôt grande, la peau mate de type maghrébin. Je l'attendis à la sortie du salon, elle embaumait un mélange de parfums et je me souviens encore qu'elle portait un chemisier de soie ou de satin avec un motif de feuilles mortes, je crois, un pantalon noir flottant et qu'elle avait gardé les chaussures à talons qu'elle avait au salon. Je ne connaissais pas de filles qui se parfumaient et, alors que nous montions sur le chemin dans l'obscurité, les odeurs de cosmétiques du salon s'étaient diluées et son parfum particulier me grisait. Je lui tenais la main pour aider sa marche avec ses talons. Arrivés sur le terrain, nous regardâmes en contrebas les fenêtres des maisons voisines qui s'allumaient, les feux de la ville plus bas. Je la pris dans mes bras dans l'herbe haute et tiède, sentant son soutien-gorge dur sous la soie de son chemisier, cette soie qui resta pour moi sa vraie peau. Envahi par son parfum, j'étais surpris, dépassé par sa simplicité ou son désintérêt. Elle facilitait sans rien dire mes gestes, légère comme une danseuse qui suit le pas d'une danse alors que je parlais de ce terrain, de la future maison, de ma mère, de cette nuit de juin, des lumières, etc. Nous redescendîmes dans le chemin encaissé qui s'ouvrait sur les platanes de la place Grande Rigodie. Nous sommes-nous encore tenus par la main ? Avons-nous parlé d'un autre rendez-vous sous la statue de La Boétie ? Je ne me souviens plus de rien. Quelques jours après, assis avec Balzon à la terrasse du Central sur la Traverse, une des petites voitures de sport qui traînaient dans Sarlat s'arrêta devant le bar et un homme d'une trentaine d'années en uniforme militaire en sortit et déplaça le vélo (c'était le mien) qui occupait la place de parking devant la terrasse du Central, se gara, ouvrit l'autre porte de la voiture et prit le bras de celle dont j'ai oublié le nom et le parfum, pour rentrer dans le bar. Elle me fit un petit bonjour de la tête en passant.

Externe, je travaillais tard à « l'étude », une salle partagée avec les internes, le brevet devait ouvrir la porte des années terminales, mais la présence des filles dans et hors du lycée bouleversait maintenant le fil des jours. Les premières surboums furent organisées, j'étais de ceux qui abusaient des slows et restaient près du piano. Je me souviens d'une fille au type gitan, un peu plus jeune que moi, d'une famille de forains qui habitait au bout de ma rue des Cordeliers. Nous allâmes aussi ensemble, dans les longs soirs d'été, marcher dans les prés où finissait la ville. Mais je ne parlais plus du terrain, de maison ; en fait, nous ne parlions même que très peu, c'était une sauvageonne. Un jour, elle me dit qu'elle serait élue reine de beauté de Sarlat. J'allai le cœur battant à la cérémonie dans la grande salle du musée, un premier rang était occupé par des édiles supposés garants de la bonne tenue de cette manifestation, mais le jury réunissait aussi plusieurs de ce qu'on appelait un « renard argenté » à Sarlat. Gitane, elle fut désignée Reine comme elle l'aurait été la Rosière de Sarlat. Mais elle était si pressée par les Renards après le sacre, alors que le mousseux coulait maintenant avec les jus de fruits, que je partis seul chez moi dans la nuit. Je la revis quelques fois, elle était restée sauvage.

J'allai passer le brevet à Belvès, et l'année était presque finie, les vacances approchaient, nous allions encore repartir en famille pour un autre été aux Contamines. De ces derniers jours à Sarlat, libéré des examens, je garde des souvenirs de liberté, je n'étais plus un enfant. Souvenir des journées hilarantes de préparation militaire, où les derniers jours avant les vacances nous faisions des exercices sur le terrain vague devant le lycée, à l'endroit même où j'attendais si tard la voiture de mon père le samedi quand j'étais interne. Garrigou, un copain qui excellait dans le lancer du poids, envoyait sa grenade si loin qu'au lieu de retomber dans le cercle tracé par le gendarme instructeur, elle se perdait loin derrière le mur d'enceinte, dans des friches de hautes herbes parsemées de pommiers. Sommés d'aller la chercher, escaladant le mur avec lui, nous allions alors vagabonder dans les graminées pendant le reste de l'exercice, lançant par intermittence des pommes encore vertes aux copains de l'autre côté du mur. La partie théorique de la préparation se faisait dans une salle de cours dont les filles étaient bannies. Dans cette « partie théorique » de la présentation, le gendarme instructeur nous parla « comme à des hommes », comme si nous allions nous enrôler dans la Légion. Il insista sur les risques de maladies vénériennes, recommandant la prudence « si nous trempions nos biscuits ». Cette partie théorique nous plongeait dans des réflexions complexes sur ce que ce monde militaire nous ouvrait de perspectives.

Il était encore habituel de conduire sans permis et nous faisions des poursuites vertigineuses dans la descente de la côte de Trente vers Montignac dont le bitume venait d'être refait à neuf. Mon père avait à cette époque la petite Dyna Panhard, ma mère, qui ne s'intéressait pas aux voitures et n'apprit jamais à conduire, ne trouvait *distingué* que de posséder une voiture étrangère ou de vieilles voitures qu'on ne changeait pas. Chaque voiture que mon père eut, jusqu'à la dernière, relevait pour lui d'une mythologie qui me contaminait. Je fus aussi un fana de la Dyna dans toutes les discussions. Petite et légère – elle était en alu, son flat-twin tournait à merveille et, traction avant, sa tenue de route faisait des miracles dans des rallyes célèbres. Mais le mythe pour moi tenait certainement au pommeau du petit levier de vitesses en bakélite beige translucide qui émergeait de l'obscurité sous le tableau de bord, juste à droite du conducteur. Il n'y avait pas de ceinture de sécurité et résister au devers des virages endiablés de la descente de la côte de Trente obligeait à planter la jambe gauche contre le plancher pour se caler le dos sur le dossier du siège et, alors que les bras manœuvraient le volant de bakélite transparente, on pouvait essayer de rétrograder la vitesse avec le genou. Je ne sais pas comment nous eûmes la vie sauve pendant ces mois de rodéo, avant que la lourde Borgward du père de Balzon, vaincue, ne quitte la route dans un virage et glisse sur l'herbe mouillée avant de s'arrêter intacte dans une ornière de boue.

Pourquoi ce plaisir à ne me complaire que dans ces quelques souvenirs en écrivant comme un enfant, alors que s'étiraient tous ces jours et ces mois et leur cortège pressé de sensations ? En écrivant, revenait aussi une foule de ces jours restée tapie dans ma mémoire. Ils réapparaissaient alors, décor précis du théâtre, poussant mes souvenirs vers de nouveaux prolongements. J'aurais alors aimé revivre tout ce qui me revenait, mais ma mémoire ne sélectionnait que quelques épisodes et me manipulait pour dessiner ce qu'elle croyait être le récit banal de cette époque. Quand on rouvre de vieux tiroirs où s'oublient les photos qu'on n'avait pas choisies pour l'album, on est alors surpris de découvrir comment, avec les ans, un autre regard s'était établi inconsciemment. En marchant dans mes souvenirs, je rencontrai aussi d'autres photos qu'aujourd'hui j'aurais retenues pour l'album.

***

Ma vie cloîtrée d'interne à La Boétie n'était plus qu'un lointain souvenir, le monde se déployait sans cesse comme un origami et, quand nous repartîmes une fois de plus de Sarlat pour les Contamines, j'étais devenu un adolescent. Pendant le long voyage dans notre petite voiture, je souffrais maintenant avec acuité de la mésentente de mes parents, bien qu'incompréhensibles pour moi, j'entendais des reproches dans chaque phrase. Mon père prenait maintenant des anxiolytiques puissants qui lui occasionnaient des crises de tremblements. Lors de la traversée de Thiers, pendant une discussion pénible sur la possibilité d'acheter un service de couteaux pour la maison, nous fûmes arrêtés par des gendarmes pour une infraction banale. Mon père sortit de la voiture, j'étais angoissé de le voir encore habillé en montagnard et dévisagé par des gendarmes bon enfant. Il y avait de petites rafales, on voyait ses mains trembler si fortement que j'avais peur qu'il déchire une feuille de ses papiers ou qu'ils s'envolent, il voulut montrer une ordonnance du médicament qui occasionnait son tremblement. Puis nous repartîmes humiliés, chacun enfermé dans sa souffrance.

Mais arrivé aux Contamines, revoir la Bionnassay, les Miages, descendre la rue de l'église pour aller voir fumer le Bon Nant dans le vacarme du courant, voir mon père, habillé comme ici tout le monde, opéra encore, et mon père et ma mère échappèrent une année de plus à la tourmente. Cette fois, je tins une place débordante d'énergie auprès des cantonniers pour descendre du grenier des dizaines de matelas qui, oscillant sur mes épaules, étaient balancés du haut de la cage d'escalier, pour déplier les lits de fer et y ranger matelas et couvertures. Le soir, je m'endormais assommé de fatigue. Ma mère aménageait le grenier que Miki avait terminé, mon père passait les commandes aux marchés et, avec la cuisinière, nous chargions les étagères de la remise.

Pendant ces étranges journées, alors que les dortoirs, les réfectoires, les couloirs et leurs rangées de lavabos étaient récurés et brillants de propreté, que toute la colonie était alors vide de cris et d'agitation, je partais quelques après-midi en stop à la piscine de Saint-Gervais. Je n'attendais habituellement que quelques minutes avant qu'une voiture me prenne, la route quittait rapidement les sapins et, laissant le Bon Nant à gauche, filait en pente douce dans les alpages et les pommiers. Déposé à l'entrée de Saint-Gervais, je passais devant les courts de tennis, où retentissait le bruit sec des balles sur les raquettes qui ne m'était pas familier alors que je m'approchais des cris des baigneurs, des bruits d'éclaboussures et de l'odeur de chlore. L'air était vif et, sortant de l'eau, je m'étendais en tremblant, les doigts bleuis sur le ciment chaud.

Vers le haut de la vallée, au-dessus de contreforts vert sombre des sapins, le feston des arêtes du Dôme des Miages étincelait au soleil comme des cumulus de neige.

Enfin revint le jour où, guettant la route de la vallée, je vis revenir les cars d'Annecy dont les portes s'ouvrirent en grand, à peine immobilisés. Ce n'était plus une petite foule qui venait timidement à la découverte d'une école transformée, beaucoup des colons de l'année dernière qui étaient revenus envahissaient les couloirs, les dortoirs, les escaliers qui résonnaient de cris oubliés. Jean-Claude, Christian, Marc, Léone, Alexandra, Françoise étaient revenus. Mais l'atmosphère avait changé, dès les premiers jours, une sorte de vertige plana sur la colo. Jean-Claude avait loué une vieille ferme, « Les Meuniers », sur un épaulement du Joly, sur le chemin de Saint-Nicolas de Véroce, qui très vite nous attira. Devant la ferme, un abreuvoir creusé dans la pierre était alimenté par un filet d'eau glacée. Les murs de la ferme, peints à la chaux, s'élevaient à deux mètres du sol, laissant la place au bois d'un brun noirci. Ce qui frappait, en entrant dans la bâtisse, était, dans la pénombre tiède, le bois des cloisons qui assourdissait les bruits, l'odeur complexe de foin des anciennes fermes où l'étable, le lait, le fromage laissaient encore un vague souvenir. La maison était vaste avec de nombreuses pièces encombrées de matelas à même les planches, de duvets de bivouac, de sacs et de matériels de montagne. Les guides Vallot et des livres d'auteurs encore inconnus de moi traînaient sur la planche du rebord de la fenêtre de la grande salle où je dévorais L'Écume des jours, Lumière d'août, Pâturages du Ciel. L'électrophone passait les mêmes disques qu'à la colo, des Scottishs nous enivraient comme des derviches tourneurs, Brassens, Ferré (Jolie Môme), Vivaldi. Les Meuniers devinrent une sorte d'annexe de la colo où la « bande des Meuniers » allait y vivre une double vie, ils portaient un germe auquel la colo ne survivrait pas. Adolescent, j'y étais attiré comme par un puissant aimant. Ma mère eut le sentiment de me perdre. Je n'allais plus que rarement à l'autre bout du village, loin des Meuniers, dans le grenier transformé en petit chalet pour ma mère par Miki. Y arrivant, je m'y sentais terriblement désœuvré et n'y restais que de trop courts instants, angoissé de trahir ma mère sur le chemin du retour. Un jour que j'y passais avec Christian, qui toujours aima ma mère, pour quelques futiles raisons, j'eus des mots méchants, vantant les Meuniers face à ses reproches. Il y avait du feu dans la petite cheminée de cuivre battu, nous étions tous atterrés de ce que j'avais dit à ma mère, mais c'était dit et rien ne pouvait le changer. Dans la petite pièce, Christian, adossé à la cloison de lambris de pins de Miki, regardait vers le haut. Je voyais les sanglots qu'il réprimait à la tension de sa pomme d'Adam qui déglutissait sa souffrance. Mais j'aimais toujours monter à Montjoie avec elle, comme nous le faisions pour Colombaz lors des journées décrétées de « grand beau temps » que ma mère affectionnait et où je la retrouvais. Nous courions avec les copains dans les lacets du chemin de terre au ciel coupé par les câbles des bennes du télésiège. Elle montait souvent seule ou accompagnée par Mme Delalin, sa grande amie de l'époque, de son même pas lent et balancé jusqu'au petit lac et les tables de planches du café. Je restais alors avec elle pour un pique-nique et, en redescendant avec Nibile dans la vallée, nous ramassions des myrtilles et faisions ensemble des bouquets de rhododendrons pour son petit chalet.

Mon argent de poche passait en Milk-Shake (Dame Blanche) et parties d'échecs à la terrasse de la Cressoa où, derrière la grande baie vitrée lors des après-midi d'orage, je suivais les lambeaux de nuées grises accrochées à la forêt sombre vers Tré-la tête, guettant la foudre cassant des pins avec un petit panache comme un tir de canon. Une après-midi, un petit groupe alla au Ciné-Club du village. Étaient donnés « Les Feux de la Rampe », l'écran était un drap tendu, les gens chuchotaient pendant qu'un opérateur juché sur un trépied de bois installait sur le projecteur les bobines du film sorties de galettes de fer-blanc. Le silence se fit et les images tremblantes apparurent. On entendait toujours le bruit grenu du projecteur sous la musique. J'étais assis dans une rangée de chaises, à gauche de Françoise R..., l'amie de Jean-Claude. Beauté bourgeoise à la Vadim, elle n'avait peut-être pas 18 ans, je me souviens de la masse de ses cheveux châtains qu'elle avait relevés en un large chignon désordonné. Sans la regarder, je sentais son profil, son corps à côté de moi, son léger parfum, sa tiédeur. Pendant « la danse des petits pains », je l'entendis rire en se tournant gentiment vers moi qui fixais l'écran. Une femme comme elle pouvait tomber amoureuse d'un adolescent ? Je fus éperdument amoureux d'elle pendant le film, je voyais qu'elle retenait ses larmes à sa fin si émouvante. Puis, dans la lumière crue de la rue, tout me quitta.

Lors des deux derniers étés de la colo, des sorties étaient devenues des aventures. Dans un silence inouï, nous explorions par jeu des chalets abandonnés pour l'été où, avec des filles, figés comme des statues, nous n'entendions plus que les bruits de nos cœurs heurtant notre respiration. Nous nous enhardissions, poussant nos balades jusqu'aux neiges, passant les moraines et les rimayes vers les glaciers, examinant les arêtes, les voies vers les sommets qui paraissaient si proches. Puis, adolescent, amené par Jean-Claude, Christian ou Marc, je passais dans divers refuges des nuits blanches d'angoisse, jusqu'au départ dans la nuit sur la croûte craquante du gel de la neige, éclairée par de faibles lampes où, alors libéré, je retrouvais l'insouciance de moments gravés dans mes souvenirs. Christian appréciait mal le danger (ou dans sa mystérieuse nature de Loup des Steppes, peut-être le méprisait-il). Je revois encore souvent une scène où, sur l'arête de Midi Plan, impatient devant un encombrement de cordées au pied du chaos de rochers dit de la « boîte aux lettres », qui comme une grande marche d'escalier de granit obstruait l'arête, il nous engagea dans un contournement sur le revers pentu de glace dure dix mètres sous l'arête. À notre gauche, le précipice, ce « gaz » où volaient les choucas, dévalait si loin que le regard fuyait. Mes jambes alors tremblèrent, et finalement nous ne pûmes plus bouger avant que la corde ait été passée par Christian, à bout de doigts, sur un petit becquet de granit qui affleurait. Momentanément sauvés, nous dépendions encore des autres. De l'arête, on nous lança une corde, les cordées immobiles nous observaient en silence jusqu'à ce qu'un nœud nous assure enfin et que nous remontâmes. Souvenir d'orage venu de nulle part avant Vallot au Mont-Blanc, les cordées, désordonnées, redescendaient en pas de géant vers les Grands Mulets, certaines enlevaient leurs crampons et descendaient en ramasse. Puis, sorties des nuages noirs, les cordées se retrouvaient dans la grande combe, le refuge était par là, plus loin. Des dalles de granit devant le refuge, alors que le soir tombait, on voyait les lampes qui se rapprochaient en dandinant. Tard dans la nuit s'approchaient encore des voix, puis la porte s'ouvrait. Le lendemain, grand beau temps, nous descendîmes dans la vallée en marchant dans un petit torrent où le gravier fuyant allongeait nos enjambées. En bas, nous rejoignîmes les Contamines dans la camionnette de cantonniers. En deux étés, tant de choses s'étaient passées, la colo était finie, je n'y reviendrais pas, elle resterait un souvenir. Les Meuniers s'enlisaient dans des problèmes d'intendance, des couples se formaient, arrivaient, partaient. Ma mère est revenue seule un été aux Contamines, puis vendit le Grenier.

**

Le dernier retour vers Moncalou fut aussi le dernier voyage de notre famille. Jacques devait être trop petit pour en percevoir la poignante angoisse. Dans la traversée de Lyon, après une dispute, ma mère quitta la voiture en pleurant à un arrêt de feu rouge. Pour des raisons qui m'étaient inconnues, j'étais alors « du côté » de mon père, j'aurais dû la soutenir, mais je n'ai pas pu. Traversant le Massif central, je voulus qu'on s'arrête au même endroit que les années précédentes pour acheter le traditionnel cadeau de retour pour Tati Paule qui ne quittait jamais sa cuisine. Nous achetâmes un pichet à la céramique torturée, pour garder l'eau fraîche du puits, comme celui que nous avions rapporté l'année dernière, qui s'était brisé avant notre départ.

Je n'étais plus le même au retour au lycée. Je percevais maintenant maintes contradictions auxquelles il me serait impossible d'échapper. Presque tous les jours, je devais choisir et ces choix se décidaient inconsciemment sur le peu de ce que j'avais vécu, sur l'empreinte de mes parents bien sûr et de ceux que j'avais jusqu'alors approchés, les adultes de la colo des Contamines ou les personnages des lectures accumulées à la lumière de la lampe électrique sous les draps du dortoir de l'annexe du lycée La Boétie. Mes parents allaient divorcer, mon père vivait à Moncalou, ma mère enseignait maintenant au collège du Pré de Cordi, et la maison de la « Terre du Roi », sortie si lentement du grand trou de terre rouge, trônait maintenant fièrement sur le versant de la colline dominant la ville. Le plan était le standard de ce qui était encore l'après-guerre et qui partout escaladait du même pas les collines autour de la ville. Mais profiter de la vue sur les toits de Sarlat, les soirs d'été, n'était possible que tard alors que ma mère commençait à se coucher plus tôt. Il fallait attendre que l'infernal soleil disparaisse derrière les collines de l'autre côté de la ville et que la fraîcheur atteigne enfin la terrasse orientée plein ouest. Ce fut en fait la petite terrasse orientée à l'est, celle où s'ouvrait la porte de la cuisine et d'où partait le petit chemin du Plantier, qui devint le cœur de la maison.

Je devais prendre mes repas de midi en ville dans un grand restaurant ouvrier à côté de la poste. Un interminable serpent de tables, qui enjambait couloirs, perforait murs et cloisons d'anciens appartements maintenant réunis par des ressauts de niveaux de deux ou trois marches, se remplissait d'ouvriers, d'employés, de serveuses, de vendeuses, de postières, de quelques lycéens en terminale, et de bien d'autres personnes, et ne vivait que deux heures. Les litres de vin du pays, les carafes d'eau et quelques fleurs ponctuaient les tables recouvertes de drap blanc quand le flot des habitués, soudain libérés de leur impatience à 12 heures précises où s'ouvraient les portes, se répartissait dans les salles. Tout un monde bruyant se mélangeait alors, s'interpellait, se regroupait en tablées dans les raclements des pieds de chaises sur le parquet couvert de sciure fraîche. Le même repas était alors servi contre un ticket par une horde d'employées dont les mèches de cheveux encombraient le front en sueur. J'aimais me retrouver dans ce flot affamé qui se bousculait à l'ouverture des portes, découvrir l'atmosphère puissante que répandaient ces hommes et femmes attachés à tous ces métiers. Certes, j'avais le mien, lycéen, mais il me semblait étranger au brouhaha de la vraie vie. Une sympathie s'installait entre inconnus qui s'asseyaient dans la cohue à la même table. Les discussions portaient sur le travail, la politique, la guerre d'Algérie. Rien ne ressemblait aux visages, aux voix de certains professeurs, des bourgeois de Sarlat ou même de la bande des Meuniers. Je me sentais alors appartenir à cette seconde famille bien plus large, faire partie de la Dordogne et, au-delà, d'un pays.

En hiver, nous partîmes une dernière fois, mon père et moi, tous les deux, pour une autre « balade » dans les Alpes. Je découvris les vastes paysages des plateaux d'Auvergne où seul le ruban de la grande route qui filait vers Lyon échappait au blanc de la neige qui mordait nos yeux. Arrivé à Grenoble chez Marc et Léonc, j'allai quelques jours avec eux sur les pentes neigeuses, maladroit jusqu'à l'immobilité dans de vieilles chaussures trop étroites fixées sur de grands skis de bois. De temps en temps, l'un d'eux apparaissait en haut de la pente et me rejoignait dans un cercle crissant de cristaux pour encourager mes débuts. Je ne demandais pas ce que mon père était allé faire aux Contamines, là-haut, aux Meuniers loués encore pour quelques mois. Puis les Contamines et le temps des « virées » avec mon père ne furent plus que des souvenirs que je souhaitais oublier.

Les années de travail qui me rapprochaient du bac

ne furent interrompues que par les derniers longs étés qui s'étiraient à Moncalou de juin à septembre où je suivais mon père à la chasse, rabattant avec le chien les perdreaux des sentiers de crête des collines vers le vallon et, plus tard, arpentant aussi les collines avec le vieux fusil de mon grand-père. Aux repas s'invitaient des journaliers ou des artisans, la tablée riait toujours aux larmes dans les imitations mi-patois, mi-français des personnages de Moncalou de mon père. La « Jamboye », imitée, s'y répandait en flatteries dignes de grands morceaux de Molière quand l'émotion qu'elle donnait à ses indignations mensongères lui envahissait les yeux, quelques larmes, « lo groumilles », y brillaient sans couler. Le grand rire de Marguerite Lacase, la voie finaude de Punier (Lo Punietou) marchand d'engrais de Balatz, millionnaire au pantalon tenu par une ficelle et tant d'autres ont aujourd'hui accès à l'Olympe de la commune. J'arpentais les immenses bois de châtaigniers entre Nabirat et Domme à la recherche de rares ceps, mais souvent seules des nappes de girolles illuminaient nos visages de jaune quand nous nous agenouillions pour la cueillette, ou les bords de chemins et des talus sableux pour les morilles. Je descendais au Céou m'asseoir sous les cascades fraîches les jours de canicule, ou poussais plus loin à vélo vers Grolegeac retrouver des copains et nager dans l'eau verte de la Dordogne. Mon père avait de nombreux projets pour Moncalou devenu sa maison, un pays de cocagne. Il planta tout le flanc de la colline descendant en pente douce vers la pinière en prunier d'Ente, tout l'été des trous d'explosion de petites cartouches de dynamite furent dégagés dans le sol encombré de rocs, des peupliers étaient aussi plantés dans la vallée du Céou, au Moulin d'Albert, « dans cinq, dans dix ans, on sera riches ! », disait-on. Ses deux jardins potagers, en pleine terre pour l'un ou abrité pour l'autre par des murailles du village, faisaient l'admiration des promeneurs de passage. C'était l'époque des fêtes du village. On faisait le pain, il y avait un bal sur un mauvais plancher poli à la cire de chandelles, des lanternes multicolores accrochées aux branches de noyers trouaient la nuit. Un accordéoniste jouait des bourrées, des paso-doble, des valses, au repos un tourne-disque jouait « Du Gris », Fréhel. Puis elles devinrent celles du parti communiste où un député venait faire un discours devant des paysans silencieux sous les slogans de banderoles. Des permanents qui ramenaient la caisse le soir après la clôture des comptes se réjouissaient publiquement des bénéfices supérieurs à ceux de l'année dernière. Mon père rachetait des liasses d'Humanité Dimanche, censées avoir été écoulées, mais qui restaient presque toutes invendues.

Léon, instituteur, vieil ami de la famille, revenait chaque été d'Algérie pour Moncalou, après le début des vacances scolaires. Aux dates présumées de son arrivée annonçant l'été, où il arrivait à pied de la lointaine gare Gourdon avec son sac à dos de montagne et sa valise de carton, nous guettions les airs qu'il sifflait rituellement avec débauche de virtuosité à l'approche du village. C'était toujours Flûte et Harpe ou la Pastorale. « C'est Léon ! » criait alors l'un de nous, et nous courions à sa rencontre sur le chemin de la Garrigue.

Les soirs d'été, après avoir débarrassé la table et chassé de bruyants frelons ivres de la lumière de la lampe et des restes du repas du soir, nous quittions la terrasse illuminée pour la promenade vers les Ygues. Selon les jours, la lune, de sa lumière empruntée, éclairait le village avec une irréelle précision ou n'était qu'un fin croissant acéré au-dessus de nos têtes. Nos yeux ne s'habituaient à l'obscurité que passé les dernières lumières des maisons du hameau, de chez Duclos ou de chez Laporte. Nous entrions alors dans la nuit naissante par cette petite route des Ygues et coupions parfois à travers les prés. Le goudron et le sentier des raccourcis vibraient encore de la chaleur du jour, une faible luminosité et des odeurs montaient des herbes sèches. Le vol festonnant de chauves-souris dessinait de soudaines et brèves arabesques sur le bleu foncé de la nuit, les sauterelles bondissaient sous nos pas, çà et là des lucioles éclairaient deux ou trois brins d'herbe sur le bord du chemin. Nos chemises ou nos tuniques blanches dispersées apparaissaient phosphorescentes alors que le ciel déployait l'immense mystère que cache le jour. Les voix dans l'air du soir changeaient de timbre, nous croisions quelquefois d'autres familles que l'on ne reconnaissait que tardivement dans l'obscurité, on parlait alors un moment de cette nuit splendide, demandait le nom d'enfants qu'on devinait. Des générations de chiens et de chiennes nous ont accompagnés, je revois la trace noire ondulante, infatigable, de Fanny entremêlée autour de nous, glapissant aux odeurs de lapins et revenant battre nos jambes de la queue sans jamais se soucier du ciel ! Il m'arrive encore d'aller vers les Ygues, mais, après tant d'étés, nous ne sommes plus les mêmes, séparations, nouveaux venus, enfants qui ont grandi et viennent maintenant à la promenade, nous-mêmes qui avons tant changé. Dans le proche jardin du ciel, des satellites pressés rayaient la voûte, des avions presque aussi silencieux y clignotaient, des éclairs de chaleur illuminaient sans tonnerre les collines alentour. Notre regard ne pouvait saisir d'un coup toute la vapeur lumineuse de la Voie lactée. Ce qui se passait au-dessus de nous dans cette obscurité appartenait intimement au village, à l'été, à nous qui traînions sur cette route des Ygues. Devisant, désinvoltes, nous ignorions l'infini de ce cosmos qui, au-dessus de nos têtes, ne nous accompagnait qu'avec le charme domestique d'un grand toit protecteur. Au bout de la promenade, où du chemin de crête on apercevait les lumières de Domme et plus à l'est celles de Gourdon, la fraîcheur et l'obscurité qui s'approfondissaient nous ramenaient alors vers le hameau. Quand les voix et les lumières avaient enfin disparu de la terrasse et des fenêtres à l'étage, souvent je ressortais dans le pré et, renversé vers le ciel, frissonnant dans la nuit plus profonde, je regardais les lueurs galactiques déployées au-dessus des silhouettes noires de la maison et du grand tilleul. Par une incompréhensible alchimie, ma jeunesse s'identifiait alors à la présence de la Voie lactée et de tout le cosmos révélé.

Comme eux unique, mais moi familier, confiant et mortel, je les contemplais.

Mon père vivait à l'époque dans l'angoisse maladive de la sécheresse, c'était un sujet de conversation partagé toute l'année avec les voisins et la marque de son appartenance à cette paysannerie, à ce monde qui s'était arrêté à lui dans les générations. Le bulletin météo de la radio était écouté dans un silence religieux, tout était source d'une inquiétude oppressante, jusqu'aux périodes de sécheresse d'hiver qui menaçaient les nappes. L'autre crainte à qui personne n'échappait était celle des orages et de la grêle. Si de bénins éclairs de chaleur naissaient dans un ciel sans nuage les soirs du mois d'août, se formait quelquefois une lourde barre gris foncé au-dessus de la pinière. D'une densité de marbre veiné de noir, basse sur l'horizon, elle accrochait ses traînées aux plus hauts arbres des chemins de crêtes, s'approchant du village avec la lenteur d'un immense dirigeable. La lumière du jour déclinait alors avec l'étrangeté d'une éclipse, un vent froid avant-coureur de désastre se levait alors que Tati Paule, agitée, se tractant sur les bords de tables, éteignait les lumières et allumait des bougies et que mon père fermait tous les contrevents. L'orage pouvait tourner vers Campagnac, où naissaient alors les minuscules flocons de fumée blanche sur le ciel d'ardoise des salves de fusées anti-grêle, puis se dissoudre, se perdre dans le lointain. Ou brutalement, la barre se trouvait juste au-dessus de nos têtes, et un éclair, immédiatement suivi d'une explosion, déclarait l'orage sur le village. La foudre cassait des arbres, les gens silencieux égrenaient leurs superstitions, comptaient les secondes entre éclairs qui éclairaient comme un flash l'intérieur des pièces aux volets fermés et les échos de canonnades de la grandiose symphonie qui avançait au pas d'une parade céleste. Puis le monde domestique lentement revenait soulagé, les portes des maisons se rouvraient, le coucou rechantait dans la pinière, le fracas laissait place à un lointain roulement. Mais si la grêle était tombée sur les collines, les paysans couraient dans les champs de tabac et les vignes et ramenaient des feuilles trouées par la mitraille, un véritable deuil s'appesantissait alors sur nous tous, toutes joies étaient interdites.

L'utopie envahissait Moncalou. Un été, mon père installa sa chambre dans une tente, dite « du Drap d'Or », sur un petit aplat du sol caillouteux, derrière la grange au milieu des jeunes plants de pruniers d'Ente et face à la Pinière. De rudes nattes rouge et noir de chamelier rapportées d'Algérie par Léon en tapissaient le sol. De l'auvent, curieux et visiteurs apercevaient alors son lit de camp, des plateaux d'osier de l'« atelier libre » de vannerie de la colo, sa nouvelle radio à transistors qui captait, si loin des villes, comme par miracle, le son pur de France Musique et de France Culture, des photos des foins dans la vallée, un jeu d'échecs, sous une cloche de verre le vieil Exacta rapporté de Genève et son Leica CL et quelques livres (Dumont, Braudel, Carver) sur une étagère de planches et de briques badigeonnées de blanc.

***

Mais c'était bien à Sarlat que j'habitais maintenant avec ma mère et mon petit frère. C'est là que, les vacances terminées, je revenais et qu'un livre ou un cahier à la main je travaillais encore souvent assis, comme au tout début de notre aménagement rue des Cordeliers, sur le rebord de la fenêtre au-dessus de l'entrepôt de la vieille menuiserie qui m'offrait la vue sur un coin de la rue. Le bac vint très vite et, la veille de l'examen, mon père m'amena chez les Montagne à Périgueux où se tenaient les épreuves. Mon cousin substitut du procureur était encore « au Palais » nous dit son épouse quand, venant du Bugue, nous arrivâmes tard au petit pavillon, dans un faubourg où, de l'autre côté de la rivière, s'élevaient les coupoles de Saint-Jean. À l'opposé de la rue, la cuisine de la maison s'ouvrait sur un petit jardin. Je dormirais au premier étage dans la chambre de leur fille qui était maintenant étudiante à Bordeaux, me dit-on. Sa chambre était un mélange de chambres de poupée et d'adolescente sportive, encombrée de trophées de basket, de posters d'équipes où elle figurait, grande, les doigts des deux mains faisant invariablement le signe de la victoire. Je me souviens aussi d'un grand portrait de Soekarno, qui venait d'être renversé, et d'articles punaisés appelant le peuple indonésien à la résistance au dictateur. Le soir, mon cousin rentrant du palais me recommanda de me reposer et de ne pas réviser tard, « il faudra que tu te lèves tôt, comme j'ai fait quand j'ai eu le bac », me dit-il. Mais je ne dormis presque pas, le jour de juin était long et la lumière passait entre les joints des contrevents, je voyais les posters au-dessus de moi. Pourquoi cet engagement, une amie ou un ami indonésien ? Puis vint l'obscurité, des voitures passaient très tard. Je n'avais encore jamais dormi dans une chambre donnant sur une rue passante en ville, je guettais le bruit des moteurs, leurs phares envoyaient au passage un faisceau jaune qui balayait le plafond, les posters d'équipes de basket, Soekarno, j'attendais la suivante qui venait, les faisceaux s'espaçaient et je dus dormir un peu. Je me souviens du matin radieux quand M. Montagne me déposa devant le lycée où je retrouvai les copains de Sarlat dans le groupe compact qui attendait déjà devant la porte.

Je revins à Périgueux pour l'oral, cette fois-ci, nous ne partîmes que pour la journée dans la 404 du père d'Annie M..., une fille de ma classe qui passait aussi son bac, mon père m'accompagna. Les résultats furent affichés en fin d'après-midi, nous étions reçus tous les deux. Sur la route du retour, Annie et moi étions à l'arrière, la vitre était ouverte, tout souci nous avait abandonnés, on laissait rouler nos têtes dans les courbes sur le dossier et le vent jouait dans nos cheveux. Son père était pharmacien, et la 404, à l'intérieur dégageant ce fort parfum de bourgeoisie qui m'était alors inconnu, nous amenait en douceur sur la route de crête vers Sarlat dans la lumière du soir. Bercé par le brouhaha des voix, je m'assoupis presque dans ce succès total que cette voiture de pharmacien ramenait chez nous, l'avenir serait radieux.

Ma courte vie me semblait s'être déroulée comme la découverte d'un paysage dont les limites se repoussaient au fil des jours. Pénétrer dans mes souvenirs d'alors n'était que refaire un chemin amical qui, perçu de si loin, ne semblait n'avoir été encombré que de quelques bénignes tristesses, presque tout se penchait vers moi avec affection. Mais de l'année de terminale, « de la philo », j'ai le souvenir d'un mouvement, d'un glissement vers un monde qui ne serait alors plus là pour moi seul. Cette année-là, ce glissement bouscula toute la classe et aucun ne sembla y échapper. Nous n'étions plus au centre d'un monde qui se dilatait amicalement tous les jours. La guerre d'Algérie, la Shoah, l'amour, la gauche, la droite, Rimbaud, les premiers poèmes qu'on connaît par cœur, la philosophie étaient devenus, maintenant, presque subitement au centre de toutes nos discussions et nous étions devenus différents. Je subis à cette époque l'influence violente de personnages qui venaient de grandes villes, là où j'irais. Un nouveau « pion » vint au lycée le dernier semestre avant que je ne m'échappe définitivement de La Boétie, devenue subitement pour moi une grande bâtisse anonyme de style administratif. La rumeur disait qu'il était assistant d'un metteur en scène à Bordeaux. Il passionnait les discussions du ciné-club dont le bouche-à-oreille avait rempli la salle de jeunes gens, parlant comme habité du cinéma lui-même, érudit resituant le film dans l'histoire du cinéma, rapportant des anecdotes sur des stars ou des réalisateurs qu'il semblait avoir côtoyés. Alors qu'il parlait, le silence gagnait la salle, il bénéficia en quelques semaines d'une aura unique. On le vit se promener avec une ancienne beauté du lycée, une jeune femme maintenant, qui avait passé le bac deux ans avant moi. De taille moyenne, cheveux châtain clair, les traits animés d'une énergie fébrile et bienveillante, ses mains nerveuses aux ongles longs et soignés, dont deux doigts étaient bruns de nicotine, tenaient avec un style inédit des cigarettes blondes. Élégant malgré le vieux léger manteau qu'il portait toujours sur les épaules, ses chaussures usées, mais soigneusement cirées, il évoquait un personnage de poète, de héros de roman de Pouchkine qui ne pouvait venir que de la grande ville, cette grande ville où je serais bientôt.

Planait alors sur nous l'angoisse de ce que nous ferions l'année prochaine. En éloignant ce choix, « sans y penser », tout mon être percevait bien qu'il fallait maintenant me restreindre à n'être qu'une seule personne à laquelle je ne pourrais plus qu'adhérer et tenter de la faire la plus cohérente possible avec ce qui allait m'advenir. J'avais le sentiment de me réveiller en sueur dans un cauchemar. Petit Prince, j'imaginais rencontrer un géomètre sur une nouvelle minuscule planète, ce métier me fit un temps rêver. Montant des basses vallées vers les Contamines, j'aimais suivre des yeux les grands replis de schiste naître devant notre voiture et disparaître derrière nous alors que l'air fraîchissait. Parcourant impatient les chemins du bas des vallées vers les refuges, j'aimais comprendre l'organisation des moraines et les éboulis ou, plus haut encore, celle des fissures des façades et les dièdres de granit roux réchauffé par le soleil, là où les tintements du marteau sur les pitons dérangent les choucas. Géomètre, ce métier que je ne connaissais pas, pourrait m'expliquer les paysages, m'unir à jamais à cette montagne, pensais-je ! Mon père n'avait pas d'ambition pour ce que je serais (ne redoutait-il pas mon éventuel devenir ?), ma mère, elle, égrenait les métiers dont bien sûr elle avait toujours rêvé pour moi : avocat, professeur ou docteur. Son influence rejoint la révélation de ce qui était caché en moi quand, d'un seul mot, il advint que « je ferais médecine ».

***

Comment arrivai-je rue Charles Domercq à la pharmacie de la Gare où mon oncle Adhémar m'avait trouvé une chambre ? Il me semble que j'étais seul quand je poussai la porte, annoncé par un timbre de boutique, je rentrai dans la pharmacie envahie de parfums médicinaux où je perçus l'odeur du fameux « Sanodent ». Spécimen annoncé d'adolescent sarladais venant « faire sa médecine » à Bordeaux et neveu du pharmacien, je fus accueilli avec curiosité et respect. Immédiatement averti, mon oncle sortit en blouse blanche d'une arrière-salle intitulée « Laboratoire » et, prenant à témoin les préparatrices et les clients amusés, assura tout le monde que son neveu serait un jour doyen de la faculté. Pour monter à ma future chambre, il fallait ressortir de la pharmacie et pousser la modeste porte d'un petit hôtel où le patron, « grand ami d'Adhémar », avait accepté de me louer une chambre, provisoirement tant cela était exceptionnel, me redisait-il, pour une somme modique. Je montai avec ma valise et mon vieux sac de montagne les trois étages d'un sombre escalier au tapis rouge élimé sous les barrettes de cuivre et découvris la porte de la chambre avec la clé sur la serrure. C'était une petite pièce dont le peu d'espace autour du lit recouvert d'une couverture râpée était encombré d'un lavabo, d'une minuscule table et de sa chaise, et d'un radiateur électrique qui ressemblait à un petit poste de radio, cachant deux méchantes résistances derrière une grille. J'ouvris la fenêtre, et la vue sur la gare Saint-Jean, accompagnée d'un courant d'air frais chassant l'odeur de renfermé, m'envahit d'optimisme. On me ferait le ménage deux fois par semaine avec de nouveaux draps toutes les semaines. Adhémar me répéta qu'au moindre problème, il serait là, et sa blouse blanche redescendit en tournoyant vers la pharmacie.

Ce que je fis alors fut de ranger rapidement mes quelques affaires et de sortir à mon tour. En explorant le quartier, je repassai sur le parvis de la gare d'où je perçus l'odeur de l'océan qui remontait la Garonne. Partagé entre l'euphorie de la liberté et une solitude que je sentais déjà m'encercler, je partis découvrir la faculté de médecine. Longeant l'école Santé Navale, je croisai des étudiants en médecine de « Santé » en uniforme et arrivai enfin place de la Victoire. M'apparut alors la lourde masse de pierres de la faculté dont la façade était ornée comme une triste cathédrale païenne d'une rangée de statues de « Grands Patrons » de la médecine, faisant face à la porte d'Aquitaine, étrange Arc de Triomphe dont les tambours des fûts de colonnes semblaient curieusement décalés, évoquant des piles instables de jetons d'un jeu de dames pour bouffons. Intimidé et conquérant, je pénétrai dans le grand hall au sol de marbre où les voix résonnaient comme dans un tribunal et, ému, étudiai les panneaux d'affichage, croisant un groupe de vieillards en toges ornées de médailles sortant de la Salle de Thèse, d'où s'épanchait après eux une petite foule hétéroclite endimanchée. Je trouvai enfin le bureau où s'inscrire et donnai le nom de la personne à laquelle j'avais été recommandée, mon oncle avait déjà parlé de moi à une sorte d'assesseur qui se déclara heureux de rencontrer le neveu de son « grand ami Adhémar » et me guida. Je m'inscris donc avec une facilité surprenante. Étudiant, je pénétrai alors plus avant dans ce mastodonte de pierre, longeai d'interminables couloirs déserts où régnait une vague odeur de formol et de poussière, montai une rampe monumentale jusqu'à l'étage où, poussant une porte à battant matelassée, je découvris un immense amphithéâtre vide où un grand dessin à la craie d'anatomie, oublié sur un magistral tableau coulissant, faisait face à une cascade de bancs qui remontaient presque à hauteur du plafond. Je fis le tour de l'amphi, montant jusqu'aux hautes coursives d'où les détails de l'écorché n'apparaissaient presque plus.

Je ressortis du grand bâtiment avec une carte d'étudiant qui allait me permettre de manger au resto U de l'autre côté de la place de la Victoire et de me déplacer en bus pour quelques sous. Ressortant étourdi du bruyant resto U, où je mangeai en solitaire pour la première fois, des étudiants m'interpellèrent « camarade ! », brandissant « Clarté ». Je passai devant Le Gaulois où, au fil des mois, je pousserais de l'index une à une des pièces sur le comptoir pour l'appoint d'un café et d'autres cafés de la place où je devais tant m'ennuyer et redescendis, pour la première fois dans l'autre sens, la longue avenue qui me ramenait vers la Gare. En quelques heures de cette première journée, alors que tout m'accueillait avec une inquiétante évidence, une sorte d'angoisse me serrait le cœur. Peut-être perçus-je que cette place de la Victoire, cette faculté, ce resto U, ce Le Gaulois et le trottoir qui longeait la longue façade de l'École Navale vers ma chambre délimitaient une grande enceinte dont je serais longtemps prisonnier.

L'examen qui suivrait le premier semestre intensif de « PCB » (physique/chimie/biologie) devait ouvrir la porte aux vraies études de médecine. Les cours se succédaient dans la poussière et l'odeur de craie du grand amphi. Pensant à Combessie, j'allais aux premiers cours magistraux de physique, mais n'y officiait qu'un vieillard qui, goutte au nez, inaudible passé les premiers rangs, faisait un geste comique, stéréotypé comme un tic, à chaque évocation du spin de particules, indifférent au bruit du raclement des chaussures des étudiants qui rentraient et ressortaient en groupes. Dès la grêle sonnerie que nous pouvions à peine percevoir de là-haut, le vieillard interrompait abruptement son cours et quittait l'estrade en quelques pas pour une petite porte jouxtant l'immense tableau vert à glissière, suivi par quelques étudiants, de ceux du premier rang qui rangeaient leurs crayons de couleur dans leurs plumiers. D'autres cours avaient une aura populaire, les premiers rangs du bas de l'amphi se remplissaient alors avant l'heure d'étudiants de Santé Navale en uniforme, envahissant la fin du cours précédent, les deux professeurs se croisaient rapidement. Les casquettes d'uniforme posées sur les écritoires, le chant de baptême de la promo de Navale résonnait puissamment dans l'amphi. Certains invitaient leur fiancée et on voyait des couples se former au fil des semaines. Écœuré, je fis vite le siège de la corpo et rapportai dans ma chambre d'encombrants polycopiés que je déchiffrai tard dans la nuit, j'avais fait philo, et apprendre la biochimie, les statistiques, etc., m'épuisait. N'ayant que très peu d'argent, je décidai de prendre tôt tous les matins un bus pour aller déjeuner place Mériadec, de l'autre côté de Bordeaux, dans le café que tenait Marcel, le frère d'Amédée, le journalier de Moncalou et la seule personne que je connaissais dans cette ville hormis Adhémar. Marcel avait l'habitude de passer ses deux semaines de congé chez nous à Moncalou à l'automne, où il arpentait les bois à la recherche de champignons et le soir lisait tard sur la table de la cuisine. J'arrivais de bonne heure dans le café alors que les clochards de Mériadec se réchauffaient déjà à quelques feux de cartons et que les brocanteurs installaient leurs échoppes. À l'heure immuable de mon arrivée, Marcel, revêtu d'un grand tablier noué dans le dos qui évoquait celui des garçons du dépôt des corps du laboratoire d'anatomie, balayait la sciure du plancher rugueux du café. Toujours à la même table d'où je pouvais surveiller l'heure du bus qui me ramènerait devant la gare, Marcel, franc-maçon autodidacte (qui avait cependant échappé à l'ambition de rejoindre la classe de petits-bourgeois), heureux d'œuvrer à la connaissance médicale, m'apportait alors le grand bol de café au lait très sucré et deux croissants. Les premiers clients, en poussant la porte, jetaient des regards à l'étudiant en médecine qui venait déjeuner de si loin, puis oublièrent la présence de « l'étudiant de Mériadec ». Marcel m'offrit toute l'année ce petit-déjeuner quotidien qui ne me coûtait qu'un seul billet de bus à prix réduit que je tendais au chauffeur qui ne me demandait plus ma carte d'étudiant.

L'examen de février approchait, je travaillais revêtu de tous mes habits, la couverture de mon lit sur les épaules dans ma chambre glacée. Adhémar fit monter dans ma chambre un chauffage au gaz qui remplaça le réchaud électrique. Blotti contre ce petit radiateur, je réchauffais mes doigts aux petites flammes bleues qui tremblaient sur les rampes d'arrivée du gaz. Mais il n'y avait pas d'évacuation et, ayant mal au crâne, je devais finalement ouvrir la fenêtre. J'allais alors souvent travailler pour la journée dans des bibliothèques municipales dans le silence des boiseries, des chuchotements, des livres doucement refermés sous le halo de lumière d'une liseuse. Je me complaisais dans cette solitude, ne levant les yeux que sur de rares jeunes filles studieuses qui venaient un jour et ne réapparaissaient plus.

Mon oncle m'invitait régulièrement à manger. Le temps des vaches maigres, des 2CV, avait disparu, il garait sa Rover sur le pavé d'une rue bourgeoise devant une maison avec un jardin, un pointer fêtait notre arrivée avant que la porte ne s'ouvre. L'intérieur était cossu, ses fusils de chasse à la palombe étaient rangés sur un râtelier dans l'entrée. En faisant la bise à sa nouvelle femme, je ne retrouvais pas le tourbillon de parfum du vison de Gaby, elle m'accueillait avec un sourire mêlé d'une touche de réserve de bonne éducation, due à mon statut de jeune homme. Plutôt petite, des yeux à fleur de peau d'un bleu délavé, des cheveux réunis dans un chignon à la Bardot, elle arborait une simplicité qu'elle mâtinait de bonnes manières, qui me paraissait manquer de naturel. Elle avait décoré les pièces à son goût de cocotte niçoise, de tableaux de châteaux, de vues de la Baie des Anges, de multiples couches de tissu froufroutaient aux fenêtres. Un bidet à la superbe robinetterie dorée trônait dans la salle de bains où je reconnus l'odeur de Sanodent, un tapis de sol laineux entourait les toilettes, en ressortant, par la porte entrouverte de la chambre, on apercevait du couloir un nu de nymphe au bain au-dessus d'un lit encombré de coussins. Tout concourait à un nid douillet pour Adhémar à l'apogée de sa réussite. J'étais toujours reçu avec joie et grands égards dans cette bonbonnière où je mangeais comme quatre et Adhémar remplissait mon verre de cristal de vieux Bordeaux. Pendant ces repas, je tenais cependant souvent, dans ce décor emprunté, des propos de pauvre étudiant révolté, d'un Raskolnikov, propos qui gênaient et me faisaient aussi souffrir tant ils étaient eux-mêmes empruntés, mais le regard de son épouse restait bienveillant, disant : « Il faut bien que jeunesse se passe ! » Au fil des semaines, je cédai finalement à sa gentillesse et je l'aimais bien. Quant à Adhémar, je pense qu'il tirait secrètement fierté des idées révolutionnaires de son neveu. Quand avec le café finissait le repas, Adhémar m'offrait rituellement un Havane et, enfilant son manteau, me reconduisait en voiture pour un cours à la faculté, baissant la vitre, l'air frais dissipait la fumée des cigares. Vaguement gris, ballotté avec confort sur les pavés dans l'odeur de la sellerie cuir, je le quittais place de la Victoire, marchant vers le hall, le cigare aux dents dans un léger vertige, muté pour quelques heures en Lucien Chardon.

***

Certains jours, je laissais les polycopiés de la corpo sur mon lit et, pris de transes, d'apitoiement sur moi-même, fuguais dans le vieux Bordeaux. J'allais presque toujours vers Saint-Michel, les maisons basses, les pierres des murs couleur de cuir, le pavé gras étaient alors doux à mon triste cœur. Les pierres aux coins des rues, les murs bistre m'apparaissaient comme cirés par tous ceux qui avaient marché ici avant moi sans savoir exactement où aller, avoir été frottés de l'épaule de ceux qui marchent courbés dans la grisaille du brouillard d'hiver. Quelquefois, au détour du pavé, la vue filait en diagonale vers le ciel et la flèche de Saint-Michel. On y parlait çà et là l'espagnol des immigrés, la crasse sentait les épices des ports, parfois un imperceptible mouvement d'air y mêlait encore l'odeur de l'océan. Lors des journées de désolante pluie fine, les vents d'ouest traînaient comme un poème les nuages effilochés sur ce quartier de la ville. Ces jours de fugue, longeant toujours ces mêmes façades, je suivais des traces de vies inconnues, j'apportais mon pas dans le gris des pavés usés par le pas d'hommes jeunes qui, quelquefois comme moi, pleuraient sans savoir pourquoi. Peut-être ici où les rues sont les plus étroites, mes erreurs, mes remords qui déjà s'accumulaient, se mêlaient à ceux qui toujours avaient habité ce quartier. Ont-ils aussi patiné ces pierres, effacé leurs graffitis de mur de prison ?

Mes petits-déjeuners à Mériadec, mes tristes repas au resto U de la place de la Victoire recherchant dans les allées une table isolée où poser mon plateau, les invitations de mon oncle Adhémar et mes fugues étaient les seuls contacts avec l'extérieur qui rompaient la routine de mon travail. Cette solitude m'avait construit un ami, moi-même, avec qui j'aimais réfléchir, parler en silence. Tard le soir, je rangeais les polycopiés de la corpo et, assis devant la fenêtre de ma petite chambre, devinant mon visage sur le miroir sans tain des carreaux donnant sur le noir de la nuit, je contemplais les enseignes lumineuses des hôtels du parvis de la gare Saint-Jean. Des flaques de rouge et vert clignotaient sur le miroir de l'asphalte mouillé de la rue et du parvis et lançaient leurs halos intermittents dans le brouillard et la nuit. Commençait alors pour moi une dérive qui me rappelait celle où m'emportaient les flots impétueux du Bon Nant que je fixais du vieux pont des Contamines. Mais au lieu du vertige, du sentiment de fendre l'espace à la proue d'un navire dont je me saoulais alors, je prenais un crayon et écrivais sur ce que je faisais là dans cette solitude. Laissant ma main libre de phrases étranges, j'entrais dans un monde nouveau, emmitouflé dans la couverture jetée sur mon manteau, je me retrouvais. Il n'y avait pas d'histoire, ce que j'écrivais venait seulement me rejoindre, comme un ami silencieux.

D'autres nuits, insomniaque, j'écoutais des bruits de trains monter de la gare, bruits qu'on n'entendait que très tard dans la nuit. Bruits lointains de longs convois, de lents roulements réguliers naissant dans le silence de la dense nuit d'hiver, qui paraissaient alors défiler sans fin. De temps à autre, le crissement du fer des roues surchargées, des aiguillages, criait l'image de convois oubliés. Où, alors que je tendais l'oreille, retenant ma respiration, les bruits des rails se confondaient avec des voix confuses, indistinctes, qui venaient peut-être de plaintes de mondes ou de temps éloignés dans les ténèbres. Ceux qui veillent et qui écoutent la nuit, les insomniaques, ou ceux qui simplement momentanément s'éveillent dans leur lit et le noir de la nuit, tendaient alors comme moi l'oreille vers ce cri du métal des wagons. Peut-être des âmes lentement traversaient les banlieues, longeant au pas les bords de la Garonne, hésitant aux triages des quais de la gare Saint-Jean alors fermée à tous les voyageurs. J'écoutais le convoi progresser le long d'aiguillages mystérieux, j'écoutais, j'écoutais.

Puis un matin, las de lire et relire mes notes et polycopiés, je décidai soudain de prendre le train pour passer deux jours à Moncalou quelques semaines avant l'examen. Mon père vint me chercher à la gare de Sarlat, il était encore habillé comme aux Contamines avec des Knickers et, déprimé et angoissé, il avait repris le traitement qui lui donnait des tremblements. Il était maintenant seul avec sa sœur dans la grande maison de Moncalou, de la tente du Drap d'Or ne restait plus qu'une trace où l'herbe avait mal repoussé. Le soir tomba vite et il monta dans la chambre au-dessus de la cuisine, ses Trappeurs – c'était de très grandes chaussures, peut-être le modèle Belledonne (il aurait été bien plus grand sans « son dos » comme on disait…) – pesaient lourdement sur les vieilles marches de bois de l'escalier qui craquait même sous les pas de feutre de Tati Paule tirant sur la rampe. La chambre au-dessus de la cuisine, qui fut un moment ma chambre quand j'étais petit, n'était plus qu'une pièce où personne ne dormait, elle abritait un fatras intouchable. C'était une sorte de bureau encombré de mystérieuses factures, de vieux livres de comptes, de piles du Monde ou d'invendus de l'Huma Dimanche. Comme l'escalier, le parquet était fait d'un bois sec et tendre de peuplier et, dans l'obscurité, on voyait çà et là, à la jonction désunie de quelques planches, la lumière de la cuisine en bas. De la cuisine, d'en bas, on écoutait ses pas aller du bureau à l'armoire, le parquet pliait sous les lourdes chaussures qui allaient vers l'armoire, s'arrêtaient un moment, revenaient. Sa sœur Paule s'affairait, une main traînait sa chaise, l'autre tenait ferme le bord de la table qui quelquefois bougeait. Elle et moi écoutions les pas et les raclements là-haut, ils disaient qu'il était dans une cage. Il avait certainement oublié qu'on entendait ses pas. Toute sa vie, il aurait voulu quitter la cage, il marchait là-haut, comme nous en bas, la gorge nouée. Les pas s'étaient rapprochés du bureau, ouvrait-il des tiroirs de la petite table, quels étaient ces papiers qu'il rangeait pour la millième fois ? Mais il n'allait pas encore dans sa chambre et redescendait dans la cuisine, la cage d'escalier craquait encore de toute sa membrure. C'était l'hiver, la nuit opaque sans lune entourait la maison comme une île d'angoisse. Où étaient ses pensées ? Dans les Alpes ? À Sarlat, à Belvès où était ma mère et où il aurait pu être ? Mais il était dans cette maison que sa sœur infirme ne pouvait pas non plus quitter. Combien de fins d'après-midi, de soirs comme celui-ci, toujours les mêmes, ont occupé mes pensées ces années-là avant que je ne m'échappe ? Combien de fois ai-je écouté son pas hésitant, souffert avec lui de chaque pas qui me façonnait peut-être pour toujours, moi qui écoutais, Paule qui se tournait vers une tâche obscure (mais je savais qu'elle pleurait) ? Ce souvenir, je ne peux l'effacer, à des années d'intervalle, j'erre alors dans ma mémoire, moi aussi désœuvré, entre le vieux bureau et la porte.

Le lendemain, il me ramena à la gare. Dans la micheline du retour, une pensée me torturait, pourquoi n'étais-je pas aussi allé à Sarlat ? Ma mère était maintenant professeur au nouveau collège du Pré de Cordy, la maison neuve était enfin devenue gaie. Mon frère externe au lycée La Boétie était bon élève, il apprenait la guitare et amenait ses copains, il était drôle, ma mère le gâtait plus que moi ! Je regrettais notre différence d'âge et me sentais un peu exclu de cette nouvelle gaîté. J'appuyais ma tête contre la fenêtre du compartiment, une intimité m'envahissait, de celles qui m'envahissaient quand j'appuyais mon front contre la vitre arrière de l'Aronde sur la route des Contamines à la fin des vacances, dans le brouhaha amorti des phrases échangées devant par mes parents ou de retour du collège le samedi puis, seul, dans la micheline de Belvès la nuit ou dans le car du collège de retour du foot du dimanche quand les braillements s'étaient éteints. Comme avant, je me parlais doucement à l'oreille, murmurais une mélodie de crooner inventée dans l'espace exigu entre ma tête et le verre de la fenêtre dépoli par la brume de mon haleine, laissant les cahots du train heurter mon front abandonné au noir de la vitre, au tracé des rails.

***

Puis fin février, dans la cohue devant les panneaux d'affichage de la fac, je vis mon nom, j'étais reçu à PCB ! Je me sentis instantanément libéré, heureux, optimiste, j'oubliai mon goût morbide pour la solitude !

Le second semestre était vraiment le début des études de médecine. J'allais maintenant à presque tous les cours qui étaient alors souvent donnés dans de petites salles et une après-midi par semaine, le petit groupe où était affiché mon nom devait aussi se présenter dans un service de l'hôpital. Le premier jour, à l'étroit dans une blouse qui corsetait mes mouvements empruntés, je retrouvais, tassés, se marchant les uns sur les autres, les étudiants de l'affiche qui deviendraient pour des années des copains. Nous rentrâmes pour la première fois dans la chambre d'un malade, émus, muets et fascinés par les explications savantes des internes, des assistants, tirés vers l'avenir !

Je devais aussi quitter la petite chambre au-dessus de la pharmacie de la Gare. J'achetai un vieux vélo et étudiai les petites annonces de chambres à louer vers les Barrières où aboutissaient les Cours partant en étoile de la place de la Victoire. Presque toutes les façades des petites maisons en tuffeau bordelais qui s'étiraient sur le Cours jusqu'au grand croisement de la Barrière affichaient deux fenêtres encadrant la porte dans une symétrie classique. Je trouvai une chambre au rez-de-chaussée d'une maison d'un étage, cours de l'Argonne, juste avant la Barrière Saint-Genès. De ma fenêtre donnant à hauteur d'homme sur la rue, je pouvais travailler en regardant le défilé hétéroclite des passants, je pouvais mettre mon vélo dans le couloir. Une chambre au premier étage était louée à un étudiant en médecine de ma promo que j'avais déjà rencontré à la Fac. J'avais un lavabo, un coin cuisine où j'installai un réchaud de camping pour le café et le petit-déjeuner. J'allai remercier Marcel pour tous les cafés au lait sucrés et les croissants, mon succès à PCB se répandit sur la place Mériadec. Guy, son fils qui travaillait maintenant aussi au café, me fit jurer de ne pas les oublier et m'invita à venir souvent manger chez eux le dimanche.

De ma nouvelle piaule, je pouvais aller en quelques minutes au resto U de Talence à vélo, j'allais échapper à la place de la Victoire, au café Le Gaulois, aux confréries médicales ! C'est là que je rencontrai François Léric. Léric était aussi en médecine, mais, plus âgé que moi, il était l'un de ces étudiants déconnectés du temps qui, attirés par la médecine ou fils de médecins, ne viennent que sur le tard traîner dans les amphis. Entourés de mystère (lui peut-être d'avoir été appelé en Algérie, séjour dont il ne parlait pas), ils laissaient quelquefois passer une année vers un diplôme qui s'éloignait. Sa grosse tête de Ganesh tenue très légèrement inclinée sur une épaule affichait un sourire imperceptible, une éternelle indulgence pour ses amis. Il effaçait souvent du coin de son mouchoir de petits points blancs à la commissure externe des paupières de ses yeux d'Eurasien. Un peu lourd, élégant, légèrement voûté déjà, il allumait ses cigarettes avec un briquet qui claquait doucement à la fermeture. J'allais souvent dans sa piaule à la cité U de Talence. Une fille habillée de noir, qui traînait dans la cité, partait alors que j'entrais. Il avait un électrophone et tout au long d'un mur de sa chambre s'entassaient debout des disques de jazz. Assis par terre sur la mauvaise moquette, j'écoutais pour la première fois Coltrane, Africa Brass, A Love Supreme, My Favorite Things, et Ornet ou Bill Coleman, Monk, Dolphy, Mingus, Miles, Parker. En lisant les pochettes de disques, j'écoutais les anecdotes de Léric sur les musiciens, il passait d'un disque à l'autre, cherchant ses morceaux préférés. On écoutait dix fois de suite le solo de McCoy Tyner de My Favorite Things, où la même note n'en finit pas d'hésiter avant que cette phrase si évidente, tombant en lente spirale de je ne sais où, nous envahisse, solo que Coltrane mettait si longtemps à interrompre. Alors que dans sa piaule, il traînait des jours entiers en pantoufles et vieux T-shirt d'étudiant déclassé, c'était toujours habillé qu'il sortait, veste, trench-coat en Loden, collection inchangée pendant toutes ces années d'études et soigneusement entretenue. Comme nous avions la même taille, il me prêtait certains jours son costume de laine peignée gris anthracite avec de discrets fils bordeaux qui, comme un fétiche, une drogue euphorisante, me donnait une calme assurance aux oraux d'examens. Je ne vis jamais personne de sa famille, mais il avait plus d'argent que nous, quelquefois il arrivait à la cité U en voiture, une Traction qui était à sa mère qui ne conduisait plus. Plus tard, plus que jamais étudiant attardé en médecine, il venait enfin avec une Sunbeam qu'un ami mystérieux lui prêtait et qu'il me prêtait à son tour. Je partais alors seul pour quelques kilomètres sur de petites routes dans les pins ou vers les premières vignes. On allait au cinéma, Ascenseur pour l'échafaud, Jules et Jim et tant d'autres, mais c'est à la musique India Song, qui n'existait pas encore, que Léric me fait penser aujourd'hui.

Où rencontrai-je John qui devint l'autre habitué de la piaule de Léric ? Certainement au resto U de Talence où maintenant je ne fuyais plus les tables déjà occupées. John, cheveux raides, noirs et rebelles, peau mate, était un matheux dilettante à la fac de science. Toujours en veste de daim, on voyait de loin sa silhouette droite, sa démarche bondissante. Sorte de contraire de Léric, il ne savait pas sourire, mais son rire vif éclatait avec des mots qui se bousculaient alors qu'il remontait d'un doigt ses lunettes sur ses yeux noirs. Il était toujours d'apparence joviale, mais je trouvais aussi, sans savoir par quels signes ou quelles raisons, qu'il ressentait plus que nous l'absurdité des choses. Jo Volatron rejoignait aussi souvent notre table au resto U, je ne me rappelle plus à quelles études il était inscrit. C'était un fou de cinéma, il avait vu tous les films de la nouvelle vague et voulait être acteur ou tenir la caméra. Il partit au bout d'un an pour Paris où il se maria vite avec Jeanne Goupil, très jeune actrice. Il me donnait l'impression que je n'aboutirais à rien.

Je suivais cependant toujours des cours place de la Victoire. Je travaillais devant la fenêtre grande ouverte de ma nouvelle piaule, regardant passer les écoliers, les vieux qui allaient jusqu'à l'arrêt du bus, la diversité des passants, écoutant le bruit de la rue, j'avais le sentiment que ceux qui passaient devant cette fenêtre étaient fixés dans leur rôle alors que je vivais dans un devenir. Jacques T. habitait au premier étage, juste au-dessus de chez moi. Penchés sur nos polycops surchargés de notes, nos fiches, nous discutions du contenu des cours, d'hypothèses sur les maladies, les mécanismes de la vie, l'hélice de L'ADN avait juste 10 ans, on pensait que l'homme allait prendre les commandes de son évolution, ce qui mit des millions d'années ne prendrait que moins d'un siècle ! Sorti d'une ferme du Gers où les poules, disait-il, caquetaient sous la table de la cuisine, T. voulait faire de la recherche, un oncle ou une lointaine connaissance, je crois, l'accompagnait dans cette obsession. Le soir, lorsque je lâchais mes cours et m'endormais, la chaise de Jacques raclait toujours le plafond jusqu'à plus de minuit. Il ne me restait plus beaucoup de temps ni de place pour d'autres rencontres, mais François Valentin fut l'autre copain de médecine. Doué, à l'intelligence facile, François venait d'une famille d'industriels, son père était député de droite en Charente. On avait eu des moules différents, mais j'aimais sa franchise dans toutes ses attitudes et la confiance en soi qu'il avait et donnait avec son amitié.

Je n'avais pas assez d'argent pour acheter des livres et, bien que ne me destinant pas à la chirurgie, une envie irrépressible me prit de posséder un classique de l'anatomie fort coûteux : le « Rouvière », lourd tome de somptueuses planches anatomiques sur papier glacé déclinant, page après page, en écorchés dignes du Caravage, les secrets du corps, les variantes des gros vaisseaux, des lobes du foie, des divers canaux excréteurs, tout ce qu'un chirurgien devrait connaître à fond. Avoir cet ouvrage debout sur ma minuscule table de travail était devenu une obsession et, un jour, aidé par un copain, je décidai d'en voler un. L'opération du jour devait avoir plusieurs témoins, dont V. regardant du trottoir à travers la vitrine « Livres Neufs et Occasions », au cadre de vieux bois, l'intérieur de la librairie Mollat. De la rue, la vue donnait directement sur la large travée consacrée aux ouvrages médicaux cossus, travée où une employée avait été affectée à la seule surveillance des Rouvière, nous dit-on chez Mollat, tant furent-ils l'objet d'une sorte de compétition entre étudiants nécessiteux. Cette employée d'un certain âge tricotait sur une chaise placée juste sous l'étagère des ouvrages de chirurgie, et depuis qu'un lourd tome avait été subtilisé la semaine dernière, la pauvre dame levait sans cesse les yeux de son tricot vers les étagères. Surtout, elle ne devait en rien se laisser distraire et, en particulier aujourd'hui, par cet étudiant qui, porteur d'une blouse blanche sur l'épaule, la regardait de la rue et semblait attendre un ami, ni par ce jeune médecin (qu'elle semblait avoir déjà vu), assistant certainement, au discret bouc, qui examinait avec attention les ouvrages de génétique, tournant le dos aux étagères des Rouvière. J'entrai alors dans la travée un bras chargé de ma sacoche, l'autre entourant ma vaste blouse blanche que je posai, pour mieux lire les titres sur l'étagère, sur la planche où avait été laissé un Rouvière. Entourant le tome du vrac blanc de ma blouse, je sortis ainsi simplement de la travée alors que de la rue, V. regardait toujours la vitrine et l'employée et que le jeune assistant renonçait finalement à tout achat. Je marchais déjà d'un pas détaché, le cœur saccadant un flux furieux de sang dans mes oreilles, attendant qu'une main se pose sur mon épaule ou qu'un cri me désigne. Mais, héros honteux et vertueux, je laissai le tome sur un pupitre juste avant la sortie. J'avais eu peur, mais aussi, au dernier moment, je fus envahi par l'idée du larcin, j'avais eu le sentiment de voler cette dame qu'on avait placée là. Repassant récemment à Bordeaux, je fis comme d'habitude un détour rue Vital Carles où la librairie Mollat occupe maintenant tous les niveaux du bâtiment à l'allure haussmannienne. Je traînai devant les étagères des romans en format poche et achetai le dernier tome de « L'homme sans qualité ».

***

Juin approchait, je reçus une lettre de ma mère m'annonçant qu'elle allait venir me voir avant les examens ! Elle m'indiquait qu'elle dormirait chez son frère, mais je lui téléphonai vite pour lui dire qu'elle dormirait dans ma chambre, je ferais glisser le matelas de mon lit dans le large couloir carrelé où s'ouvrait ma chambre faisant alors comme une petite annexe. Je dormirais là dans mon duvet, à côté de mon vélo. J'allai au lavomatic de la Barrière pour mettre des draps propres sur le sommier de mon lit qui était bien plat et arrangeai la petite table de nuit. On prendrait le petit-déjeuner ensemble. Elle sortit dans les derniers passagers de la micheline de Sarlat. Avec son chignon de professeur, sa silhouette était distinguée, elle portait une robe que je ne lui connaissais pas et avait éclairci la teinture de ses cheveux. N'avait-elle pas un peu vieilli en quelques mois ? Mais aujourd'hui, ma mémoire de son visage s'efface et je n'ai pas de photos d'elle de cette époque, elle avait quarante-trois ans. Je pris sa valise, alors qu'elle disait « c'est mon fils » au couple qui avait voyagé avec elle et qui me salua, j'étais fier. Je lui montrai de la rue la fenêtre de la chambre que j'avais occupée tout l'hiver au-dessus de la pharmacie de la Gare dont nous avons poussé la porte pour saluer Adhémar, mais il était en voyage à Nice. Nous prîmes alors le bus qui remonta le cours de la Marne, tourna place de la Victoire devant la lourde façade de la faculté de médecine, passa devant Le Gaulois où traînaient quelques décrocheurs, et s'engagea Cours de l'Argonne jusqu'à la Barrière.

Elle trouva ma chambre « vraiment très bien », sa lumière, le calme, le quartier, elle aurait bien voulu voir « ce Jacques T. » qui voulait faire de la recherche, parti pour quelques jours dans le Gers. « Jamais de la vie » elle ne prendrait ma chambre, c'est elle qui s'installerait dans le couloir, elle « en avait vu d'autres », je cédai. À midi, je l'amenai manger à la cité de la fac de Talence encore en chantier. Elle était un peu inquiète d'aller si loin de la faculté de médecine, elle aurait bien aimé aller au resto U de la place de la Victoire, mais il fallait avoir une carte d'étudiant. La ville de Talence finissait presque après l'aubette de l'arrêt du bus, les groupes d'étudiants quittant le bus suivaient alors des chemins tracés par leur pas à travers les terrains vagues pour aller d'un bâtiment à l'autre. N'allais-je pas me perdre si loin de la faculté ? me redisait-elle. Passé les remblais de constructions, je l'amenai quelques centaines de mètres sur un étroit chemin de terre battue, mystérieux, bordé d'odorants arbustes aux papillons, il débouchait sur une ancienne baraque de chantier, désertée par les ouvriers et divertie en guinguette, en petit resto U bucolique. Des tables étroites se bousculaient sur une terrasse de terre mal aplanie sous les couleurs vives de quelques parasols publicitaires neufs. Il n'y avait qu'un plat, du cidre et de l'eau, c'était très bon. Des étudiants servaient, tout était gai et le soleil resplendissait. Çà et là, quelques tables étaient occupées par des étudiants qui avaient aussi amené des parents. Quand je revins de passer la commande, une dame de ces tables demandait déjà à ma mère : « et le vôtre ? » à quoi ma mère répondait « médecine » alors que je m'asseyais sous des regards respectueux. Elle me parla de Jacques, « un bon petit qui travaillait bien », d'un voyage prévu avec Mme Delalin, rencontrée aux Contamines, qui venait d'être « abandonnée » par son mari, parti avec sa secrétaire (chameau, dit-elle – une terrible appréciation), de Simone sa sœur qui allait aussi divorcer (autre chameau). Je sentis alors que la conversation se rapprochait dangereusement de mon père, de Moncalou et que je devais y échapper. J'aperçus et hélai François Léric qui vint alors à notre « Banquet », « Ha ! c'est vous François, je vous invite pour le dessert ! » dit ma mère. On reparla alors des études et du métier de médecin, François serait médecin généraliste, « le plus beau des métiers ! dit-elle, et ce Valentin ? », lui voulait faire chirurgien, moi je ne savais pas encore. François soutenait que le plus beau métier était institutrice.

Le soir, elle s'est mise en riant dans le lit de fortune dans le couloir, elle était confortablement installée sur le matelas posé à même le carrelage, dans des draps blancs sous mon duvet ouvert en couverture, mon traversin sous la tête, mais de petite lampe pas besoin, je pouvais la reprendre. Elle était épuisée « cette guinguette, ce soleil de mai, c'était vraiment bien ! ». On repassait dans l'obscurité le fil de la journée. Elle aurait aimé avoir été étudiante dans une grande ville, « ce François Léric est vraiment très gentil, mais j'ai peur qu'il ne travaille pas et qu'il t'influence, la prochaine fois il faut que tu me présentes aussi ce fou de John comme tu dis. Et toi, que veux-tu faire plus tard, spécialiste de quoi ? » Puis on parla de la guerre d'Algérie, des petits Portugais qui venaient le mercredi pour apprendre le français à la maison, de Jacques qui apprenait la guitare, puis de rien. Les silences s'allongèrent, on s'arrêta de parler et elle s'endormit. J'étais heureux qu'elle soit maintenant bien à Sarlat dans sa maison, elle était restée jeune d'esprit et avait vraiment amusé Léric à la guinguette. Des images d'elles, d'anciennes photos noir et blanc, en Phèdre à la fête de fin d'année à l'École Normale de Périgueux que Simone m'avait montrées, tournaient encore dans le noir.

Le lendemain, nous reprîmes le bus pour la gare, nous nous arrêtâmes place de la Victoire pour rentrer dans le hall de la faculté, je lui montrai mon nom sur les affichages de stages, croisai quelques copains (« Salut, c'est ta mère ? »). On était en avance, mais elle voulut s'installer tout de suite dans la micheline qui l'attendait sur le même quai, elle avait les yeux un peu brillants et me dit « que je suis bête ! allez, file maintenant, va travailler », et je repris le bus alors que le ciel était devenu soudainement sombre. À la Barrière, le vent soulevait en tourbillons la poussière de la rue, et la pluie qui commençait à tomber se déchaîna soudain quand j'arrivai chez moi. Il n'y avait personne dans la maison. Attiré par le bruit des rafales d'eau et de rigoles, je montai à l'étage où au bout du couloir une fenêtre donnait sur un vieux jardin abandonné par le propriétaire. Fermant les yeux, je revois aujourd'hui les feuilles luisantes de pluie de la futaie de grands lauriers brassés par le vent. Derrière la fenêtre où je me vois, le vent sans cesse poussait et relâchait le massif qui inlassablement se recomposait. Quelquefois, le grain redoublait ses efforts, s'engouffrant sous la futaie même, prenant les feuilles à revers. Il m'était étrange de penser qu'aucune branche, aucune feuille, aucune bourrasque, n'avait la perception de cet ensemble mouvant et liquide, mais ce monde est trompeur. Des toits d'ardoises, en géométries grises, luisaient sous la pluie, les roses trémières s'inclinaient. Je me demandais si ma mère regardait, elle aussi, là-bas le paysage gris de pluie derrière la vitre ruisselante de la micheline, pensant à ce que je faisais maintenant. Je veillais un moment sur ce monde, immobile, j'écoutais mon cœur, une intuition me rapprochait des choses inanimées. Comme le spectacle de la pluie sur le préau de l'école à Fleurac, ou celui du reflet des lumières des néons sur l'asphalte ruisselant du parvis de la gare Saint-Jean, j'étais aussi ce monde-là, sans calculs, sans raisonnements, être, rien de plus sans même le penser. Mais j'étais maintenant libéré des transes de solitude où mon esprit dérivait, ce n'était que l'image noyée d'eau, inlassablement recomposée, du massif de lauriers vert sombre qui était venue vers moi à l'étage, vers la fenêtre du couloir où la lumière était fermée.

Après le concours de PCB, l'examen de juin ne faisait qu'inaugurer une longue liste d'examens de fin d'année où peu d'étudiants maintenant échoueraient. Léric, Valentin, Jacques T. et moi-même avançâmes donc d'un cran vers un avenir moins incertain. Nous allions bientôt tous quitter Talence, la place de la Victoire, nos piaules pour un été de plus. Le resto U se vidait, je ne revins plus qu'une fois manger chez mon oncle Adhémar. Pour lui devenu presque médecin, il me parlait d'installation, de cliniques de ses amis à Nice. Déclinant maintenant le cigare qui me donnait jadis ce vertige de Rubempré, je repartis cette fois de chez lui à pied. J'allai traîner vers les ruelles que je voyais jadis depuis ma chambre au-dessus de la pharmacie, vers le parvis de la gare, cherchant dans la brise légère des traces d'océan. L'année était finie, les facs avaient l'air de s'être dissoutes en quelques jours. Soudain, rien ne semblait plus me retenir vers Talence, ou les Barrières.

∗∗∗

Je n'avais pas quitté le centre-ville de Bordeaux ou Talence depuis presque une année. Un de ces derniers jours, dès le matin, je partis à vélo découvrir en amont les rives de la Garonne. Le soleil était déjà haut dans cette matinée de juin. Je me souviens d'une liesse qui confina au délire, revoir d'autres terres, d'autres routes, d'autres champs. Quand j'eus quitté les derniers petits bourgs, puis les maisons, je roulai doucement sur une route droite et plate, sous l'immense ciel bleu pâle entre les champs de fèves, les chaumes, des prés en jachère striés de fleurs jaune pâle, de coquelicots, de pois sauvages en fleurs. Les faucheuses avaient déshabillé de vastes étendues de campagne encombrées des dominos ou de rouleaux de balles à perte de vue, là-haut chantait l'alouette invisible. Derrière d'inutiles portails ouverts sur les champs, des parcelles ordonnées composaient un grand jardin qui m'évoquait des paysages d'Auvers-sur-Oise de Van Gogh. À chaque courbe, exalté, mon esprit tournait une page. J'entrais dans un panthéon de moments révélés, des images se libéraient. Là-bas, un promeneur fendant les hautes herbes coupait à travers champs, je croyais y reconnaître un Macédonien demi-nu, marchant net et droit sur un sentier de cailloux. Là, ce maigrichon de Virgile tendait un rameau d'olivier aux siècles reconstruits. Là-bas, l'herbe d'un champ s'affaissait avec discipline sous les faux, j'y voyais le Prince André avançant du même pas dans la ligne décalée des faucheurs, le front luisant de sueur. Plus loin encore, au-dessus de la ramure agitée des peupliers, un clocher comme une flèche tendue sur le ciel déplaçait obliquement les perspectives qui se croisaient alors que j'avançais. Des grenouilles dont seul l'œil émergeait cessaient leur musique alors que ma roue se rapprochait et déroulait un silence agricole. Un lièvre, à la vue de tous, coupait là-bas le chaume en diagonale ! Une lumière de vals débordait sur la plaine, inondait les champs. Des oiseaux familiers m'accompagnaient un moment, finissant leur courbe d'un large plané sur des blés de mosaïque romaine. Les lapins de l'année sortaient voir le monde. Le bourdon filait comme une balle dans le vent indifférent. Tout le jardin des hommes était là, donné devant ma roue. J'écoutais et regardais si fort, qu'absents depuis si longtemps, ces signes se libéraient maintenant. Je criais, je viens au Panthéon ! Malgré mon délire, je ne fus pas chassé de cette incroyable matinée de juin que je déroulais sur un tendre goudron. Je rentrais dans ce concert, j'y mettais ma voix. Bien qu'humilié par le dérisoire de cette joie, je me disais : retiens ce chant, pourras-tu t'en souvenir ? Rentrant à la première fraîcheur du soir, pendant que la route du retour volait de clocher en clocher, je repensais à ces mystères dévoilés. J'aurais aimé savoir les peindre, en garder les touches, les notes, les mots qui un jour, à un promeneur, à un vagabond, à un jeune homme malheureux, à un autre cycliste d'un jour ou à un vieillard accablé, apporteraient aussi une nouvelle allégresse, une nouvelle sagesse.

Quelques jours étranges suivirent alors que je me réveillais lentement de cette échappée. Quelque chose de nouveau s'éveillait dans la ville qui me sembla avoir un mystère, des semaines traînèrent, jusqu'au dernier loyer. Les filles à qui on n'avait pas osé adresser la parole, qu'on avait espéré connaître, étaient reparties. Talence offrait une plus grande étrangeté encore, car, si la guinguette allait fermer, si les parkings étaient déserts, manquaient au vide de rares étudiants qui resteraient dans la cité U tout l'été. Léric, qui garderait sa piaule, nous dit alors qu'avant que nous-mêmes allions partir, nous pourrions aller à l'océan, il aurait la voiture de sa mère pendant plusieurs jours. En écoutant Dolphy et La Lady (Sky is blue and high above) dans sa piaule dont maintenant la fenêtre grande ouverte s'ouvrait sur les pelouses de la cité U mitées par la sécheresse et traversées de raccourcis plus poussiéreux, nous discutâmes où aller, de comment payer l'essence. On pourrait dormir une nuit chez les parents de Léric qui étaient absents. Je n'avais vu la mer que lors de la « virée » à Saint-Raphaël avec mon père, jamais l'océan. On irait avec John, les autres étaient partis, Joyce l'amie de John pourrait venir si elle voulait. On s'installa un matin dans la Traction onze CH noire qui nous parut immense, on baissa les vitres, le coffre était empli de duvets, François Léric et moi devant, John et Joyce derrière, j'apportai mon appareil photo avec un film N&B. François avait pu faire le plein, l'intérieur avait un très léger parfum d'essence. On voulait couper un morceau des Landes et peut-être virer vers le Cap Ferret, dormir à Andernos chez la mère de François ou même dans la voiture. La Traction quitta la Barrière, Talence, progressant dans des banlieues, puis dans une traîne de ces petits pavillons espacés, avant que des vignes ne remplacent çà et là les petits jardins. La route rectiligne entra alors dans la forêt. Les pins étaient tenus à distance de la chaussée bordée par des fougères, des trouées de chemins aux profondes ornières sableuses à distances régulières, des maisons de bois inhabitées se succédaient. De rares hameaux avec un bureau de tabac, une église en bois, quelquefois une petite alimentation apparaissaient aux croisements. Cette voiture marchait bien, elle pourrait nous amener loin sur cette ligne droite qui n'en finissait pas, on avait l'impression d'être dans le décor d'un film de la nouvelle vague. De quoi parlions-nous ? De Tartas où John voulait nous inviter depuis longtemps et qui n'était pas si loin ? De Jazz, des Marx Brothers, de Volatron qui voulait faire du cinéma, des « Cousins » qui passaient au ciné. Nous nous arrêtâmes devant une épicerie dépôt de pain pour acheter du pain, du lait, un saucisson, des bananes. Revenu dans la voiture, John sortit en plus une boîte de thon et du chocolat qu'il avait piqués, on mangea assis dans la voiture aux portes grandes ouvertes à l'odeur de résine en faisant attention aux miettes sur les sièges. En repartant, je conduisis, aux manœuvres le volant était lourd, puis la voiture reprit la route, à un village je tournai à droite vers l'océan qui se rapprochait, le ciel était gris au-dessus des pins. La voiture ondulait alors que la bande d'asphalte semblait simplement posée sur le sable, nous cherchions la mer. Nous arrivâmes enfin au bout de la route, il y avait quelques maisons, un club de voile abandonné, puis nous vîmes la mer. Quittant la voiture qui, portes grandes ouvertes, sembla abandonnée, échouée devant la mer, nous nous étirâmes sur une vieille jetée en ciment aux armatures rouillées, où étions-nous ? Je pris des photos avec mon vieux Pentacon. Joyce, restée derrière pour allumer une cigarette, ne fut pas sur les deux seules photos que je tirai des années plus tard, j'avais perdu le film. L'ouverture du diaphragme avait été mal réglée, le contraste était faible, le ciel était aussi gris que l'océan. Léric avait son trench-coat en gabardine beige dont il avait relevé le col. Savait-il que sa silhouette ressemblait tant à celle de Maurice Ronet dans « Le Feu follet » ? John qui, les mains dans les poches, écartait de ses bras tendus les pans de son éternelle veste en daim, ressemblait à un cormoran séchant ses ailes. Puis nous descendîmes vers le sable rejoindre Joyce, il n'y avait que de faibles vagues qui mouraient en escalier dans un brouillard qui estompait le lointain. Où avais-je lu « Bercer notre infini sur le fini des mers » ? Devant ces clapots, mon esprit déçu quittait l'horizon invisible, se perdait par-dessus le brouillard, dans l'espace, la terre, les galaxies, allant partout sans effort, mais je restais là sur le sable humide. Joyce dit qu'elle n'avait jamais vu la mer aussi plate, qu'il faudra aller un jour de grand soleil ou de vent à Lacanau, le bruit des vagues y est si fort qu'on doit crier pour se parler dans les embruns. Oui, nous reviendrons, nous reviendrons.

II

Elle avait les cheveux volant au vent
Qui formait mille nœuds de boucles d'or
Pétrarque

Mai 1968, Tabarka, Huntington Circle, Storrow Drive, rue Soufflot, l'âge d'or, cafard lointain, Chantenay, Tati-Paule, nuits, mort de Paulette, mort de Pierre.

L'été qui préréda ma rentrée en seconde année de médecine, je rencontrai Éliane D. à Sarlat. Elle avait mon âge, était brune et avait un sourire éclatant et tout ce qui vient dont on ne sait où et qui fait qu'on plaît à quelqu'un en particulier. Je la revis souvent à Bordeaux où, échappée de la ferme, elle était étudiante à la faculté de lettres, luttant pour décrocher le CAPES. Je devais moi aussi alors beaucoup travailler pour l'Externat qui serait un peu rémunéré et me permettrait de prendre des gardes de nuit. Les parents d'Éliane, qui avaient très peur de la grande ville et de la fac, me fermèrent leur porte. Elle fit partie de la bande de la cité U de Talence où elle avait obtenu une chambre. L'été qui suivit, mon père m'acheta une vieille 2CV et Éliane et moi partîmes à Avignon où nous devions retrouver des amis. Nous n'avions pas assez d'argent pour aller dans des campings ou des auberges de jeunesse. Nous campions avec quelques copains dans un verger à l'extérieur d'Avignon, laissant les tentes en place tout le long du séjour, nous ne volions jamais un fruit. Le matin, les ouvriers agricoles qui démarraient tôt parlaient à voix basse autour des tentes, trébuchant quelquefois sur les tendeurs. Nous prenions un café avec eux à leur pause. Nous traînions dans le festival off, allant aux répétitions de pièces, à des lectures de poèmes, c'était l'époque d'Ariane Mnouchkine, de Vilar. Nous allâmes aussi à Sainte-Croix du Verdon où Jo Volatron séjournait chez les parents de Jeanne Goupil. Le père de Jeanne, metteur en scène qui tenait à sa tranquillité, avait trouvé un petit pré au-dessus de la retenue du barrage où Jo et ses amis pouvaient camper. Nous revisitâmes aussi les ruines de mes souvenirs des Contamines, mais l'époque était passée. À la fin de l'année, nous habitâmes ensemble au quartier Saint-Michel dans une chambre au-dessus d'une épicerie, c'était le quartier des émigrants espagnols à Bordeaux et on parlait espagnol dans la rue et les boutiques. Nous allions au ciné avec John et on écoutait du Jazz à la cité U, dans la piaule de Léric, on se revoyait au resto U et quelquefois au petit resto de l'ancien chantier de la cité, où j'avais amené ma mère et qui avait survécu, on pouvait y manger encore pour le prix de deux tickets du resto U. Puis Éliane fut enceinte et Muriel naquit à la fin de l'hiver 1965. Je me souviens du pâle soleil de mars qui me réchauffait, alors qu'anxieux, quittant la salle d'attente, j'avais décidé d'attendre dehors, assis sur un petit mur devant l'entrée de la maternité de Caudéran. Puis une porte s'ouvrit enfin, on m'appela et on me dit : « Monsieur ? Vous pouvez venir, c'est une fille ! Tout va bien ! »

Ce fut quelques années de bohème au quartier Saint-Michel, nous gardâmes encore la même pièce au-dessus de l'épicerie Ruiz. Puis nous louâmes un insalubre appartement derrière les Quinconces. La médecine m'accaparait, les stages à l'hôpital débutaient pour moi. Je trouvai une clinique qui recherchait des étudiants en médecine pour des astreintes de nuit, un simple travail d'alerte, rémunéré. Éliane donnait quelques cours de soutien à des collégiens, toutes relations avec sa famille étaient rompues. Ma mère garda souvent Muriel à Sarlat dès qu'elle sut bien marcher. Pour faire quelques courses, elles descendaient lentement, Muriel trottinant, sur le petit chemin encaissé dans la verdure qui de la « Terra del Rey » allait vers la ville, longeant le parc du Plantier. Ma mère avait gardé son pas balancé, son éternel chignon, sa silhouette n'était que très légèrement épaissie. « Aller faire les courses » était une cérémonie qui commençait par ce petit chemin à laquelle, *grand dadais*, je me joignais souvent. Les quelques mots des commerçants, des collègues ou des parents d'élèves croisés à Sarlat échangés avec ma mère témoignaient d'un respect sincère qui me remplissait de fierté. Muriel adorait Sarlat et sa grand-mère. Au fil des années apparut et se renforça chez elle un subtil mimétisme de caractère avec sa grand-mère, fait d'une indépendance d'esprit conduisant quelquefois à des situations comiques, du goût pour la famille et les affaires. On retrouve encore aujourd'hui ce mimétisme dans ses gestes, ses intonations. À la mort de sa grand-mère, Muriel récupéra de multiples objets qui n'attiraient alors pas l'attention, mais dont la vue, au fil des ans, comme le ferait l'odeur d'un vieux buffet, imprimait soudain une si vivante image de « Paulette » qu'on ne les aurait pas échangés pour beaucoup.

***

Je décidai alors de me présenter au concours de l'internat, et je m'inscrivis in extremis au concours du CHU de Nantes. Je vins à Nantes pour la première fois avec mon père quand, après un long voyage en terre inconnue, nous arrivâmes un jour avant le concours pour en reconnaître les lieux. La salle du concours était aménagée dans le vieil hôpital Saint-Jacques. J'arrivai en avance alors qu'une petite foule s'agglutinait déjà devant une porte où étaient affichés les noms des candidats. Il y avait un contraste inattendu entre tous les efforts consentis pour arriver à ce matin-là et à cette cour où nous attendions devant une dépendance de l'hôpital qui ressemblait à une caserne. Conscrits blafards, nous nous dévisagions anxieusement, et je me demandai un moment ce que je faisais là, mais l'appel annonça mon nom et je pénétrai sans plus réfléchir dans une sorte de cloître. Reçu au concours, c'est en plein préparatifs pour rejoindre Nantes que Mai 68 explosa.

En quelques semaines, les repères sociaux basculèrent, des affiches exhortaient les gens à jeter leurs clés dans la rue, des tables et des chaises étaient descendues des appartements et installées au milieu des rues, voisins et inconnus attablés pour un soir mangeaient, discutaient tard dans la nuit, écoutaient les nouvelles à la radio. Quittant les trottoirs, les gens marchaient sur l'asphalte des rues vides de voitures, silencieuses. Des ateliers d'affiches inventaient tous les jours de nouveaux slogans qui fleurissaient partout les murs. Les grèves s'étendaient tous les jours, des universités « tombaient », les lycées, puis les écoles fermèrent, les magasins baissaient leurs rideaux et soudain tout s'arrêta. Sortant d'où on ne savait où, des étudiants accédaient en quelques jours au statut de meneurs s'enivrant d'action, des groupuscules se réclamant de Mao, du Che, des écrits de Marx jeune, du 22 mars, de Marcuse, naissaient tous les jours. Une liberté nouvelle sous la forme d'un grand vide ouvert sur l'inconnu avait envahi la ville, on vivait alors au jour le jour et, à beaucoup comme moi, à vrai dire, peu importait la suite. La fac de médecine était aussi couverte de slogans, un étudiant de dernière année, B..., occupait le cabinet du doyen, les pieds croisés sur le vieux bureau, les examens étaient supprimés, les programmes seraient repensés pour une médecine pour le peuple. Un jour, je fus pris dans un petit groupe qui, passant devant le Grand Théâtre, se détacha du flux d'une manif et pénétra dans la grande salle de concert. Je n'étais jamais entré à l'opéra. C'était une séance de répétition l'après-midi, l'orchestre s'arrêta alors que nous nous assîmes sagement sur le velours grenat. Une discussion sur la musique et « le peuple » s'engagea avec un chef d'orchestre hésitant, subjugué par notre surprenant et inattendu pouvoir. Les musiciens et nous-mêmes improvisions de tout, tout pouvait être dit. Finalement, les musiciens se déclarèrent solidaires, votèrent une motion de soutien à main levée et rangèrent leurs instruments. Mille rumeurs circulaient. Des « Katangais » allaient défendre des piquets de grève. Des « jonctions » entre étudiants et ouvriers étaient acclamées. Les pavés du Cours Pasteur furent alors déchaussés au marteau-piqueur sur toute la longueur de la fac de lettres et une chaîne humaine les montait jusqu'au toit où ils s'accumulaient en menaçantes rangées derrière le fronton surplombant le cours. Des barricades apparurent çà et là, mais les CRS semblaient attendre des ordres qui ne venaient pas, les fumées de lacrymogènes traînaient jusque sur la Garonne. Je parcourais les rues aussi désorienté et libre que Fabrice Del Dongo à Waterloo. Au bout de seulement quelques jours, beaucoup crurent que rien ne serait plus pareil et qu'un monde meilleur se réinventait !

Nous allâmes à six ou huit dans une petite voiture au piquet de grève dans le parking de Dassault Sud-Aviation. La grève générale durait, l'usine avait lancé un appel : « Pour tenir, ce qu'il nous faut, c'est des dons de nourritures, beaucoup de nourriture, et sentir l'entraide. » Au cours de la discussion, je m'inventai alors tribun et proposai que des étudiants issus de la campagne aillent dans leur village natal faire du porte-à-porte et ramènent au piquet œufs, poulets, jambons, pain, légumes, tout ce qu'ils pourraient obtenir, et parlent, parlent aux gens des villages. Une usine pourrait se jumeler à une commune de la campagne qui aiderait alors à nourrir les familles des grévistes de l'usine qui résistaient. À ma surprise, dans l'urgence, ce plan de jumelages se mit en place dans une atmosphère enfiévrée, ça pouvait marcher, s'étendre à d'autres piquets d'usines en grève, rapprocher les paysans des ouvriers ! Il fallait tenir, chaque jour et quelques semaines, nous verrions des étudiants, des paysans, des ouvriers se rencontrer fraternellement, je le croyais ! Qu'adviendrait-il après ? Nous ne le savions pas, absorbés dans cette bulle de liberté, nous étions dans l'action, portés par cette vague imprévue.

   Je téléphonai alors à Moncalou. Mon père et moi irions ensemble voir des sympathisants cherchant du renfort local et, comme ces bandes de jeunes qui passaient dans les villages pour une aubade avant la fête pour ramasser quelques fonds, nous visiterions alors en groupes les fermes de la commune pour réunir de l'aide, des victuailles pour l'usine. Il y avait aussi ces cordons à feu et le reste des bâtons de dynamite de la caisse qui avaient servi à faire les trous pour les pruniers d'Ente, là où était la « tente du drap d'or ». Le piquet me prêta une camionnette et je partis en Dordogne le soir même. Quand vint la nuit, les phares jaunes étaient faibles comme des lucioles, et comme un clandestin, je dus suivre de près des voitures inquiètes. Dès le lendemain, nous fîmes le tour des familles communistes de la commune, commençant par les amis de mon père. Ils donnaient des victuailles et nous encourageaient. Je sentais que, comme mon père, ils étaient fiers de leur commune et que c'était un signe que ce mouvement, dont tout le monde parlait toute la journée ici aussi dans les hameaux, décide des étudiants en médecine à faire du porte-à-porte pour une usine en grève ! Mais quand, après notre visite aux familles amies, nous avons élargi le cercle, nous avons presque toujours essuyé un refus. On ne voulait pas nous parler ou s'engageaient de pénibles discussions qui nous remplissaient d'amertume. Nous allâmes alors jusqu'à Sarlat, nous sonnâmes à la porte d'anciens copains de collège de mon père, de certains de mes anciens professeurs, à celle du père de V… avec qui j'avais été ami à La Boétie et qui était un responsable du PC, mais il ne donna rien.

Le surlendemain, je repartis tard à Bordeaux, mais les jours étaient longs. La camionnette était finalement pleine d'un peu de tout : tourtes, animaux, œufs, fruits, légumes chargés en vrac. Les poules caquetaient, et les griffes des lapins grattaient le fond des cages à chaque virage dans les petites routes cabossées et bombées de Dordogne, il me fallut rouler lentement jusqu'à la grande route vers Bergerac. Je rentrai malgré tout heureux de ma mission, le piquet me fêterait ! La nuit qui tombait me rejoignit après Lalinde sur la longue ligne droite où la route longe ces petites maisons construites après la guerre et peuplées de petites gens, de réfugiés d'Indochine, toutes identiques derrière leurs jardinets. Il n'y avait que très peu de fenêtres éclairées. Les halos bourdonnants d'insectes de ternes lumières publiques espacées évoquaient des veilleuses sur la rue endormie. Je roulais vitres ouvertes, la lune n'était qu'un simple croissant.

La nuit était si belle que je ralentis et me garai doucement sur le bas-côté devant le jardinet d'un de ces petits pavillons, sous la silhouette noire d'un arbre. Les poules dormaient maintenant, comme toute cette rue, semblait-il. Je fermai doucement la porte de la camionnette, levai les yeux vers un ciel transparent comme une eau pure, je me souviens comme si c'était hier du scintillement des étoiles. Dans sa traînée de val céleste, la lueur diffuse de la Voie lactée semblait me dire des choses mystérieuses à découvrir sur moi-même, sur cette nuit de mai. L'arbre qui cachait un peu du ciel au-dessus du pavillon était un cerisier. La lueur du ciel en éclairait faiblement les cerises qui brillaient çà et là dans le fouillis clairsemé des feuilles étroites. Je poussai doucement la porte en bois du jardinet et, aidé par les branches basses, j'escaladai sans bruit le cerisier jusqu'aux hautes grappes où le ciel me paraissait aussi encore plus près, les étoiles plus palpitantes. Je mangeai sans bruit les cerises, recrachant en silence les noyaux dans ma main. Mais, alors que je m'apprêtais à redescendre, la lumière des deux petits carreaux en haut de la porte d'entrée de ces maisonnettes s'éclaira. La porte s'ouvrit et un homme âgé fit quelques pas, regarda le ciel, la camionnette garée en contrebas, puis rentra. Immobile, j'entendis le loquet se refermer, puis la lumière s'éteignit. J'attendis longtemps, le cœur battant un peu plus vite, avant de descendre plus silencieux qu'un chat et repartir. Mai 68, c'est tellement loin !

***

Devançant la fin des années d'Internat, je partis *coopérant civil*. Il restait quelques postes de cette générosité encadrée à pourvoir pour l'Afrique du Nord et je dus « monter à Paris » avant le départ pour une réunion d'information, où P. Joxe reçut le petit groupe de coopérants partant pour la Tunisie. L'indépendance était récente, Bourguiba « le Combattant Suprême » gardait un prestige populaire, mais l'opposition dénonçait un système policier, Joxe insista sur notre devoir de réserve. L'influence de la France était importante tout comme la susceptibilité à notre égard, on nous recommanda de ne jamais tenir de propos politiques, d'éviter le café de Paris avenue Bourguiba à Tunis. Jeunes coopérants français au service de l'État tunisien, très chichement rémunérés, nous représenterions la France dans sa générosité, nous devions être exemplaires, etc., etc.

Puis vint le jour où, pour la première fois, je pus contempler du ciel la France puis la Méditerranée et où enfin, au loin, l'Afrique apparut, était-ce possible ! La Caravelle Orly-Tunis planait maintenant mythologiquement, son léger bruit de brise surlignant un irréel silence nous accompagnait vers le feston de la côte. Puis j'aperçus la piste, et plus loin une lagune, Carthage certainement, et là-bas au fond la ville blanche, l'amas des terrasses de la Casbah, les minarets.

Sur le tarmac du petit aéroport, un seul avion était immobilisé, la Caravelle qui repartirait le soir vers Orly. Toutes les fenêtres et portes de l'aéroport étaient ouvertes et le bâtiment était parcouru de vols et de cris d'oiseaux. Dehors, la lumière aveuglait. Un chauffeur exhibant une pancarte « Solilo » m'attendait. Nous prîmes un court tronçon d'autoroute emprunté par des attelages d'ânes, des gens couverts du burnous marchaient au bord de la chaussée, puis une route en mauvais état qui progressa entre des trottoirs encombrés d'artisans travaillant à l'ombre d'arbres rabougris, de chèvres, de motos, de Mobylettes dépecées devant des garages. Nous arrivâmes dans le centre colonial de Tunis par une large avenue plantée de palmiers, les mêmes grands portraits espacés, bleuis par des années de rayons du soleil, montraient le président Bourguiba regardant au loin, au-dessus des passants, l'avenir. Devant l'hôtel à la façade blanche surchargée de balcons rococo, le chauffeur me tendit une enveloppe et me salua la main sur le cœur : « Dans trois jours, tu dois te présenter au ministère de la Santé », Bensalah m'y donnerait mon affectation.

J'arrivai très en avance au rendez-vous. Dans le couloir, à quelques mètres avant la porte du bureau de Bensalah, un employé en chéchia était assis, désœuvré devant une table où siégeait un téléphone. Il me dit d'attendre, le responsable était occupé. Au bout d'une demi-heure, le téléphone du chaouch émit une sonnerie grenue qui résonna dans le couloir vide, il décrocha, raccrocha et rentra dans le bureau dont il ressortit quelques minutes après. J'attendis encore et, à mon tour, me levai, vins vers lui et lui demandai d'avertir M. Bensalah que j'attendais depuis si longtemps que j'allais partir, à lui de me recontacter ! Mais à ce moment-là, je vis une personne qui ne pouvait être autre que Bensalah sortir du bureau et à ma surprise s'éloigner d'un pas tranquille dans le couloir. Je l'interpellai alors, étonné de se voir hélé par un si jeune homme, il revint vers son bureau comme si effectivement il avait bien oublié quelque chose, me faisant signe d'entrer. Il me souhaita brièvement la bienvenue en Tunisie, sortit une chemise, regarda des fiches et me dit que je serais affecté à Souk el Arba ou à Tabarka. Il m'expliqua que le gouvernement mettait en place la médecine du travail sur un schéma comparable à celui de la France. Je n'aurais donc pas à prescrire et concurrencer le secteur privé, ma tâche devrait se limiter à la prévention des maladies et des risques au travail, au dépistage et à l'orientation des malades vers les cabinets de médecins ou les hôpitaux. J'aurais une liste d'entreprises à visiter, etc. Dans quelques jours, je serais prévenu à l'hôtel et une voiture avec chauffeur me conduirait à Tabarka. Il s'excusa, il avait un rendez-vous urgent, je saluai sans rien dire et sortis avec un maigre dossier.

C'est en novembre 1971, ou peut-être plus loin encore dans l'hiver, que j'arrivai dans une petite station balnéaire, oubliée, d'une autre époque : Tabarka. Après d'interminables heures sur une route presque rectiligne traversant d'est en ouest la plaine jusqu'à Souk El Arba, assis à l'arrière d'une 4L camionnette qu'un chauffeur, muet sous le capuchon de son burnous, ne conduisait qu'en troisième (son chef s'étant tourné vers moi au départ de Tunis avec « pour votre sécurité, docteur ! »), nous bifurquâmes enfin à droite, quittant les reliefs rabotés et monotones de la plaine à blé pour une petite route sinueuse bordée d'eucalyptus, doublant des troupeaux de chèvres et des ânes entravés vers Tabarka. Un homme qui avait dû nous attendre des heures debout devant la mairie me souhaita la bienvenue et s'engouffra à côté du chauffeur qui repartit pour un lotissement, « devant la mer, docteur », me dit-il. Après m'avoir donné une clé avec un numéro sur la planchette de bois, on me déposa devant une maison en mur de parpaings gris aux joints dessinés par l'humidité, qui serait bientôt finie, presque neuve, me dit-on, mais qui semblait destinée à n'être toujours qu'en construction. Il y avait des flaques d'eau sur le sol en ciment du couloir au bout duquel, avant de rentrer dans l'appartement, j'aperçus par la fenêtre une brève plage inhospitalière où de petites vagues repoussaient inlassablement détritus, palmes brunes fibreuses, bidons de plastique colorés, rythmant la nuit qui tombait de leur bruit discret. La clé ouvrit la porte mal jointe, du bleu délavé de Tunisie, de l'appartement numéro 2 au premier étage. Il était presque vide, il devait y avoir une cuisine avec une table où je plaçai ma petite radio et les quelques livres de médecine que j'avais apportés mais qui me furent toujours inutiles. Dans une chambre, je trouvai sur un sommier un matelas chargé de lourdes couvertures de Bédouin et des draps humides sentant l'huile d'olive. Une fenêtre donnait sur les maisons du bourg et une autre dominait en partie une plage derrière des wagons rouillés abandonnés sur des rails qui se perdaient dans le sable. Leur plate-forme était vide, qu'avaient-ils transporté ? Rien ne bougeait, ne parlait dans ce nouveau paysage, tout était là comme inutile. Là-bas, vers l'ouest, où l'isthme d'une colline fermait la plage et tombait dans la mer, une route montait en colimaçon vers un vieux fort aux pierres rouillées par le sel. Plus loin encore, émergeait de la mer grise une île, comme un diamant de schiste torsadé. J'apercevais dans le médiocre éclairage de la rue un lampadaire décelé et clignotant qui, agité dans le vent tiède et humide, raclait contre un mur, une chaussée envahie de sable qui fut peut-être le boulevard de la Mer. Il y avait un vendeur de marrons chauds encapuchonné au coin d'une rue. Le Comptoir (magasin d'État ?), violemment éclairé, incongru comme le café d'Arles transporté dans le noir obtus de la nuit africaine, exhibait des ustensiles de cuisine bon marché en ferblanterie, des balais, des rouleaux de fil de fer, des outils agricoles, de lourdes couvertures. Les rues en angle droit quadrillaient le bourg, je ne voyais maintenant presque plus rien de ce que j'imaginais pouvoir découvrir demain, une mosquée, une pompe à essence, une école, une pharmacie, là-haut quelques maisons de riches, un dispensaire avec un téléphone sur une table, un annuaire, un chaouch, tout un monde dans ce noir. Mais j'abandonnai vite l'humide « villa de plage » en ciment et ses wagons oubliés pour loger au restaurant pension de Tabarka. De ma nouvelle toute petite chambre de pension, je revois la cheminée de coin avec son broc émaillé et ébréché, rempli de copeaux de bois de bruyère de l'usine de pipes, et les petites flammes bleues, hésitantes, fantasques qu'ils généraient.

Que fis-je là-bas, solitaire, pendant ces premiers mois d'hiver ? D'une salle du dispensaire d'une usine qui disposait d'une infirmerie avec un appareil de radioscopie, je devais passer en scopie des ouvriers de plusieurs entreprises, tentant de dépister des tuberculoses. Je passais la chasuble protectrice plombée, attendais mon accommodation au noir et mettais la lampe au vert. Un ouvrier intimidé rentrait alors torse nu et s'asseyait sur le siège dont je réglais la hauteur en vissant et j'appuyais son torse contre la plaque. Un bruit électrique indiquait que j'actionnais la pédale, je lui disais alors « ne respire plus » ! Bien qu'écarquillant les yeux, je ne distinguais cependant presque rien des poumons sur l'écran de l'appareil vétuste, le cœur battait. Sans lunettes protectrices qui diminuaient encore plus le contraste, stupide, j'irradiais avec ténacité mes cristallins. Je devais aussi faire des « inspections » qui, sans moyens, étaient limitées à un simple constat où je consignais ce que je voyais et où je faisais d'inutiles recommandations au sujet desquelles on ne me contacta jamais. Je devais en outre impérativement avertir de mon passage plusieurs jours avant mes visites. L'usine de bouchons était située sur la route de Ras Rajel, au pied de montagnes couvertes de chênes-lièges. Je pénétrai alors dans un grand hangar, brutalement soumis au bruit des machines déchaînées, à une humidité équatoriale, une vapeur bouillante fusait des presses à bouchons. Les ouvriers, la peau luisante de sueur, me regardaient brièvement comme si ma présence convenue n'avait aucun sens. Le contremaître qui m'accompagnait me hurlait à l'oreille des paroles incompréhensibles dans le bruit infernal. Dans le petit bureau vitré du cadre à qui je rendis ma blouse à la fin de la visite, et d'où la vue sur le hangar se perdait dans la vapeur, je cochais, je signais des fiches et, quittant cet enfer, je promettais mon rapport. Consigné au modèle de la médecine du travail en France, que souhaitait Bensalah ? Je n'avais en fait rien à faire, je ne devais pas soigner et, si besoin était, il me fallait envoyer la personne au dispensaire.

Épisodiquement, j'étais aussi appelé dans les collines au-dessus de Jendouba pour des constats de décès. Il s'agissait souvent d'écroulement de petits tunnels pratiqués autour de filons de mercure. On venait me chercher et, assis à côté d'un gendarme à l'arrière de la camionnette, je me laissais conduire au bout d'une route, au pied d'une colline où commençait la boue, où une famille attendait. On insistait alors pour me faire monter un âne ou un mulet pour continuer vers les trous d'où le minerai de mercure était chargé dans de grands sacs et descendu à dos de mulets ou de paniers portés à bout de bras vers les camions du parking. Mais le gendarme et moi montions à pied dans la boue avec le petit groupe jusqu'à l'entrée du trou où des femmes criaient leur lamentation et quelques hommes pleuraient en silence. Je faisais le constat de décès d'hommes ou d'adolescents qu'on avait seulement dégagés du trou où la terre s'était affaissée, mais qui ne devaient plus être touchés avant mon arrivée et dont je découvrais alors le visage maculé de terre en soulevant une couverture.

Quand le jour s'assombrissait et redonnait vie aux petites lumières clignotantes du coin des rues de Tabarka, je revenais à des pages quelquefois abandonnées. Rien n'y était vraiment dit, car en quelque sorte, rien n'y était à dire à une autre personne que moi-même, j'imagine que c'était de la solitude. Comme aujourd'hui, je regardais la nuit tombant derrière la fenêtre, partageant encore avec moi-même les mêmes cordes tendues dans le temps, torsadées des nœuds de ce que je fis de mal et de bien. Y étaient attachés mes remords, des trahisons, tout ce qui, allant de moi à moi, nécessitait un vide dans ma conscience avant que ne se rallume doucement un signal aussi vacillant que les lumières de la rue ou les courtes flammes des copeaux de bruyère.

Tous les jours, à midi et le soir, je traversais le petit square à la végétation rabougrie pour rejoindre le restaurant de la pension où j'avais ma chambre. Je revois le verre gaufré légèrement opaque de la porte d'entrée qui ouvrait sur une longue salle rectangulaire, bien chauffée et accueillante. À gauche, un comptoir avec des dépliants aux couleurs fanées vantait la station balnéaire qui avait peut-être existé. Une porte, qui s'ouvre encore en battant dans ma mémoire, donnait sur la cuisine. Au fond de la salle, un feu de cheminée était allumé le soir, encore nourri d'un grand broc de copeaux de bruyère. J'occupais toujours la même place, au fond à droite, près d'une fenêtre, le dos à la cheminée. Les quelques pensionnaires mangeaient seuls aussi, je ne me souviens pas de conversations particulières, mais il me semble entendre les chaises qui raclent le parquet mal joint lorsqu'un pensionnaire se levait et sortait. J'aimerais retrouver le motif exact de la toile cirée ou du tissu des tables (à simples petits carreaux rouges et blancs, je pense, sous un plastique transparent), une auberge pour Rimbaud. J'entends aussi la musique arabe, répétitive, en sourdine. Il y avait toujours le même menu, une salade avec des olives noires, deux sardines, des tomates, une tranche de viande très mince avec des petits pois et quelques oignons, du pain sans levain et une pâtisserie tunisienne.

Mais je ne pouvais plus supporter l'absurdité de ma position en me calfeutrant avec moi-même dans cette étrange parenthèse. J'écrivis une lettre à Bensalah qui resta sans réponse, puis une deuxième, recommandée. J'y décrivais mon refus de ce système désastreux, envoyais des doubles de mes rapports et demandais à être affecté dans un hôpital où je serais utile. N'ayant toujours pas de réponse, contre les recommandations de P. Joxe, j'envoyai une ultime lettre contenant un projet de tribune qui serait adressée au journal *Le Monde* que j'avais vu traîner sur le bureau de quelques apparatchiks de Tunis. J'y décrivais le gâchis du séjour des jeunes médecins ayant choisi le statut de coopérant en Tunisie, le mépris de l'administration qui nous utilisait à ses fins de faire valoir sans se soucier de ce que nous pouvions apporter, etc., etc. Y étaient joints mes rapports d'inspection témoignant de la misère et de l'abandon des esclaves travaillant dans les entreprises de la liste qui m'avait été donnée. Tout cela était vrai comme était aussi vrai que j'allais tout faire pour abandonner ces malheureux à mon tour. Un inconnu se recommandant du ministère de la Santé m'appela alors au téléphone. J'entendis dans le grésillement de la ligne de Tunis (en écoutant, mon imagination suivait le fil, soutenu d'un poteau à l'autre, traversant toute la plaine à blé, longeant la route jusqu'à la capitale) que je serais affecté au service du Pr. Ben Ayed, Hôpital Charles Nicole, Tunis. L'inconnu insistait aussi sur le fait qu'une tribune envoyée au Monde était impensable, compte tenu des efforts du ministre, et serait diffamatoire, etc., etc. Le chauffeur me ramena à Tunis, évitant encore chèvres et moutons, ânes entravés ou attelés aux petites charrettes surchargées, dans d'incessants coups de klaxon. Des hommes habillés à même la peau de vestes aux manches trop courtes, luisantes de suif, chassaient de la route les bêtes à coups de bâton à chacune de nos traversées de villages poussiéreux. Pendant toutes ces heures muettes avant l'arrivée à la Goulette, je songeais à ces semaines de solitude, je contemplais pensif la mue des grands eucalyptus qui, comme des processions de sanguines, longeaient la longue route, les blés qui commençaient à verdir l'ondulation de la plaine.

***

J'allai attendre à l'aéroport Éliane et Muriel, qui avait six ans, et qui à leur tour découvraient l'Afrique. Nous habitâmes une petite maison à Radez sous le Boucornine, sur la route de Nabeul. Nous eûmes alors de fréquentes visites, ma mère fit le voyage comme plus tard mon père, puis Christian avec son frère, dernier lien avec les Contamines. Nous menâmes une vie qui, salaires en moins, s'apparentait à celle des Français affectés à l'étranger qui encombraient les nattes de Sidi Bousaïd à l'heure du thé, s'invitant aux barbecues, parcourant les routes en modèles importés de France, affichant un *RS* minéralogique. C'était une vie de dénigrement et d'exotisme, vie qui basculait sans que je m'en aperçoive, où je me perdis quelque temps. Je regagnai la France à la date du billet de retour reçu de l'ambassade. Rentrant dans la nuit de l'aéroport de Toulouse à Moncalou, la chaussée au revêtement noir me paraissait luxueuse, les bandes phosphorescentes illuminées par les phares semblaient guider la voiture filant sur les crêtes de douces collines vers Cahors. Pour quelques heures, tout était le décor d'un autre monde.

De retour à Nantes, je finis mes stages d'internat et fis ma thèse de médecine au laboratoire. J'allais souvent la nuit ou le week-end à l'animalerie de la fac quand les cinétiques expérimentales s'échelonnaient (12, 18... 24 heures !). J'écrivis mes premiers papiers. Mais ce que je faisais me paraissait désuet, une impatience vitale sans objet précis me pressait, j'avais besoin d'ailleurs. Partir aux États-Unis, Boston, New York, loin de Paris dont j'aurais été vassal, m'obsédait. Mon « patron » me recommanda alors à Marcel Legrain qui reçut avec bienveillance ce Provincial à cheveux longs à l'hôpital Saint-Louis. Autant grand seigneur que mandarin, drapé de ce tablier blanc à poche antérieure abritant le stéthoscope, que portaient encore sur leur blouse les cliniciens hospitaliers de l'époque, il m'écouta debout devant moi balbutier un avenir incertain. J'eus l'impression qu'il regardait plus au fond de moi qu'il ne prêtait attention à mes réponses aux quelques questions qu'il me posa. Il s'assit alors et griffonna un mot sur une petite feuille d'ordonnance à son en-tête, adressée à John Phillip Merrill, au Peter Ben Brigham Hospital d'Harvard Medical School, Boston. Dans ce mot qu'il me recommanda de joindre à mon projet, il disait en quelques lignes qu'il croyait en moi. J.P Merrill, qui avait supervisé la première greffe de rein au Peter Ben Brigham à Boston en 1959, disparut prématurément, fut l'ombre manquante au Nobel de 1980 attribué à Joseph Murray, lui aussi du Peter Ben Brigham Hospital que je voulais rejoindre. La renommée dont la France bénéficiait alors dans le domaine aida mon projet et j'obtins une bourse gouvernementale que compléta Harvard et le jour vint où je pris l'avion.

Seulement trois ans s'étaient écoulés depuis l'envol de la Caravelle Orly-Tunis. Mais alors que le pays vers lequel planait la Caravelle quotidienne attendait beaucoup de moi, tout était maintenant différent. Quand échappant à la cohue du grand hall de Roissy 1, colisée de verre encore drapé des étendards de sa récente inauguration, quand passé les portiques, j'ascensionnais comme guidé par Béatrice vers l'embarquement pour le ciel par l'un des tunnels suspendus transparents, galactiques, croisant les silhouettes en contre-jour des voyageurs qui s'éloignaient sous moi dans d'autres tunnels du puits de lumière, quand enfin je trouvai ma place dans le Charles de Gaulle/ Boston Logan, c'était bien du pays où j'allais que j'attendais tout alors que grondaient déjà les réacteurs torturant si fort le corps du 747, encore cloué au tarmac. L'avion ascensionna avec une aisance irréelle, se dégageant lentement de la gloire des nuages et infléchissant enfin son trajet dans un ciel bleu uni et pur. Alors débuta le voyage lui-même dans le cliquetis des ceintures défaites et le brouhaha d'installation, déjà à l'arrière de l'appareil, certains voyageurs, assis sur l'accoudoir, allumaient une cigarette. Mon voisin américain, qui devait avoir le même âge que moi, était mathématicien et rejoignait le MIT sur un projet du Grand Boston, où le flux des foules Downtown était modélisé comme l'écoulement d'un fluide confronté au comportement des passants devant les vitrines de magasins célèbres, l'emplacement des bouches du métro, des heures de fermeture des bureaux, de la sortie des salles de cinéma, des écoles, etc. Nous discutâmes longtemps de nos espoirs réciproques et j'étais surpris de réaliser que mon projet le passionnait autant que ce qu'il me disait du sien. Je me sentais, si haut, appartenir à ce même monde si simplifié, si naïf, où nous chercherions à comprendre, à guérir, à créer. Puis, en habitué de ce vol, il me souhaita une bonne nuit, prit un comprimé et s'endormit. Mais la nuit ne s'approchait pas de nous, l'étrange traîne du jour semblait ne jamais s'éteindre. Le trouble des moments de solitude, le visage collé aux vitres de trains ou de voitures, m'avait définitivement quitté, très bas, j'apercevais le scintillement de l'océan et çà et là le minuscule ourlet blanc des grandes vagues. À quelque distance, un autre avion vola des heures en exact concert avec nous, nous avions alors l'impression d'être immobiles.

Je trouvais près de Kenmore Square une piaule dans un immeuble pour étudiants où tout le monde semblait déménager chaque mois, je chercherais plus tard un petit appartement pour quand Muriel et sa mère viendraient. Je passai l'examen d'équivalence américaine de mes diplômes, parlant mal l'anglais, j'acceptai le miracle du US Medical Degree et je pouvais prendre des gardes rémunérées ! Au matin de la date de mon contrat, je glissai enfin mon premier « token » dans la herse du portail de la ligne verte du MBTA pour Huntington Avenue et descendis à Huntington Circle juste en face de l'hellénique façade du vieux Peter Ben Brigham Hospital. Tous les jours de mon séjour, tôt le matin, je guetterais la lumière du phare central de cette bruyante rame du MBTA émergeant d'un virage du tunnel dans cette inoubliable odeur de métal, de sous-sol et de neige l'hiver.

Le labo d'Immunologie venait de déménager dans un bâtiment neuf. On m'attribua l'un des minuscules boxes de la petite salle des research fellows du Transplant Immunology Laboratory, 4e étage. Je n'avais jamais tenu une pipette. On me donna une blouse, un badge dosimètre, une carte électronique ouvrant les portes, un bloc-notes à feuilles jaunes de

Harvard Coop, dont j'utiliserais encore longtemps un stock de liasses à mon retour en France. Cette salle des fellows accueillait un nouveau chercheur quand un autre finissait son fellowship, elle était le théâtre de débats continuels. Je me liais d'amitié avec Makkinan Suthantiran (dont je reparlerai plus tard), et Peter Lundeen, New York, qui se trouvaient dans leur petit box voisin du mien. Peter suivait un traitement d'hémodialyse depuis 8 ans, certainement un des premiers dialysés du pays. Grand, un peu voûté comme par distinction naturelle, son visage et ses mains étaient tavelés et pâlis par l'anémie, ne se plaignait jamais, c'était un gentleman. Peter avait une passion pour l'histoire de la guerre d'indépendance des États-Unis, le général « Roochamboo » dont je n'avais jamais entendu parler était un de ses héros. Il me dessinait les manœuvres de la flotte française à Chesapeake et attribuait un rôle majeur à la France dans la fondation des États-Unis et, à ce titre, par mille gentillesses, il aida à mon intégration dans le laboratoire. Pour la première fois, je lus sur ses conseils *De la Démocratie en Amérique* dont il aimait m'expliquer certaines inexactitudes. Les relations dans le bâtiment étaient étonnamment cloisonnées par les thématiques, des autres étages, je ne connus que tard Marco Zorlengo qui travaillait au-dessous de nous à l'étage dédié à la physiologie, mais nous ne parlions pas de recherche. De taille un peu plus petite que la moyenne, Marco arborait en toutes circonstances un sourire attentif en regardant son vis-à-vis dans les yeux, il projetait sa tête en arrière quand son rire éclatait derrière ses moustaches blondes teintées de nicotine. Il portait de superbes vestes sport sur un jean, un nœud papillon. Son élégance n'était pas ternie par une maladie qui lui déformait les mains, l'extrémité de ses doigts semblant rongée par une sorte de lèpre. La famille de Marco était milliardaire. Il habitait un vaste appartement à Beacon Hill dont la grande pièce au vieux parquet ciré était nue, hormis un immense canapé de cuir sombre face à une cheminée monumentale, où craquait tout l'hiver un feu de bois, et une énorme radio posée sur le plancher qui diffusait presque toujours du classique. Au mur courait une barre de danse. Lors de mes visites, sa femme, danseuse, faisait souvent ses assouplissements à la barre et, si l'on prenait le café dans la cuisine, nous rejoignait et continuait des développés de jambe en s'aidant du buffet. Il garait devant le labo sa grande Mercedes rouge décapotable aux somptueux sièges de cuir beige. Pourquoi Marco faisait ce fellowship à Harvard était un mystère, était-ce l'étape obligée d'un destin de Gatsby ? Ce qu'il voulait faire plus tard n'était que travailler au Bellevue Hospital, Haarlem, révélant son romantisme. Il me raconta qu'un matin de sortie de garde à Bellevue, deux rafales de balles avaient été tirées d'une voiture vers la terrasse où il déjeunait. La voiture avait disparu au coin de la rue, le « sweepings » n'avait laissé que des traces d'impacts. Sa vie, c'était New York, il était perdu à Harvard, Boston. Hormis les employées qui nettoyaient le labo avant notre arrivée, la seule personne de couleur du bâtiment était Myriam, la secrétaire de CB

Carpenter, dit Burny, le boss. Myriam aidait tout le monde et tapait nos brouillons d'articles. Elle était atteinte d'une maladie neurologique chronique et, les jours où elle était le plus fatiguée, sa discrète claudication devenait apparente et elle s'aidait d'une canne. Elle avait alors ces jours-là encore plus de ce qu'on peut appeler « de la classe » dont elle jouait avec nous. Mère célibataire, elle vivait avec son fils, John, adolescent qui paraissait grandir chaque semaine de plusieurs centimètres quand il venait le soir la chercher.

Derrière le bâtiment du labo siégeait en majesté la façade à colonnes de la Harvard Medical School. J'aimais les heures passées dans le silence de la bibliothèque aux boiseries reposantes, la rampe lumineuse surplombant les places isolait de la pénombre. À la pause, l'esprit vide, j'observais l'étrange escalier qui montait du hall, dont je photographiais les fantômes anonymes dévalant vers les labos. Dans l'amphi de ce bâtiment se tenaient les Grands Meetings où chaque « lecture » qui déplaçait les stars du moment était suivie dans les labos d'une traînée de débats. Jean Hamburger y fit un jour salle comble. Cerné de fellows assis à même le sol, il prit la parole du petit espace d'estrade restant face à l'amphi. Cette chose, « so French » pour les Bostoniens, dans le style de sa « lecture » d'une lumineuse clarté que renforçait son léger accent, déclencha une des rares standing ovations.

John Philip Merrill ne venait plus que rarement au labo, mais recevait une fois par an les fellows dans son ancien bureau transformé pour un jour en petite salle de réunion.

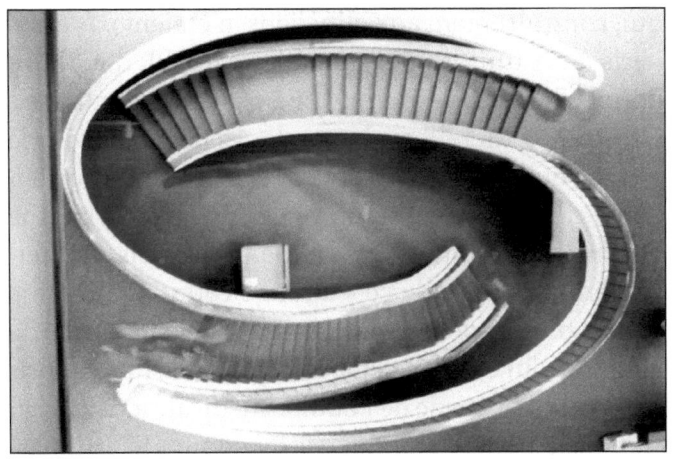

Outre sa renommée médicale, il avait été membre de l'équipe US de la Coupe Davis et avait couru des transats. Habillé traditionnellement de costumes blancs, il avait un look de vieille star américaine, cette nonchalance souriante, ce cabotinage d'extrême simplicité et mansuétude qui nous fascinaient. Il retraçait alors les avancées médicales historiques du Peter Ben Brigham Hospital sur un vieux projecteur, projetant des plaques de verre originales, aux cassures rafistolées avec du scotch qui rejoindraient le musée d'Harvard Medical School et qui ne servaient plus qu'à ses « lectures » aux fellows. Francophile curieux, il m'invitait souvent à manger en tête à tête au Harvard Club. Je prenais place à côté de lui à l'avant de sa Jensen (où je découvris l'air conditionné). Au

Club, il fallait que le portier trouvât, alors que nous patientions sur le seuil, une veste à ma taille et une cravate dans l'armoire de dépannage pour les fellows qui, contrairement aux cliniciens, n'étaient pas assujettis à cet uniforme d'hôpital. « Merrill, double rr, double ll », disait-il alors avant qu'on nous conduise à sa table. J.P Merrill avait une de ces passions pour la France qu'on retrouve souvent en Amérique ; c'était l'époque précédant la montée de l'union de la gauche et il me questionnait, il me regardait sans m'interrompre lui parler de ce « strange country », dont je n'étais pas sûr de faire un portrait fidèle... Il ne parla jamais de lui et ce n'est que bien plus tard que j'appris qu'il avait fait partie de l'équipe médicale attachée au staff de la bombe atomique larguée sur Hiroshima.

Je trouvai un appartement d'étudiant au rez-de-chaussée d'une maison de rapport de Beacon Street, et Éliane et Muriel arrivèrent pour la rentrée des classes. Muriel alla à Prince School, l'école publique du quartier où elle était la seule élève blanche. Elle parla rapidement américain avec l'accent des blacks bostoniens. J'achetai une vieille VW Coccinelle, nous élargissions le cercle de nos sorties, Cap Code, le Maine, Vermont. Nous fréquentions les pâtisseries de Charles Street, je courais le long de la Charles et dans les Commons, nous allions aux barbecues devant la « lake house » de Burny, etc. La vie quotidienne de résidents s'organisait, mimant un peu celle des « coopérants » installés de Tunis.

Puis vint l'hiver, la neige recouvrit les vélos le long des trottoirs et les ferronneries devant les minuscules jardins des maisons de briques de Beacon Street. Un vent glacial remontant Mass Pike balayait l'abribus du pont vers Cambridge. Les canaux du Common étaient pétrifiés sous les petits ponts. Et en presque une semaine, le printemps enfin explosa, des plaques pelouses réapparurent çà et là alors que la neige fondait. Pressés de voir éclore leurs bourgeons, les arbres graciles des trottoirs, légers comme des starlettes, se balançaient dans l'air vif et, en quelques jours, produisirent autant de fleurs que de feuilles vert tendre à peine dépliées alors que la Charles bousculait ses dernières dalles de glace vers l'aval.

***

Quand je vis Helga pour la première fois, elle était au « a'Penny », le bar de « Chez Ferdinand » près de Harvard Square à Cambridge où j'allais lire *Le Monde*, que j'achetais alors, de temps en temps, là-bas (« what a pessimistic French Journal, Jai-Pi ! » me disait à ce sujet Peter). La salle était presque vide en cette après-midi, il n'y avait que deux filles assises sur les hauts tabourets et qui semblaient habituées des lieux et chahutaient fort avec le barman, avec éclats de rire et exclamations. Elle était là, de trois quarts dans l'obscurité du bar, elle portait un bob bleu ciel délavé et une sorte de blouse chasuble blanche, dans l'agitation ses sabots tapaient quelquefois contre la barre. Je sentis dans le flou comme une présence très particulière qui s'adressait à moi. De son visage, on ne voyait pas les yeux sous l'ombre du bob, de sa main qui tenait un petit verre de bière, je vis à son majeur un long bijou de pacotille, comme un nid de guêpes en étain. Puis, fatiguée de rire peut-être, elle se tourna et regarda vers la salle où elle avait dû entendre, sans y prêter attention, le bruit qu'avait fait une personne en entrant et s'asseyant. Je la vis alors et nos regards qui se croisèrent s'arrêtèrent sur un infime instant de netteté, de direct, comme lorsqu'on pense reconnaître une personne en réalisant en même temps que c'était une erreur, puis, presque dans le même geste, elle se retourna vers le bar et son amie. Pourquoi alors partis-je de « Chez Ferdinand » comme un voleur, étonné moi-même de mon départ ? Je m'enfuis alors le long des dernières congères, marchant dans des rues prises au hasard. Son image m'accompagna le long de longues journées banales, je l'amenai avec moi, comme un enfant désœuvré, un compagnon imaginaire. Image muette, fard léger, lambeau de rien, bob bleu délavé ou bonnet d'Iman tricoté qu'elle avait mis sur ses cheveux une autre fois où je crus la voir, de dos, disparaître dans l'escalier du métro. Puis j'aperçus encore sa silhouette vers Cambridge où j'allais souvent traîner. Un jour, je la vis et elle me vit, et nous échangeâmes quelques mots dans la rue pour la première fois, je lui demandai son numéro de téléphone, peut-être vous appellerai-je, lui dis-je bêtement.

Neuf heures du soir, c'était maintenant presque mai, des jours infinis. Des trains de nuages roses roulaient encore sur Boston et je glissais doucement sur Storow Drive dans un long travelling longeant la Charles River. À droite, de l'autre côté de l'eau, les bâtiments de Cambridge découpaient le ciel, et leurs lumières scintillaient déjà sur le fleuve. Les ponts, un à un, filaient derrière moi, quelque chose de calme et tiède m'habitait dans cette nacelle isolée, coupée du monde. Mon cœur battait presque immobile, un peu oppressé « Kind of Blue », les panneaux « Newton » s'allumaient phosphorescents sous mes phares, les voitures avançaient comme un tapis roulant. Storow Drive longe de longs faubourgs résidentiels, des parcs aux barrières en bois blanc, au fond de profondes pelouses se devinaient de grandes demeures. Je quittais ensuite Storow Drive pour l'étroite Franklin Street où les phares alors dansaient et se croisaient, les arbres au-dessus de moi faisaient maintenant une voûte mouvante à l'unisson d'un chœur silencieux. En bas de Franklin Street, au bord d'un parc sanctuaire de feuilles mouillées où quelques gouttes isolées tombaient des grands arbres pour éclater sur le pare-brise, sa silhouette avançait, en sabots, les mains dans les poches. Le bruit des feuillus agités par le vent couvrit nos mots. D'autres fois, c'était lors d'une pluvieuse nuit d'été, d'un orage, on regardait alors la pluie sur la Charles, sur Storow Drive vers Downtown. Puis je ne la vis plus et la cherchai des heures dans Cambridge, repassant aux endroits où je l'avais vue, je croyais apercevoir au loin sa silhouette. J'appelai, je rappelai 5 273 918 à Newton, numéro griffonné parmi ceux des cliniques et des blocs sous le téléphone mural de la salle des fellows. Mon cœur qui avait déjà trahi connaissait ce mal, des idées sans logique me venaient en tête comme la nuit quand, éveillé dans son rêve, des ombres ressemblent à des monstres. Où étaient son regard, son sourire, dans quelle cuisine inconnue prenait-elle un café, humectant le papier d'une cigarette roulée ? Pourquoi ne m'appelait-elle pas ? Puis, un jour, nous partîmes à Cap Code où nous passâmes la nuit dans un motel. Je dus téléphoner devant elle et mentir deux fois, mais, dans la nuit, je lui dis tout de moi. Le lendemain, je rentrais avec elle chez moi à Beacon street, je ne me sentais plus moi-même, qui étais-je ? Il était tard, dans un jour blafard, Muriel avait fait une tente avec des draps et des chaises dans la grande pièce. Quelque chose d'irréel soudain était là, nous étions tous fatigués. Je dis qu'elle ne savait pas où aller, elle dormit tout habillée sur le canapé du salon. Le lendemain, elle partit tôt, s'éloignant vers les Commons, elle marchait comme si elle ne pesait presque rien, elle avait à cette époque un chapeau de paille qu'elle pendait à son cou dans son dos sur ses cheveux.

Dans la nuit du Cap Code, elle m'avait parlé de son départ d'Amsterdam vers Boston en forme de fuite, mais je n'en comprenais pas la raison. Nous ne parlions qu'anglais avec peu de mots. Elle avait fait le voyage avec une amie ; de petits jobs se trouvaient vite ici, disait-on, elles avaient quelques adresses. Mais plus tard, son amie s'était jetée d'un pont dans la Charles. Pendant des semaines, elle avait alors traîné dans Cambridge, elle avait eu faim, elle avait maigri. Puis elle fut baby-sitter dans une famille de diplomates hollandais à Newton. Elle aimait les deux enfants du couple comme s'ils étaient les siens, eux l'aimaient plus qu'une grande sœur, leur mère lui parla bientôt comme une amie, une confidente. J'avais l'impression qu'elle était alors devenue indispensable à cette famille. Le père diplomate lui parlait tard dans la grande cuisine quand elle revenait de ses temps libres à Boston, un jour je le vis. En hiver, elle suivit la famille pour des séjours au ski dans les Montagnes Noires où elle skiait sur les pistes vertes avec les enfants. Mais maintenant, me dit-elle, mon visa de tourisme n'est plus valable. Le diplomate lui avait présenté un ado de Ted Kennedy, elle avait eu une lettre de recommandation du Gouverneur. On lui promit des papiers, une prolongation de son visa, un visa permanent peut-être, mais cela pouvait-il être possible ? Quand on se taisait, elle ne dormait pas, elle réfléchissait, elle me regardait. Une autre fois, elle me parla d'une famille qui l'avait recueillie quelques jours à Long Island. Elle était partie en bus à NY Kennedy AP où elle devait retrouver une personne qui n'était pas venue. Il était si tard qu'elle pensa dormir dans l'aéroport, mais quelqu'un qui avait aussi attendu inutilement l'arrivée d'un vol l'avait amenée dormir dans sa famille à Long Island. Elle était repartie pour Boston sur Grey-Hound. De l'anglais, je ne reconstituais que des bribes, si elle n'avait pas ces papiers, un nouveau renouvellement de son visa, il faudrait qu'elle reparte.

Des semaines passèrent, souvent je ne la trouvais plus, je n'osais plus encore repasser à « a'Penny » où nos regards s'étaient croisés. « Chez Ferdinand », on me dit que la semaine dernière elle était encore là, mais qu'on ne l'avait pas vue depuis. Je me demandais si je l'oubliais ou si c'était elle qui oubliait. Puis elle réapparut, je l'attendis à la station Copley venant de Lechmere ou de Newton. À nouveau ses sabots claquèrent sur les marches qu'elle monta en courant vers moi comme libérée, mais de quoi exactement ! On allait alors au restaurant grec, Kenmore Square, à côté du vieux magasin de photo où j'achetais mes pellicules noir et blanc, ou plus loin derrière Kenmore Stadium dans un bar-saloon où dans un bruyant brouhaha de conversations, on buvait du café dans la fumée des cigarettes en suivant des bribes d'un film projeté sur le mur, Les Misfits, Jules et Jim. Marchant dans Cambridge, nous entendîmes un jour de la musique dans une salle de fête dont la porte était grande ouverte sur la rue. Alors que nous approchions, « C'est Extra » passa. Je n'avais pas entendu Léo Ferré depuis un an. Sa voix alors m'envoûta, comme l'étaient aussi les danseurs qui, hypnotisés par la mélodie, en balbutiaient quelques mots français, puis s'élevaient en chœur au « C'est Extra, ha ! ha ! » qui résonnait entre les murs. J'eus l'impression d'être en France avec elle. Elle posa ses bras sur mes épaules, ces bras si légers qui entouraient sans peser comme deux serpents dolents charmés par la chanson, nous dansâmes alors pour la première fois, presque immobiles. Je murmurais aussi ces paroles « qui ne voulaient rien dire », mais qui me parlaient tant (Qui ruissellent dans son berceau / Comme un nageur qu'on attend plus) et dont le rubato torturait tant nos cœurs.

Puis à mon tour je disparus. Pour quelques dollars, Éliane et moi fîmes un dernier voyage vers Salt Lake City dans un bus rose tagué sur toute sa longueur d'un « Love Supreme ». C'était un temps de beatniks attardés, des voyageurs étaient allongés sur des matelas de mousse, certains jouaient de la guitare, de l'harmonica. Le bus roula infiniment, pendant plusieurs jours, nous traversâmes la Corn Belt dans son odeur moite et sucrée. Après Denver, suivant l'Interstate 82 vers Aspen, la route monta très haut, l'air s'était refroidi, la respiration devenait plus courte, la végétation disparut, il n'y avait cependant pas de neige, que de la terre pierreuse. Nous fîmes des haltes dans des forêts primaires où les lichens recouvraient des chaos de troncs. C'était un temps incertain, notre séjour allait se terminer, nous ne discutions que du voyage. À notre retour, Éliane et Muriel partirent pour La France.

Quelques semaines avant la date de mon propre départ, Burny m'invita. L'adresse à laquelle je me rendis n'était pas celle d'un restaurant classique, mais celle d'un petit bateau qui assurait des mini-croisières vers Boston Harbor. Quelques tables avaient été installées sur le pont, un quintette jouait du Mozart en sourdine. Burny était venu seul, nous nous sentions mutuellement l'air emprunté devant nos lobsters et nos verres de vin blanc de Californie sur la nappe blanche, progressant bêtement au rythme du bateau vers la Mystic River. Mais Burny rompit l'armure, nous parlâmes alors de ce que je voulais faire à mon retour, de la recherche en France, des États-Unis, de mon séjour. Au retour à quai, il me dit au revoir avec une accolade américaine, me tapotant le dos. Je me sentis ému de la gentillesse maladroite qu'il avait eue en m'invitant en tête à tête, je le remerciai pour tout. J'ai appris, depuis, sa mort assez jeune, atteint d'un Alzheimer d'évolution rapide.

Puis un matin, dans la salle des fellows, le téléphone sonna. Peter, d'astreinte, qui s'était levé pour décrocher, me tendit le combiné : « C'est la même personne avec cet accent qui veut te parler. » Son visa n'était plus valable, elle devait partir avant la fin du mois. Le jour du départ, je l'accompagnai à Logan, Metro ligne bleue. Elle n'avait que sa petite valise, celle de son arrivée, et une sorte de cabas de marché, son chapeau pendait dans son dos sous ses cheveux, elle avait toujours ses sabots. Sans sa valise et avec moi qui n'en avais pas, on aurait dit qu'on prenait ensuite le bus pour une après-midi de plage à Revere Beach, où nous étions déjà allés. Puis le métro sortit de terre, et nous aperçûmes les hauts empennages d'avions sur le tarmac de Logan, et la tour de contrôle. On ne parlait pas, on s'était promis de se retrouver à Paris quand je serais rentré en France, devant l'entrée du Luxembourg, en bas de la rue Soufflot, je lui avais montré où, sur un plan. Dans l'aéroport, je la suivis jusqu'à la KLM gate. Il y avait la queue, des gens nous regardaient. Soudain mon visage se déforma de façon irrépressible et, comme dans un mélo, je sentis que j'allais pleurer, mais tout rentra soudain dans l'ordre. Au dernier appel, elle m'embrassa très vite et partit en me faisant un petit signe. Dès que je me retournai, des flots de larmes m'envahirent. Je retraversai dans l'autre sens la foule du terminal « Departure » cherchant le bus pour Downtown sans plus me soucier des regards.

***

Le temps s'accéléra soudain. Je devais terminer deux papiers, j'en négociais pas à pas chaque paragraphe avec Burny, armé de ciseaux et de décalcomanies avec lettres grecques, symboles, unités diverses, Myriam m'aida des heures pour les figures et tableaux. J'apportai ma lourde malle qui reviendrait en bateau chez un transporteur à Boston Harbor. Je rendis les clés de Beacon Street et renvoyai au « Police Department » le paquet de contraventions des derniers mois, avec en grosses lettres de marqueurs « LEFT FOR CALIFORNIA ». Je laissai ma vieille Coccinelle, qui ressemblait à une épave, dans un coin de parking désaffecté. Calé sur mon siège dans le Boston-Charles de Gaulle, ceinture bouclée, je songeais à mon émotion lors de mon départ de France pour les US. Ce voyage était devenu maintenant si prosaïque que je réfléchissais encore à mon retour sans m'apercevoir que nous étions déjà en vol !

La première chose que je trouvai dans mon casier de courrier presque vide au CHU de Nantes fut deux ou trois lettres administratives, jadis parties sans avoir été correctement affranchies, retournées vers le CHU, elles attendaient là mon retour. Il m'était dit que la disponibilité du poste d'assistant en néphrologie (poste provisoire, m'y indiquait-on plusieurs fois) convenu pour m'accueillir à mon retour était bien en négociation (on avait obligation de rendre à la néphrologie un poste qui avait dépanné l'ORL, etc., etc.), mais hélas, pour des raisons de pénurie, m'expliquait-on, ce poste avait dû être entre-temps lui-même « reprêté » par l'ORL à la Dermato, etc., etc. « Vous êtes déjà revenu ! » me disait-on souvent avec surprise. J'atterris finalement au Centre de Transfusion Sanguine dans une pièce équipée d'une paillasse où je commençai à travailler. Le directeur du Centre qui, dès notre premier rendez-vous, avait communiqué sur « l'arrivée au Centre de Transfusion, d'un jeune chercheur d'Harvard », devint vite réticent alors que mes projets prenaient corps. J'avais besoin de place, d'une équipe, de moyens, j'étouffais. Je déménageai alors sur un coup de tête pour la faculté de médecine, mes quelques étudiants et moi roulant nos maigres équipements et des piles instables de photocopies d'articles sur le chariot de la salle de soins de l'unité de greffe de l'hôpital, ne laissant comme témoin de notre passage que des traces des meubles déménagés sur les murs. Alors que la photo affichée dans les dépliants vantant la faculté avait été intentionnellement prise le soir tombant alors que toutes les lumières du bâtiment avaient été allumées à cette occasion, des étages entiers étaient déserts, les couloirs étaient vides, les portes fermées à clé, le ménage n'y était fait que deux fois par mois. Des étiquettes affichées sous chaque numéro de porte en revendiquaient l'appartenance de chaque mètre carré à une matière médicale, fût-elle exceptionnellement concernée, quelques salles communes surchargées de rangées de chaises vides n'accueillaient des groupes d'étudiants que pour les examens de fin d'année. Nous repeignîmes deux pièces poussiéreuses, au sol jonché de cadavres d'insectes, qui nous furent finalement concédées par un doyen qui avait, disait la rumeur, cédé à un véritable coup d'État !

Je reçus alors aussi des lettres d'Amsterdam. Les caractères de l'adresse penchaient en arrière comme des papillons sur une fleur. Helga y disait en anglais des choses simples sur sa vie quotidienne dans sa maison près du Vondel Park, sur ses amis retrouvés. Elle cherchait un travail, un petit job, disait-elle, son diplôme de l'école Charles Montaigne ne l'aidait pas beaucoup. Ses mots comme son écriture penchée me semblaient aussi légers qu'à Cambridge étaient légers ses bras sur mes épaules en dansant. Ces lettres, où elle me parlait comme à un ami, me laissaient cependant un sentiment d'étrangeté, la description de ses projets me donnait l'impression qu'elle s'éloignait de moi. Mais elle me demandait si je voulais « encore aller en bas de la rue Soufflot, comme on avait dit », elle attendait pour venir à Paris. J'avais trouvé une vieille Renault 5 et je partis pour Paris le jour où Helga avait dû prendre le train pour la gare du Nord et de là le métro pour Saint-Michel d'où, j'imagine, elle avait alors marché vers le Luxembourg. Pendant ce long trajet vers Paris, que je devais ensuite souvent refaire, éloigné de ces étranges semaines à Boston, je songeais à ses lettres, à tout ce que je ne connaissais pas encore d'elle. De loin, je la vis debout sur le trottoir au coin de la rue Soufflot et du boulevard à côté du cabas de marché où elle mettait encore ses quelques affaires. Ses cheveux blonds tirant sur le roux s'échappaient maintenant en couronne du bob qu'elle portait chez a'Penny ; dans le flot des passants, elle ne pouvait venir que d'Amsterdam. On s'assit à la terrasse d'un café devant la statue d'Auguste Comte, elle roula, pour elle et moi, deux cigarettes de Samson, Boston était loin, nous étions si bien ici, si tranquilles. Nous errâmes dans le Luxembourg, dans le Quartier latin. Rue Gay Lussac, je l'amenai au « Zinzin d'Hollywood », le magasin d'affiches de cinéma de Jo Volatron que je n'avais plus revu depuis Sainte-Croix du Verdon. Jo était toujours un fou de cinéma, mais Jeanne Goupil l'avait quitté, il cherchait un job à la cinémathèque. Le lendemain vint trop vite, nous étions en avance gare du Nord, sous la grande verrière d'autres couples attendaient comme nous. Nous nous rencontrâmes encore plusieurs fois à Paris, nous restions dans le quartier de la gare du Nord ou vers la Butte Rouge, ou encore le Marais où certaines rues lui rappelaient un peu le Jordan où son père faisait ses consultations à vélo. Nous allâmes quelques jours chez Jacques dans la banlieue. Son appartement était encombré de copains en train de composer le dernier numéro de « Prosodorama », sorte d'organe de propagande dada (j'en fus membre d'honneur) qui se situait dans la mouvance de « Présence Panchounette » dont il allait devenir le théoricien. Puis un jour, profitant d'une réunion à Amsterdam, j'allai avec Helga à Alexander Boers Straat. Son père qui recevait ses patients au rez-de-chaussée me souhaita la bienvenue avec un salut à la Karl von Stroheim, sa mère prépara le thé, rien ne ressemblait à la France. Nous allâmes à vélo à leur toute petite maison de campagne, près de l'Amstel, au Kwakel. Plus tard, lors de notre premier séjour d'hiver, alors que les parents d'Helga avaient abandonné Alexander Boers Straat pour le Kwakel, leur nouvelle maison était si petite que le soir venu nous partions dans la nuit, éclairée par la lueur de la neige épaisse, marchant comme des échassiers, pour aller dormir dans une annexe de la taille d'une cabane de jardin où un lit avait été installé pour nous. Une amie nous laissa aussi pour quelques jours les clés de son petit appartement du Jordan. Ce n'était qu'une grande pièce faisant office de cuisine et de chambre, un grand bouquet de fleurs avait été laissé pour nous sur la table, il y avait une vague odeur de cannelle. Le matin, du lit, j'écoutais de nouveaux bruits, percevais de nouvelles odeurs, dans la pénombre Helga préparait le thé, de fines tranches de Gouda, des toasts, la confiture de groseilles, le lait, j'aurais aimé me fondre dans ce pays. J'allais courir alors que le jour se levait à peine, je longeais des canaux noirs, trébuchant sur quelques briques disjointes. Les fenêtres des appartements et des bureaux, déjà éclairées, laissaient découvrir les intérieurs cossus (tableaux, bibliothèques, bibelots d'art) des familles qui déjeunaient. Je poussai jusqu'au marché aux fleurs où l'arrivée du jour dégageait son mélange d'odeurs. Nous prîmes le train pour Haarlem à la grande gare d'Amsterdam entourée d'une mer de vélos. Sa sœur nous attendait, en revenant chez elle nous fîmes quelques courses et, passant dans une petite rue devant le musée Franz Hals, elle sortit son pass d'abonnée et nous y rentrâmes quelques minutes avec nos cabas pour voir deux tableaux particuliers. J'avais l'impression que les quelques autres visiteurs étaient des gens du quartier qui « passaient par là » pour voir un portrait qu'ils aimaient, le pays où Helga me guidait me fascinait.

Je vivais maintenant absent de ma vie antérieure, et Éliane et moi décidâmes de divorcer. Le jour arriva donc où, comme deux étrangers, nous allâmes au tribunal pour la réunion de réconciliation. Puis le divorce fut prononcé et je trouvai alors un appartement vide dans le même quartier pour que Muriel vienne facilement de la rue Léon Jost. J'allais enfin chercher une dernière fois Helga gare du Nord, sur le quai de Bruxelles/Amsterdam, c'était un jour à ne pas y croire, mais qui était bien là. Nous mîmes longtemps pour échapper aux banlieues, aux paysages d'usines, puis enfin vint la Beauce, et ses immenses aplats de champs de blé entrecoupés de petits bosquets, de hameaux, de granges autour d'une église. Plus loin, les tours de la cathédrale de Chartres émergèrent des chaumes dérivant lentement sur la droite. Fatigués après des heures de voyage, nous quittâmes un moment la grande route et fîmes halte au bord de la Loire en face de Saint-Florent-le-Vieil. Gracq (je te ferai lire, lui avais-je dit) avait vécu de l'autre côté du fleuve, là-bas. Adossés à des peupliers, on voyait le fil du flot entre les roseaux.

Il n'y avait nul clapotis, c'était une eau majestueuse seulement intéressée d'elle-même qui glissait vers l'estuaire. La lumière filtrée, pointillée par les feuillus de la rive, était comme l'ombre d'elle-même, une rumeur, un songe. On ne disait presque rien, nous nous reposâmes sur une couverture, je dormis un instant le visage enfoui dans sa chevelure. Quand nous arrivâmes à Nantes, la ville me parut triste, nous achetâmes de quoi manger et déjeuner pour le lendemain matin. L'appartement que j'avais trouvé au premier étage d'un médiocre petit immeuble récent était presque vide, je n'avais pris que mes habits et ma radio rue Léon Jost. Dans la chambre, un matelas était posé sur une moquette rêche, j'avais aussi acheté une petite table et deux chaises dans la cuisine, avec quelques assiettes et couverts. Je dus partir tôt travailler le lendemain. Qu'allait-elle faire dans cet appartement vide ? Elle ne connaissait personne dans cette ville, où si peu de gens parlaient anglais. Mais, en quelques jours, nos quatre murs devinrent gais, il y avait de la musique, elle avait mis ces petits rideaux horizontaux de dentelle aux fenêtres et avait acheté des petites bricoles qui changeaient tout. Elle trouva aussi en quelques semaines un job provisoire de serveuse dans un petit resto du centre, elle se débrouillait avec ses quelques mots de français. Pour la voir plus souvent encore, j'y allais de temps en temps, à midi. Servi incognito, par elle, je mangeais dans une sorte de malaise. Nous n'avions pas d'argent, et nous attendîmes avec impatience mon premier salaire d'assistant. Nous trouvâmes alors une petite maison à louer dans le même quartier, il y avait un jardin avec un joli petit bassin tapissé de mosaïques de différentes nuances de bleu et alimenté par un minuscule jet d'eau crachouillant. L'ancien locataire nous avait dit que cette maison portait bonheur. Aux premiers jours de vacances, nous partîmes en Dordogne, je n'avais pas vu ma mère et mon père depuis un an et demi.

***

Son divorce avait totalement libéré mon père des servitudes sociales sarladaises. Des certificats médicaux pour dépression au long cours avaient été renouvelés au cours des mois par son médecin de Salviac et l'avaient finalement amené à interrompre son travail d'instituteur agricole, il perçut des années son salaire puis, dans sa bulle de déni, marginal, fut mis à la retraite anticipée. Tout semblait aller mieux à Moncalou. Le rez-de-chaussée de la maison avait été refait, la salle de séjour s'ouvrait maintenant en grand sur le nouveau dallage de la terrasse, une salle de bains et des toilettes avaient été aménagées au premier étage. Sa chambre à coucher avait été repeinte et était décorée de ses photos de voyage en Tunisie, un marin de Djerba côtoyait un portrait de Maryline Monroe, des fêtes de Moncalou, de Marc et Léone aux Contamines, et de reproductions de Picasso et Matisse. Ses livres préférés (Carver, Faulkner, Dumont, Kundera à l'époque) étaient exposés en icônes rassurantes à côté de son Leica CL sur le dessus du buffet. La table de nuit et la partie du lit qu'il n'occupait pas étaient encore encombrées de tubes de somnifères et de Tofranyl, d'autres livres et de piles d'anciens journaux qu'il avait toujours du mal à jeter. Charlie Hebdo avait remplacé l'Huma Dimanche. J'aimais pénétrer dans cette chambre sanctuaire où je reconnaissais des restes de la tente du drap d'or dans le verger de pruniers, des Contamines, des fêtes de Moncalou, de la lutte des classes, de l'Afrique. Il ne portait plus ces Knickers de haute montagne et avait laissé pousser ses cheveux blancs. Mai 68 avait laissé de multiples séquelles, mais il avait finalement résisté aux manœuvres à la signature de documents de gauchistes qui voulaient faire de Moncalou une propriété indivise, une communauté, et peut-être, un jour, nous bannir ! La chambre au-dessus de la cuisine avait été aussi réaménagée et repeinte. Son bureau de comptable aux multiples petits tiroirs était maintenant aussi surchargé de photos.

D'autres fêtes païennes resurgirent alors dans le village. L'une d'elles fut annoncée la veille par une étrange aubade itinérante dans les hameaux de la commune. Nous avions juché D. B., un ami de l'époque, pianiste amateur ramené spécialement de Nantes, sur le plateau d'une charrette abondamment décorée de verdure et accrochée à un tracteur. Sur sa chaise de paille, son éternel joint au coin de la bouche, B. maltraitait avec la désinvolture d'un virtuose un vieux piano. De cet amas de verdure qui s'arrêtait un moment au coin des maisons, sortaient alors d'hésitantes bourrées, des paso-doble, des tubes de Fréhel ou du Monk. Soudain réveillé, D.B redressait alors le buste et, le visage incliné par un œil hostile à la fumée du joint, plaquait des deux mains ces accords surprenants. Le lendemain, piano et accordéon se débrouillèrent pour faire tourner les valses sur le goudron de la route en haut du village devant la croix de chez Perry, et le repas se termina tard dans la nuit, laissant le désordre sur place.

Mon père vivait maintenant avec Josette Frémont, j'avais assisté avant mon départ à Boston à son arrivée de Tunisie à Moncalou. C'était en plein été, on avait mangé sur la terrasse, tournaient encore des 45 tours de Fréhel, « Je n'ai plus rien, je ne sais plus à quoi je tiens, j'ai plus d'amis qui me consolent » et « Du gris », cette chanson aussi âcre que la fumée du tabac des petits paquets de papier gris. Je vis mon père danser imprudemment des valses avec Josette, avec cet air qu'il avait chaque fois qu'il valsait, comme s'il s'observait, ravi de sa valse. Récemment divorcée, Josette avait ensuite aménagé à Moncalou avec Mireille sa fille. Elle avait installé dans l'ancienne grange une étroite cuisine qui longeait le mur et dont la nouvelle longue fenêtre donnait maintenant sur un petit jardin et, au-delà, sur la pinière. Une grande salle contiguë avait été gagnée sur d'anciennes étables et avait accueilli quelques reliques de Tunis et ses métiers à tisser lui permettant de vendre couvertures et ponchos. L'angoisse semblait avoir desserré ses griffes sur Moncalou, Tati Paule pouvait maintenant traîner sa chaise jusque sur la terrasse pour tricoter à l'ombre de la vigne vierge et se joindre aux repas pris à l'extérieur.

Hormis Hans, ce grand jeune homme hollandais qui passait ses vacances à Nadali et qui venait l'été jouer aux échecs chez nous, aucune personne « du nord » n'était entrée à Moncalou. Je n'avais pas donné d'explication précise sur la présence d'Helga. Étrangère ne parlant pas encore bien le français, mais active à toutes tâches, indépendante sans ostentation, elle était l'objet d'une déférente sympathie. Le soir de notre arrivée, je l'amenai dans le village chez Raymond Peyronen. Sa toute petite femme à la voix cassée nous conduisit avec fierté à la grange où Raymond trayait. Une ampoule nue éclairait faiblement la scène, les toiles d'araignées descendaient en stalactites feutrées, dans l'obscurité des vaches se mouvaient doucement dans un cliquetis de chaînes. Le front de Raymond emmailloté d'un vieux béret pesait sur le flanc de la vache qu'il trayait, le corps basculé en avant sur les deux pieds antérieurs d'un trépied bancal, le bidon coincé entre ses genoux. « Raymond ! C'est Jeannot qui est revenu à Moncalou, il est avec une dame. » Gardant sa position de traite, Raymond eut un sourire en biais, « Je ne peux pas vous serrer la main tout de suite », nous dit-il, en empoignant un autre pis dont la première pression émit un vermicelle caséeux qu'il gratta de l'ongle avant que ne giclent de longs traits de lait sur le zinc du bidon.

Puis nous partîmes alors pour Sarlat et montâmes le raidillon de la Terre del Reil, ma mère nous attendait en haut de la terrasse. Quand Helga sortit de la voiture, je la sentis intimidée, heureuse de nous voir, mais j'en étais sûr, la gorge serrée elle pensait à Muriel, à mon divorce. Sans que je le réalise consciemment, je décernai un changement dans la façon dont elle était habillée, sa teinture de cheveux semblait aussi plus terne, je la sentis moins jeune. Sa maison, elle, avait embelli depuis sa séparation. Une barrière de bois blanc entourait ses possessions, en haut du petit pré, du côté du chemin du plantier, le petit portail qui évitait à Muriel de s'échapper seule vers le chemin avait été repeint. Le salon avait une nouvelle table, une tapisserie de Lorca ornait le mur de pierres apparentes de la salle à manger au sol de dalles d'ardoise cirées. La chambre d'ami (qui « serait la nôtre », nous dit-elle), dont la porte-fenêtre donnait sur la petite terrasse que prolongeait le pré, avait maintenant une armoire dont l'intérieur était tendu de tissus, des Télérama encombraient la table de nuit. Ma mère, qui ne parlait que quelques mots d'anglais, me questionna sur la famille d'Helga, satisfaite d'apprendre que son père était généraliste dans un quartier populaire d'Amsterdam. Puis nous parlâmes de Boston, de Muriel, de Nantes, de Jacques qui travaillait maintenant à l'étranger. Alors qu'elle écoutait, je voyais qu'elle discernait dans le visage d'Helga intelligence et caractère, que son inquiétude diminuait. Elle était donc maintenant seule dans cette maison et consacrait beaucoup de temps à son travail de professeur et voyait souvent Simone, sa sœur, qui un jour la recueillerait. Mais survenaient insidieusement encore dans la conversation des allusions à Moncalou, à mon père, ces allusions qui la diminuaient et me blessaient refirent surface à chacun de nos séjours à Terre del Rey et ne disparurent qu'après son départ chez Simone et Georges. Elle n'avait en fait jamais fait son deuil, de ce mariage raté. Elle m'apparut différente qu'à l'époque de sa visite place de la Victoire, comme si en ces quelques années elle avait atteint, comme moi, un autre état d'elle-même.

***

Nous vécûmes ces premières années à Nantes dans une sorte de félicité dans la maison porte-bonheur. Helga apprit vite le français, elle suivit des cours pour émigrés à la fac et à la mairie, son professeur se servait souvent de paroles de chants de Nougaro qui prononçait si bien les mots. À la maison, on révisait en boucle sur « Le cinéma de mes nuits blanches », « Ah ! tu verras, tu verras », « Les mains d'une femme dans la farine », « Je n'en veux qu'à tes seins » et tant d'autres. Son sein droit s'appela alors Ferdinand et le gauche a'Penny. Elle loua un local pour faire une petite boutique d'habits pour enfants et des patchworks, elle se faisait des amies partout.

À cette époque, nous recueillîmes une chienne Beagle, Java, sauvée de l'euthanasie à laquelle son appartenance à un groupe témoin d'un programme de recherche terminé la destinait. Il fallut des mois pour commencer à apprivoiser Java qui n'avait connu que les caillebotis des cages métalliques. Elle gardait des points de suture sur l'abdomen qui suppuraient épisodiquement et elle fut alors affublée plusieurs semaines d'un cornet de protection mimant la publicité des électrophones « La voix de son Maître » pour l'empêcher de lécher sa plaie. Quelque temps après que, sur le boulevard de Longchamp, Java au bout d'une laisse trop longue fut complaisamment agressée alors qu'Helga criait très fort « non ! non ! pas ça ! », l'irréparable fut commis et il fut vite évident que Java aurait à mettre bas. Cet événement survint un après-midi alors qu'elle se réfugia soudain sur les genoux d'Helga. Au quatrième chiot qui naquit sur ses genoux, elle dut appeler en renfort une amie, car deux autres chiots allaient naître, tous survécurent nourris par les soins de Java et les biberons d'Helga qui parvint en outre à tous les « placer » chez des connaissances ou par les petites annonces collées dans le quartier (Mère Beagle, père inconnu). Nous eûmes aussi un chat fastueux, Romy, dont je garde toujours le souvenir du poids souple et chaud dormant sur nos couvertures. Nous voyageâmes plusieurs fois en Italie, à Amsterdam, à Haarlem, l'été nous étions à Moncalou où nous aménageâmes la ruine du cuvier en une petite maison (dite alors Le Cuvier) qui nous permit assez vite d'y camper. Léon, définitivement revenu d'Algérie, avait acheté la maison de l'autre côté du chemin. Il y vivait alors en anachorète (et parasite...) comme il vécut des décennies au Soudan, puis dans le Mzab, ne dépensant rien de sa pension, perfectionnant son arabe, son russe, résolvant des problèmes d'algèbre. Il déjeunait chez nous presque tous les matins, frappant aux carreaux dès qu'il voyait de la lumière. Il prenait un repas sur deux dans le village et souvent aussi chez nous, mais nous ne transigions pas sur la « divine bouteille » comme il disait, son lot pour s'asseoir à notre table. C'était un âge d'or, un intermède désinvolte qui semblait respecté par le temps qui s'avançait sournoisement. C'était le temps des balades à vélo de plusieurs jours avec Helga et mon père, où nous poussâmes jusqu'en Auvergne, le temps des tournois d'échecs dans l'ombre du tilleul. Nous allâmes aussi avec Muriel à Amsterdam. Les parents d'Helga vinrent en Dordogne, où ils furent invités à Terre del Rey. Ma mère fut impressionnée par l'érudition de grammairien de Barend, le père d'Helga, qui pointait d'un long index les fautes de français relevées dans l'Essor Sarladais, et par la « distinction naturelle » de Gina.

Je faisais souvent à cette époque de félicité un rêve particulier qui revenait au fil des semaines et me maintenait dans un état d'étrangeté dont le sillage se prolongeait loin dans la journée. La nature de ces rêves était faite d'une ambiguïté entre souffrance et plaisir qui jamais ne s'annihilaient. Leur rubato de jalousie, de liberté, d'incompréhension, revenait sans explication ni espoir de clarté avant que je ne m'éveille. Son déroulé avançait comme une traîne de souvenirs glissée dans l'aujourd'hui, troublant ce que je croyais y reconnaître.

La nuit, l'image d'une femme que j'aimais et craignais tant de perdre, mais qu'étrangement je n'étais pas sûr de connaître, venait m'habiter sans me réveiller. Une distance imprécise, un pays étranger nous séparaient. Pour la rejoindre, moi qui souffrais qu'elle ne se souvienne plus de moi, une adresse, un numéro de téléphone manquaient. Les retrouver m'obsédait, mais l'appeler aurait été aussi la trahir et mettre en péril la quiétude qui nous liait tous dans ce rêve, car elle était peut-être double. Le souvenir des rêves échappe à la clarté.

Elle était souvent dans un train de banlieue, où elle passait à vélo ou à Solex dans la courbe d'une rue d'une ville que je ne reconnaissais pas, dont je ne voyais que des segments quelconques. Une ville du Nord, Amsterdam, Londres ? Mais peut-être était-ce aussi Paris ou même la banlieue d'une ville inconnue de moi. À vélo, elle parlait en riant à une amie assise en Amazone sur le porte-bagage. Tenant le guidon d'une main, elle portait de l'autre des fleurs en brassée, ses sabots poussaient avec entrain les pédales, un vent léger soulevait ses cheveux. Elles croisaient des trams qui grinçaient et lançaient des arcs électriques bleus dans le soir, souvent il bruinait. Dans cette ville qui m'obsédait, avait-elle un ami, un mari, peut-être un enfant ? Comment étaient sa chambre, son appartement, son travail ? Tout ce que j'ignorais me torturait, mais peut-être pensait-elle aussi à moi. Puis venait enfin le dénouement identique de ces rêves, dans la tiédeur du demi-sommeil revenait alors, dans l'eau tremblante de ma conscience, l'image du négatif enfin retrouvée dans cette zone encore incertaine. Je réalisais alors que c'était toi, toi que je n'appellerais pas, que je ne chercherais plus.

Ça ne pouvait être que toi, toi là, avec moi, qui alors qu'elle dormait encore, faisait de moi un insomniaque heureux, jaloux de soi-même. Traînant au lit avec ravissement, je laissais venir à moi des mots silencieux. Comme un doux mensonge, ils gardaient encore l'empreinte de l'ambiguïté du rêve : Helga, l'aube est déjà là. Comme si tu m'aimais, prends-moi dans tes bras, garde-les autour de mon cou. De tes yeux entrouverts, donne-moi la lumière du temple mystérieux, l'onde vacillante des pensées.

Mais, éveillé de ces nuits, mon autre vie devenait tyrannique et j'en poussais tous les jours plus les feux. Je voyageais beaucoup, Boston, NY, Chicago, San Francisco, en Europe, au Japon, en Australie. Il m'arrivait d'aller pour une journée aux US pour une communication ou une réunion. Je retrouvais souvent ce vol mythique Paris-Boston où j'oubliais tant de paires de lunettes et de pulls. Dès l'extinction du logo libérateur, j'y faisais encore de passionnantes rencontres en engageant simplement la conversation avec la personne qui, à côté de moi, entassait sur sa tablette des articles scientifiques, philosophiques, ou déployait des équations sur un écran, comme si tous les passagers partageaient ici cette religion de la recherche. Durant tout le vol, rassuré par le chuintement étal et assourdi des réacteurs, pris d'une frénésie de travail, penché des heures sur mon écran et mes papiers, je ne jetais plus que d'épisodiques regards vers le hublot avant qu'en procédure d'approche, l'avion ne survole la ville. Remontant le cours de la Charles River, je cherchais alors Storow Drive, puis Kenmore square ou, plus loin que Prudentiel Tower, Huntington Circle. Au retour de ces brefs voyages, je prenais un Imovane et dormais dès le décollage, l'hôtesse ne me réveillait que pour disposer le petit-déjeuner sur la tablette, dans le raccourci d'une aube qui inondait alors le hublot de rayons du soleil. Ces années-là m'entraînèrent dans une impétueuse tourmente. Des choses surprenantes se connectaient.

À mon arrivée au « Board » du prestigieux New England Journal of Medicine où je restai six ans, lors de ma rencontre avec J.Kassirer, éditeur en chef, je vis, encadrée sur un mur de son bureau, une photo noir et blanc où, derrière un pré fauché et quelques meules, s'élevait une palissade de hauts peupliers aux feuilles frémissantes de lumière, qui ne pouvait n'avoir été prise que vers Carsac ! « My God JayPe, how can you know that ! » s'exclama-t-il, avant de convenir que, comme le Lonely Cypres, ces arbres ne pouvaient que venir de cet endroit très particulier qu'il avait photographié. J'avais aussi accepté d'être plusieurs années à « l'Advisory Board » d'un programme du NIH dont le budget frôlait celui de l'INSERM et, lourdement chargé de dossiers, je partais plusieurs fois par an à Chicago pour un huis clos ininterrompu d'une semaine de science. Puis vinrent mes premières « Plenary Sessions ». Parler sur l'estrade d'une salle démesurée d'un « Convention Center », apercevant des petites files d'impatients collègues rejoignant les micros sur pied des couloirs au profond tapis bordeaux pour poser leurs questions, m'était devenu habituel. Lors de ces déplacements, à l'anxiété de mes débuts s'était substituée une sorte de délicieux détachement. Après quelques heures d'un lourd sommeil, réveillé par le jet-lag, je partais dans le noir courir dans les rues. Croisant d'autres joggeurs sous la lumière de l'éclairage public, tremblant comme un fanal dans le brouillard de la nuit, je répétais mon laïus en courant, affinant le sens de mes phrases, élaguant encore, vérifiant sa durée. Après la douche, je descendais dans les tout premiers au breakfast, m'asseyant à une table isolée, souvent face à mon image qui dans le miroir sans tain du vitrage s'effaçait dans l'aube. Une sorte de charme alors m'envahissait, toute fatigue disparaissait. Alors que je montais sur l'estrade, je laissais aller mon cerveau qui, fluidifiant mon accent bostonien, prenait des initiatives sans affecter la durée ou le tempo du laïus et, quand les lustres se rallumaient, me surprenait quelquefois d'un trait d'humour en répondant aux questions qu'attisait la curiosité de nouvelles data. J'avais l'impression d'un dédoublement, comme si mon moi profond se détachait de moi, écoutant, amusé, la présentation d'un acteur.

Mais, certains jours, après un laïus, un accès de profond cafard m'envahissait. Je me terrais alors dans ma chambre d'hôtel, catatonique, en proie à une terrible nostalgie de voir et entendre ce que j'avais quitté. La nuit entière, décalé sur le temps d'un autre continent, je ressassais alors ce mal ! Ces hommes, dont j'enviais la monstrueuse vie que leur art leur avait volée, m'abusaient-ils encore ? Que faisais-je ici sur le Pier de cette stupide marina, ce « Resort », ce Convention Center ? Je pensais ne jamais tarir ce regret d'avoir passé trop de jours si loin de ce monde de bonheur que je craignais soudain de ne pas retrouver. Je voulais alors n'être qu'un moine de domesticité, voir le chemin, la lampe avant et après le jour, accepter la bienveillante routine des jours ! Dans ces crises qui frôlaient le désespoir, évoquer où j'aurais tant voulu être déverrouillait finalement la porte de la cellule où je me terrais et je sortais. Dehors, dans la rue encombrée de passants pressés, ou sur une jetée aux drapeaux bariolés claquant dans le vent sous de petits cumulus blancs échappés d'un tableau de Magritte dans le bleu clair du ciel, je sentais alors la vie lentement m'envahir à nouveau. Je traînais aussi mon spleen lors de mes derniers voyages à Boston. Mais c'était un sentiment différent, car mon travail fini, j'aimais errer seul dans les rues, alors renvoyé à l'époque de notre rencontre. À mon dernier passage, rien ne m'apparaissait avoir changé. Même air vif, mêmes arbres graciles dans les jardinets qui, comme autrefois, balançaient autant de fleurs que de feuilles tendres, toujours légers comme des starlettes. Mais sur mon crâne, cet air vif soulevait maintenant mes cheveux blancs devenus légers alors que ma marche était devenue plus lourde. Sur Copley, devant les colonnes de la Public Library où nous nous donnions rendez-vous, je m'arrêtai encore devant la ferronnerie du Métro, si lourde de peinture noire, m'avançant jusqu'au panonceau « Out Bound Only » pour la voir apparaître en souvenir, montant les marches en courant, les sabots claquants, venant de Lechmere ou de Newton où je l'avais tant attendue. Où, après Cape Code, elle était simplement partie sur le trottoir vers Boylston Street, se retournant à peine au coin de Commonwealth Avenue. À Kenmore Square, l'enseigne du magasin de photo était vide, plus de pellicules noir et blanc. Je n'allai pas plus loin ce jour-là, j'y reviendrais peut-être un jour avec elle, je serais alors plus vieux qu'aujourd'hui, plus aucun passant ne lèverait les yeux sur moi, moi qui jetais des regards dans les vitrines sur une silhouette que je ne reconnaissais pas !

Je revis son rire de joie contenue quand elle descendit si vite le sombre escalier de pierres en colimaçon du cabinet du Dr M. et déboula dans la rue passante où j'attendais, caché, pour lire sur son visage le verdict du spécialiste. Libérés, heureux (mais le spécialiste et moi-même étions dans l'erreur !), nous avions ensuite roulé dans la campagne vers le marais. C'était le début du printemps et on pouvait se laisser choir sur l'herbe sèche, le crocus et l'iris dormaient sous la terre tiède, il n'y avait pas de vent. Par-dessus les charrauds bosselés, les fossés et l'herbe courte des prés bourrus, sous le soleil qui maintenant rayonnait, on pouvait voir à bonne distance la pause des éoliennes. Deux tournaient là-bas leurs ailes, les autres, comme un cœur qui dans un poème défaille, avaient cédé à la douceur de ce jour. Mais le doute m'envahissait quand je la quittais pour un autre séjour, était-elle maintenant assise sur sa chaise en rotin, penchée vers le petit feu de la cheminée ? Avait-elle allumé un de ses fins cigares qu'elle fumait de temps à autre en ces bouffées rapides, le posant et le reposant sur la brique du foyer comme suivant un dialogue silencieux, qui augmentaient son vertige et me faisaient mal ? Contemplait-elle encore ses mains et l'une d'elles massant l'autre, son regard tourné vers elle ? Quand elle se relevait de son étroit fauteuil de rotin, je la voyais frôler le mur du dos de sa main, léger appui qui raffermissait son pas. Souvent alors, elle me disait tôt le soir que la journée avait été si longue qu'elle montait se coucher. Sur la mezzanine, son talon frappait un peu trop fort le parquet. Je traînais encore en bas, fermant un livre, zappant quelques minutes sur le vide des programmes et je la rejoignais. Le matin, elle avait retrouvé son énergie, son style, ses gestes. Je pensais, si loin, à son regard, aux ondes qui pouvaient inonder son visage et rosir ses joues. Je la voyais s'approchant de moi pendant notre petit-déjeuner dans la cuisine, prodiguant son corps parfumé alors qu'a'Penny et Ferdinand tentaient de m'étouffer tendrement. Sortant de son bain, elle essuyait vigoureusement ses cheveux sans les sécher ni les peigner. Je revoyais sur ses vieux films de famille, où les poussières folles tremblent sous le ventilateur, les gestes si particuliers qu'adolescente, elle avait déjà pour prendre un enfant dans ses bras, le temps où dans l'eau froide sa brasse était si vigoureuse, sa silhouette de petit prince qui, si véloce, si légère, glissait alors sur la pente neigeuse.

***

Lors de toutes ces années, je reçus aussi d'étranges invitations d'universités ou de sociétés savantes lointaines qui me surprenaient tant par le sujet qui m'était proposé, qui était si éloigné de ce que je pensais pouvoir être utile que j'en acceptais fébrilement quelques-unes pour l'exotisme qu'elles me promettaient ! Après un long voyage, je ne restais jamais plus d'un ou deux jours à destination. Je me souviens, par exemple, d'une invitation à parler de xénogreffes d'organes de porcs dans une petite ville du bord de la mer Rouge ! J'ai retrouvé des notes sur cette solitaire mission avec moi-même en Égypte. Après un interminable vol, je fis escale au Caire, puis rembarquai sur un vol domestique et voyageai en bus une heure supplémentaire avant qu'à la nuit tombante, la porte s'ouvrît enfin devant l'hublot « Resort » abritant l'étrange manifestation pour laquelle on m'avait invité de si loin. Passé une entrée monumentale encadrée de colonnes à bulbes de stuc, apparaissait un Palais de Congrès miniature entouré de bungalows dont l'un m'était réservé et où, exténué, je déposai mon sac à dos et dormis. Le matin, levé très tôt, je découvris dans une lumière d'une pureté indicible une Marina déshabitée ouverte sur la mer Rouge. De l'autre côté, à perte de vue, la terre ocre était nue, hormis quelques palmiers et tentes de Bédouins. Suivant un court chemin inutilement balisé de lanternes rococos, j'arrivai à une salle de conférences ouverte aux regards dont les dossiers de chaises étaient habillés de housses de tissu noir, évoquant un local de secte. Un vent tiède caressait des drapeaux affaissés, de larges banderoles annonçaient « Symposium International ». Tourterelles et pigeons roucoulaient dans leur danse mécanique sur les aplats de marbre d'un jet d'eau. « Nine a.m. » était l'heure du début de la session qu'affichait le programme, mais le faux luxe de ce décor de péplum médical était encore inhabité (« rien ne bougeait au fond des palais » endormis). Aveux, toute honte bue, d'un renoncement ou d'une suprême indifférence au monde qui bouge, à 9 h 40, sans une allusion au retard, l'organisateur et quelques congressistes généreusement badgés apparurent, suivis au fil des minutes par d'autres participants, m'accueillant à satiété de « Welcome ! Welcome ! Bienvenue ! ». Puis suivirent des laïus débordant largement les limites assignées. Le président de séance, éternellement indulgent, nous rassura que par l'annulation de plusieurs prises de parole, l'ordre du jour bouleversé reviendrait à l'horaire de fin de session prévu. Deux personnes dont des affichettes avaient réservé les chaises du premier rang posèrent toutes les questions (dont ils connaissaient manifestement la réponse, petites polémiques, autosatisfaction, plaisir d'entendre sa voix, etc.). Soudain, juste en fin d'une présentation, survint une rumeur, des bruits de chaises accompagnés d'un mouvement fébrile de la maigre audience. Se levaient, en effet, de petits groupes de congressistes pressés qui, courtoisement courbés sous le faisceau du projecteur, rejoignaient la tombola de Novartis Pharma installée entre-temps dans le hall du Palais, se ruant sur stylos, marqueurs fluo, petits carnets, sacs de plage. Hélas, il ne restait plus de clés USB pour les derniers ! Je rejoignis Le Caire le soir même.

Quartier Al-Azhar, un vendredi matin, la foule marchait à pas menus dans les deux sens de la rue, jeunes gens, enfants, vieillards, couleurs, odeurs, cris. Des haut-parleurs hurlaient la voix de prédicateurs, sur les trottoirs, les petites places, les hommes de tout âge écoutaient avec attention, immobiles, çà et là d'autres priaient. Le vent soulevait les papiers et les poussières des rues et, dans les lointains de l'immense ville, comme à travers un brouillard, apparaissaient minarets, citadelles crénelées, immeubles décrépis couverts de champignons des antennes paraboliques. L'après-midi, j'allai me perdre dans le capharnaüm du Musée égyptien du Caire. Devant mon hôtel, une publicité pour des lunettes montrait la photo d'Alain Delon, regard intense, accrocheur de passants, se déroulant en cahotant de la trappe du panneau d'affichage. Les violons de rengaines orientales m'accueillirent dans le lobby. Un cocktail réunissait hommes en costumes flambant neufs, femmes voilées lourdement fardées, enfants. Derrière les grandes baies vitrées, le vent poussiéreux tordait les palmes, agitait les arbustes. Le verre teinté et les sons extérieurs, ici soudainement étouffés, donnaient l'impression d'une pluie soudaine dans une vidéo muette. Je retins un taxi très tôt pour l'aéroport demain. Devant la porte de ma chambre, un manager adressait des reproches à un jeune homme qui faisait office de femme de chambre. Que s'était-il passé ? Il remarqua mon regard et son visage humilié me serra le cœur.

***

Un matin d'une journée d'hiver qui devait être banale, dans la cuisine de la petite maison porte-bonheur, Helga me dit qu'elle était enceinte. Non, ce n'était pas une supposition, elle en était sûre. De ce jour à la naissance d'Adrien, son activité fut principalement consacrée à cette échéance. Elle aménagea en nouvelle chambre la sorte de débarras flanquant le garage au rez-de-chaussée et qui s'ouvrait sur le jardinet. Au fil des semaines, il devint une véritable maison de poupée dont la porte vitrée, maintenant aussi repeinte, avait encore ces mêmes petits rideaux de dentelle qui ornent les fenêtres des rues d'Amsterdam. Elle trouva aussi dans une rue supposée plus passante un local plus grand pour son magasin où un coin nurserie pour Adrien apparut. Tout semblait démesurément en avance !

Aux vacances d'été, début juillet à Moncalou, je partis à vélo pour Avignon où Helga devait me rejoindre en train. À son arrivée, je descendis du train son vélo, notre petite tente et un complément de bagage qu'elle avait apporté pour camper, dont notre réchaud à gaz miniature et une poêle ! Quand tout fut bien amarré, nous descendîmes à pied la rue de la République, poussant nos vélos sur le large trottoir dans l'ombre aérée de lumière des platanes. Un vers de Pétrarque dont j'avais relu des pages avant Avignon me revint à l'esprit : « Elle avait les cheveux volant au vent/Qui formait mille nœuds de boucles d'or. » Au bout de l'avenue s'ouvrait une place de grande étendue d'où s'élevait le fort brouhaha de voix des dîneurs encore attablés. Nous mangeâmes un peu sur la place et partîmes lentement pour Malaucène, quittant la ville pour les longues routes droites bordées de platanes, poussés ce jour-là par le vent comme des voiles. Le trajet était plat, hormis le dernier kilomètre avant Malaucène. Helga était enceinte de sept mois et, lors de la traversée des villages, des gens applaudissaient notre équipage et la poêle qui coiffait son duvet sur son porte-bagage. Nous dormîmes dans une pension à Malaucène et je partis tôt le lendemain pour le Ventoux. Au sommet, exalté, j'eus la naïve idée d'être aussi au sommet de ma vie. Nous rentrâmes en quelques jours par petites étapes vers Avignon, campant, longeant la Sorgue vers le Partage des Eaux, vers le brouillard de la Fontaine du Vaucluse. Souvent, lors de ce lent retour, notre petite route cheminait un moment tout près du frais murmure de la Sorgue dont on apercevait les aiguilles de lumières sur le flot transparent frôlant les galets du lit, les algues. Les platanes gardaient la route dans une pénombre reposante, et quand des feuillus malingres venaient, les trouées de lumière et les ramures brassées par le vent semblaient animer un jeu noir et blanc de théâtre d'ombres devant nous sur le revêtement clair de la petite route. Nous roulions alors un moment comme sur la peau d'une salamandre ou d'un amical dragon, improvisant de soudaines figures qui dilataient la route avant de se redissoudre dans l'ombre ou la lumière.

Avant de remonter la rue de la République pour la gare d'Avignon, nous fîmes un détour par la Chapelle des Cordeliers. Je voulais montrer à Helga les dalles que Pétrarque avait foulées, où il fut enchaîné pour toujours à Laure, qui pourtant se maria à un autre et fut mère de nombreux enfants, et à qui il écrivit encore tant de poèmes après sa mort. Le retour en train nous mena jusqu'à Gourdon où nous remontâmes à vélo vers Moncalou. À notre retour, nous retrouvâmes le charme des derniers étés tardifs de l'histoire maintenant lointaine de Moncalou. Mon père survivait dans un statut de patriarche qu'il avait acquis au fil des ans. Dans beaucoup de maisons paysannes de Moncalou et des environs, ses photos noir et blanc étaient punaisées sur le rebord des cheminées, à côté de télévisions bâchées de dentelle grisâtre ou rangées dans l'album de famille. Les gens ne voyaient plus le petit Leica CL qu'il apportait partout, qui traînait toujours dans le vide-poche de la R5. Lui « qui savait » avait aussi instruit les dossiers départementaux pour que l'eau de la nappe souterraine de la vallée du Céou monte dans les coteaux. Il avait ainsi, avec d'anciens élèves de sa classe d'instituteur agricole itinérant, encouragé le renouveau de la vigne sur les collines[1]. Des photos montrent des réunions de jeunes agriculteurs de Moncalou et de la commune écouter, attentifs, les explications des techniciens, suivant du doigt les avancées du projet sur des liasses de papiers. C'était bien avant que les élus départementaux ne volent, avec l'indulgence de beaucoup, la paternité de ces projets qui allaient redonner de la vie au village et aux communes avoisinantes comme le clamaient les plaquettes à l'usage des touristes.

***

Chaque été à Moncalou se différenciait cependant

---
[1] Chroniques d'une commune occitane 1960-1985, photographies de Pierre Soulillou. Éditions du Céou, 2015.

des précédents, imprimant une mesure du temps à toutes choses. Des années étaient passées. Mon père ne parcourait plus les petites routes à vélo, mais l'été apportait une trêve à son anxiété maladive, les journées y étaient alors rythmées de plaisirs domestiques, de routines qui repoussaient un temps le réveil des chimères. Ces transformations, moins perceptibles au fil de nos visites, prenaient souvent la forme de distrayantes lubies. Ces années-là avaient été bouleversées par l'ouverture d'une piscine à Salviac, à quelques kilomètres de Moncalou. Je ne me souviens plus du nom du maître-nageur adulé qui, en bob, Ray-ban et sabots orthopédiques, apprit mon père à nager, d'abord agrippé à la perche longeant la murette qui contient les clapots bleus et chlorés, puis derrière la planche de liège et, enfin, lâché dans le grand bassin. Tous les matins, la R5 embrayait doucement sur le gravier devant le garage et prenait la route de Salviac. Il avait, dans un vieux sac de sport, un masque de plongée et son tuba, son maillot de corps et ses accessoires pour la douche. C'était par la natation, une natation obéissant à une méthode progressive et très maîtrisée (une sorte de nage qui lui était unique), que son corps allait se développer et renaître, processus mystérieux du même ordre que la vernalisation du blé, qui offrait aux kolkhozes plusieurs récoltes par an, qui était à l'œuvre. Avant les flots de la piscine, des cris stridents s'élevaient d'un petit bassin hémisphérique aux gradins de ciment peint bleu ciel, à l'eau sans cesse brassée par des marmots en brassards. Dans ce petit bassin où l'eau fortement iodée était la plus chaude, personnage auquel s'étaient habitués mères et enfants qui fréquentaient la piscine le matin, mon père entrait avec précaution, s'allongeait dans cette sorte de pédiluve et flottait sur le dos les deux bras largement déployés contre le ciment de la murette. Son corps était mollement soulevé par l'air emprisonné dans le gonflement de son T-shirt « de piscine » délavé (autorisation du maître-nageur pour cacher sa scoliose). Venaient des mouvements respiratoires d'échauffements au tuba, progressifs et déployés, puis, après avoir pris quelques derniers avis du maître-nageur, il s'immergeait lentement dans le grand bassin par la périlleuse échelle d'aluminium et une molle poussée du talon, paquebot en majesté libéré de ses haleurs, prenait alors possession de l'immense étendue bleue clapoteuse et des bruits déformés du dessous de sa ligne de flottaison. Un habitué de la piscine n'aurait vu là que la prudence au bain d'un homme âgé, mais moi qui venais quelquefois avec lui pour témoigner de ses progrès, qui habitais alors littéralement ce crâne, anticipais toutes les séquences à venir, persuadé par ailleurs qu'il en avait aussi pleinement conscience.

Les vaguelettes bleues et leurs copeaux d'ombres mouvantes sous le soleil, l'auréole grise de ses cheveux blancs, méduse échappée de la sangle du tuba et du masque, son T-shirt qui drapait son dos et sa bosse, emprisonnant la bulle sustentatrice, déformaient alors sa silhouette. Par ses grands bras, ses deux grandes mains, il accaparait alors une large bande du grand bain, ses jambes mal jointes et légèrement écartées traînaient presque immobiles. Grand crapaud bleuté, ou squale oublié au-dessus de la bande bleue du fond de la piscine, il repoussait l'espace des nageurs à l'opposé du bassin. Puis venait la leçon de natation elle-même, inaugurée par une vaste brasse dont le développement final conduisait trop loin ses longs bras contre ses flancs, mouvement propulsif qui resserrait maintenant lentement ses jambes dans l'axe de progression. Sa puissance gestuelle presque stroboscopique était accompagnée par des expirations prolongées dans le tuba.

Mais cette brasse si forte d'intention, cet embrassement quasi biblique de l'eau, ne pouvait évoquer à l'observateur que le flottement d'un amical lamantin de piscine, comme une force réduite à son symbole, économisée dans un tempo à la Paul Robeson. Suivait alors l'acquisition du résultat de la poussée, qui développait lentement sa cinétique sur les clapotis indifférents alors que naissait le projet d'une autre brasse, que se réanimait ce corps, que ses jambes se réécartaient mollement, qu'une inspiration profonde préparait la poussée suivante. Il flottait alors sur l'abysse de l'eau soudain plus fraîche sous le plongeoir, interrompant d'impatients sauteurs, et atteignant enfin le bord opposé de la piscine, sa grande main sortait de l'eau et agrippait fermement le ciment du bord, le tractant vers l'échelle.

C'était l'heure où ceux qui n'assistaient pas à cette cérémonie s'impatientaient déjà à Moncalou de son retour tardif « à midi », plaignant Tati Paule dont la cuisine refroidissait sur la table de la terrasse. Il avait encore dû oublier de prendre *Le Monde* (dont le seul exemplaire lui était réservé au bureau de tabac) avant sa leçon, ou peut-être avait-il aussi dû prendre de l'essence.

Mais, même après ces parenthèses d'été apaisées, quittant Moncalou, nous restions toujours longtemps silencieux dans la voiture alors que nous roulions le long des chênes rabougris et des bicoques des bords de routes bosselées de Dordogne. Venaient enfin les plaines et les chaumes à perte de vue, effaçant lentement le sortilège, alors que s'approchaient Nantes et nos plans pour partir cet hiver à Amsterdam, à Haarlem, après la naissance de notre enfant.

Puis vint le jour où, revenant de l'hôpital en fin de

matinée, je trouvai un mot sur la table de la cuisine. Helga avait perdu les eaux et une amie passée pour dire bonjour l'avait amenée à la clinique. Mais le petit berceau de la chambre était vide à mon arrivée, Adrien naquit avec une immaturité hépatique. Pendant quelques jours, Helga, fantomatique en chemise d'hôpital, et moi, n'allions le voir que pour quelques instants sous sa lampe UV, un bandeau sur les yeux. Tout s'arrangea cependant vite, et nous le ramenâmes à la maison. Jusqu'à Noël fut alors un temps de visites ininterrompues, parents d'Helga (apportant un petit meuble et un vélo avec siège pour enfant glissés avec science dans leur petite Honda), les miens (soigneusement échelonnés) et amis. Dans son magasin, Helga allaitait Adrien qui, bercé par le ronronnement de la machine à coudre, passait ses journées dans le coin nurserie qui sentait le bébé. Muriel passait souvent lui donner le biberon.

***

Membre d'un petit groupe INSERM, je dus aller en décembre 1981 quelques jours à Moscou pour une rencontre officielle entre des médecins et chercheurs français et soviétiques. Un froid glacial balayait le tarmac presque désert de l'aéroport quand le bus nous amena au grand bâtiment faiblement éclairé. Mon tour enfin venu, dans une petite queue qui ne progressait que très lentement, je tendis mon passeport à un policier qui n'avait pas 20 ans. Le vitrage de son poste de contrôle, vraisemblablement endommagé, avait été remplacé par un contreplaqué où avait été aménagée une sorte de fenêtre. Sans dire un mot, tenant mon passeport et mon visa de ses deux mains devant lui, il me regarda dans les yeux de longues secondes. Le motif du voyage n'était pas clair pour lui, malgré la lettre d'invitation du gouvernement soviétique. Il téléphona à notre hôtel, vérifia la concordance des dates de séjour à l'hôtel et des billets d'avion du retour, et me rendit comme à regret mes papiers ; j'attendis alors mes collègues qui subirent un à un les mêmes interrogations. L'hôtel Rossiya donnant sur la place Rouge pouvait accueillir 5 300 personnes, nous expliqua notre accompagnateur. Au check-in, j'appris que je partagerais ma chambre avec un collègue parisien, je l'avertis que je ne possédais pas de pyjama. Affublés de tout ce que nous avions de chaud, nous voulûmes alors faire quelques pas sur la place Rouge, mais c'était une démarche qui ne figurait pas sur le programme du séjour. Finalement, nous eûmes une heure de liberté, nos passeports restant à l'hôtel. Après le repas, nous traînâmes dans un des bars déserts de l'hôtel, une hôtesse sans musiciens chantait comme dans un radio-crochet de province.

Selon le programme, nous avions plusieurs sites attachés à la dernière guerre à visiter, nous écoutâmes ainsi des discours traduits par moins 15 degrés devant d'imposants groupes de combattants poudrés de neige et figés dans le ciment du réalisme socialiste. De nos visites « de travail » dans des hôpitaux communaux, je n'ai gardé que le souvenir des tintinnabulements cristallins qui précédaient l'approche du plateau chargé de petits verres de vodka qu'à chaque visite de clinique une secrétaire apportait pour les toasts, et celui d'un collègue chirurgien à longue barbe de patriarche qui, d'un haut lutrin de très vieux bois, tourna pour nous, avec des précautions dignes d'une icône, les grandes pages d'extraordinaires planches anatomiques dessinées. Nous fûmes reçus avec émotion dans un laboratoire de compatibilité tissulaire tenu par une ancienne collaboratrice de Jean Dausset, je pus discuter recherche avec un étudiant qui, griffonnant au crayon sur un coin de page, m'impressionna en faisant devant moi un *t* test apparié de significativité entre deux colonnes de chiffres, dont je vérifiai plus tard la justesse sur ma calculatrice. La veille du départ, nous nous faufilâmes en file indienne derrière notre accompagnateur pour trouver nos places dans la grande salle comble d'un théâtre où Eugène Onéguine était donné. Le lendemain, jour de notre départ, nous reçûmes chacun une enveloppe avec quelques roubles (« ici, tout travail mérite salaire ! », nous dit-on avec fierté) avant que le bus ne s'arrête dans un magasin de souvenirs pour étrangers sur la route de l'aéroport. Dans l'avion, le pilote annonça que le vol serait plus long que prévu, car l'armée soviétique venait de pénétrer en Pologne. Un monde s'était révélé à moi. À mon retour, je déballai sur la table de la cuisine mes souvenirs : une bouteille de vodka et du caviar dans une petite boîte ronde comme une boîte de cirage. Pendant que je racontais mon voyage, Helga mit sa chapka de loup, doucement le feu de la vodka nous monta à la tête, ces Russes avaient fini par nous saouler.

Après deux années, nous quittâmes avec quelques regrets la maison porte-bonheur pour une maison plus grande, rue du Gué Robert, quartier de la gare. Helga avait alors fixé au guidon de son vélo un petit siège pour Adrien, rapporté d'Amsterdam. Notre nouvelle maison jouxtait celle d'une famille de quatre enfants, des jumelles de l'âge d'Adrien et deux garçons plus âgés, Stéphane et Nicolas, qui passaient plus de temps chez nous que chez eux, devinrent les baby-sitters d'Adrien. Java très malade dut être euthanasiée, elle fut enterrée le long du mur du jardin du Gué Robert. Je garde de cette époque une photo d'Helga que j'interrompis soudain alors qu'elle étendait du linge, mes mots ne sauraient décrire le charme pur qu'elle avait et la clarté qu'elle irradiait vers moi. « Ne bouge pas ! » criai-je alors, courant chercher mon appareil. Son visage, ses cheveux, son corps et ses mains de ménagères s'accordaient si bien avec sa simplicité et sa loyauté inaccessible aux mensonges, tout ce qu'elle ignorait d'elle-même, qu'elle avait tant et qui éclataient sur la photo.

Un jour doux d'hiver, elle m'annonça qu'elle était enceinte pour la deuxième fois. Nous habitions encore dans cette maison pour quelques mois quand Marc naquit. Cette fois, c'était par une splendide journée d'été où « tout fut si simple » m'assura ensuite Helga.

La fenêtre de la salle d'accouchement était grande ouverte sur l'après-midi de juillet et, dans les moments de silence, on entendait le pépiement des moineaux. Le lendemain, elle me donna rendez-vous dans un bistrot proche de la maternité où elle avait un moment fugué et m'attendait devant un verre de vin blanc. D'autres accouchées récentes rentraient épisodiquement, des petits bonjours, des sourires étaient échangés.

Ces années de la rue du Gué Robert furent des années de travail intense pour Helga et moi, mais nous commencions enfin à être plus aisés. Nous avions maintenant décidé d'acheter une maison, car un prêt était possible. Pendant des mois, nous épluchâmes les petites annonces et les vitrines d'agences, toutes nos connaissances cherchaient aussi notre maison idéale. Helga allait en éclaireur en visiter quelques-unes, mais ce ne fut finalement que tard dans l'automne qu'elle m'amena dans une impasse de terre battue donnant sur la rue de l'Abbaye à Chantenay aux limites de Nantes à l'époque. La maison, qui est encore la nôtre, était au bout de l'impasse qui montait et qui butait sur un vieux mur de soutènement du parc du lycée de Chantenay où les grands arbres avaient déjà revêtu leur couleur d'automne. L'air était traversé de vols de martinets et de cris des écoliers en récréation. C'était une assez grande maison d'un étage qui respirait l'équilibre. Derrière les rosiers rouge sombre, si propres aux jardinets de Chantenay, la façade au crépi gris clair et ses généreuses fenêtres regardaient un jardin potager de l'autre côté de la haie bordant le chemin de l'impasse. Alors que nous approchions prudemment, la porte s'ouvrit et une vieille dame sortit et, comprenant que nous avions vu l'annonce, nous invita à rentrer. Elle était seule, ses petits-enfants étaient à l'école, « entrez ! juste pour voir le petit jardin de l'autre côté de la maison, si ça vous plaît, vous reviendrez quand mon fils sera là ». La cuisine s'ouvrait, en effet, sur une petite terrasse prolongée d'un appentis et d'un ancien jardinet maintenant herbeux, fermé à l'autre bout par les restes de la margelle d'un puits maintenant comblé. Le peu que nous vîmes de l'intérieur était en grand désordre et des travaux semblaient avoir été interrompus subitement. Le premier étage dévoilait comme des surprises de multiples recoins transformés en petites chambres pour enfants. Son fils divorçait, ils devaient vite vendre cette maison que ses petits-enfants et elle-même aimaient tant, mais tout était à vau-l'eau à présent. « Même si ça ne changeait rien à ce malheur, nous dit-elle, elle serait heureuse que cette dame qui était déjà venue l'achète. » Par quel mystère cette maison nous avait-elle si longtemps attendus ?

***

Nous déménageâmes dans l'impatience en février. Il faisait un froid glacial et un retard d'ouverture d'un compteur nous obligea à faire chauffer des bassines d'eau pour la toilette. Marc, qui avait six mois, était emmitouflé sous une montagne de couvertures dans son petit lit. Tous les murs étaient à repeindre, le papier peint des chambres qui avaient appartenu aux enfants tombait en lambeaux, mais nous étions chez nous. Helga décida alors de fermer son magasin et, petit à petit, la maison allait changer sans jamais perdre du charme qui nous avait arrêtés. Portant alors de vieux habits tachés de peinture, elle refit les tapisseries, les peintures, l'électricité, posa de superbes rideaux. Je l'aidais le week-end, obéissant, les bras ballants. Il y aurait une chambre d'amis et un labo de photo. Un jour, plus haut, on pourrait aménager des combles.

Notre maison était à ce moment-là à l'extrémité de la ville qui a si grandi depuis qu'elle l'englobe maintenant. Continuant la rue de l'Abbaye vers la

Loire à vélo, je découvris alors le vaste marais qui, du bac de Couëron, s'étend à perte de vue vers Cordemais et que je parcours encore sans me lasser. Les dimanches de soleil et surtout ceux de bruine ou de simple brouillard, j'aimais filer vers Saint-Étienne ou Cordemais. La bruine, fine, folle, virevoltante sans direction, tourbillonnante et ascendante, venait alors continuellement à ma rencontre. Je rayais le miroir noir et brillant d'eau de l'asphalte, longeant des haies d'ajoncs, de saules et de frênes, les fossés, les prés. Comme ce jeu d'enfant, qui se joue avec un fil de laine tendu entre la bouche, et les dix doigts, divergeant à droite et à gauche, fuyaient en épis des chemins de terre inondés. Les figures du paysage faisaient et défaisaient leurs angles, se tendant, s'éloignant, les haies à différentes distances coulissaient à mes côtés. J'imaginais alors, comme vue de très haut, ma silhouette sur la piste coupant les prés vert jade couverts d'un givre d'eau, nul autre point ne bougeait dans cette éternité privée. Silhouette noire, dans la chaleur intime de mon effort, dans le poing, dans le noyau de ma vie, mon souffle et mon cœur liés à l'unisson, j'y traçai une ligne rapide, sans fin. Ma machine ne faisait d'autres bruits que le doux chuintement des pneus, eux et moi rodés, se jouant de la pluie, et mon cœur à l'abri battait chaud et confiant. Certains jours de rage, cette balade me servait aussi alors d'exutoire et me ramenait heureux.

Je revenais quelquefois du marais en longeant lentement des murs noirs de hangars et d'entrepôts, haut sur mon guidon, pédalant sur les talons, regardant le ciel au-dessus des bâtiments du port en partie déserté. Certains soirs, une lumière inouïe, avec la majesté d'une gamme qui se déploie, révélait au-dessus de moi des cohortes de nuages roses et violets, des plaques beiges frôlées par de pâles rayons évoquant des écailles ventrales de tortues célestes, ces immenses vaisseaux qui obstruaient le ciel, défilaient lentement. Je levais alors les yeux vers ce rire de lumière au-dessus des hangars, entendais les hautes trompettes de ce jeu de tuyaux de lumières dont la clarté éclairait vaguement la route à l'unisson du défilé. Avait-on jamais vu, sur une cité de rêve, telle caravane sur le vieux pavé d'un port ?

***

Ce chien que je revois monter l'impasse d'un trottinement guilleret, la queue dressée comme une antenne de télécommande, c'est Spot, un autre Beagle que nous avions acheté tout petit pour « continuer » Java. Spot aima sur-le-champ sa maison et le quartier tant et si bien qu'après beaucoup d'hésitation, nous décidâmes de le laisser se débrouiller seul dans Chantenay. Là, ça devait être un mardi, il revient certainement du marché de la place Jean Macé au bout de la rue où il est très populaire, se promenant dans les allées, ne quémandant rien, ne répondant pas aux aboiements de roquets tenus en laisse, au retour ne traversant jamais la rue devant une voiture. Il fuguait quelquefois vers des marchés du centre-ville, et le mardi, des commerçants de Jean Macé nous disaient alors « tiens, on a vu Spot samedi dernier à la Petite Hollande ! ». Quand il croisait une connaissance, il la suivait sans déranger, puis l'abandonnait ou la rejoignait bien plus loin. Un jour, Gina, la mère d'Helga qui patientait dans la salle d'attente du dentiste, au troisième étage d'un immeuble de la place de la Mairie, cria brutalement « SPOT ! » à la surprise générale. Il s'était glissé dans la salle alors que l'un d'entre eux en sortait. Spot fut toujours très social et courtois. Quand nous eûmes aussi un autre chat (Floppy) qui préférait son confortable panier, il dormait à l'étroit, enroulé dans le petit panier que Floppy dédaignait et ne montait jamais sur les lits comme Floppy. Spot préféra toujours la ville à la campagne, bien que, quand nous l'amenions à Moncalou, il se réveillait dès Bouzic en bas de la côte, reniflant avec fougue l'odeur du Céou dans les bouches d'aération du plancher de la voiture. Dès l'ouverture des portes, il filait comme un dératé faire de la provocation chez Michel Perry qui avait deux chiens de chasse, là, il fallait vraiment tous hurler SPOT ICI !!! avant qu'il ne rompe, puis les choses se calmaient en quelques jours.

Notre maison était de nouveau habitée par la vie. Montant le chemin de l'impasse, l'intérieur s'offrait au visiteur derrière les discrètes dentelles des fenêtres, comme dans les maisons de Haarlem les bouquets encombraient les pièces. Au bout de l'impasse, nous fîmes construire une petite cabane de planches pour les vélos, les patins à roulettes. Marc succédait à Adrien à l'École des Réformes. Helga souhaita retravailler, mais son diplôme de Charles Montaigne

Haute Couture, Amsterdam, dont elle était très fière, lui était inutile ici. Pas tout à fait cependant, car son goût pour la finition et les miniatures fit qu'elle accepta d'apprendre la microchirurgie pour réaliser des greffes de cœur et de rein sur le rat. Une start-up abritée dans les surfaces du labo INSERM avait grand besoin de ce modèle chez le petit animal. Helga se familiarisa bénévolement avec l'anatomie des gros vaisseaux du cœur et des reins, avec celle des uretères et de la vessie, les microsutures sous microscope ou loupe binoculaire, sur le délicat dosage de l'anesthésie à l'éther et l'appréciation quotidienne de la force des battements du greffon placé en second cœur abdominal. Après plusieurs mois d'effort, ses greffes de cœur marchaient à 90 % et elle fut employée à mi-temps par la start-up et plus tard par l'INSERM. Elle arrivait toujours à huit heures (« pour donner l'exemple, à cause de toi », disait-elle) et faisait deux greffes de cœur avant midi. Quand cette satisfaction devint aussi une routine, elle s'attaqua aux greffes de reins, bien plus difficiles. Le prélèvement du rein et de l'uretère, mais aussi la greffe qui suivait chez le receveur avec les si délicates sutures artérielles et veineuses, l'implantation de l'uretère dans la vessie et la surveillance continuelle de la profondeur de l'anesthésie pendant la longue opération en décuplaient les difficultés, nécessitant une concentration absolue. Elle décrivait cette bulle si particulière de ce travail de « micro haute couture » comme une absence suivie d'un réveil au monde familier dans un état de grande lassitude.

Les années de dèche étaient finies. Nous fîmes de vrais voyages hors de contraintes professionnelles, le plus souvent avec Adrien et Marc. Nous allâmes chez Jacques, alors attaché culturel à l'ambassade à New York. À San Francisco, roulant sur les petites routes vers Bodega-Bay, cherchant vainement dans le brouillard l'école et la station-service du film Les Oiseaux, si déçus qu'ils ne furent que décors, plus haut vers les Sequoias puis redescendant vers Monterey jusqu'à Big-Sur. Nous fîmes notre premier voyage à Venise, nous attachant au Zattere (pensione Seguso) pour des décennies. Prenant le vaporetto sur la courte houle des eaux turquoise de la lagune, nous dormîmes une nuit au Grand Hôtel des Bains au Lido, explorant les longs corridors de parquets luisants sur les traces de Tadzio et de Proust.

Pendant un été entier, la comète Hale-Bopp apparut comme une cigale posée sur la voûte de ciel bleu au-dessus des arbres du lycée de l'Abbaye, en face de notre maison. La comète semblait être un nouvel astre pérenne avant qu'on ne perçût, au fil des semaines, sa continuelle fuite. Une nuit, nous quittâmes la ville avec Marc et Adrien comme pour nous approcher plus près de Hale-Bopp sur les collines du bord de Loire, en face de Champtoceaux. Marchant dans les hautes herbes, loin de toute lumière parasite, nous vîmes alors toute sa traîne révélée, joyau qui ne reviendrait pour d'autres hommes que nous qui à leur tour regarderaient ce ciel. Dans les jours qui suivirent, je tentai de dessiner Hale-Bopp en forme d'une bague. Je figurai sa tête comme une simple étoile d'or qui portait un diamant alors que, fuyant en virgule sur l'anneau de la bague, l'or guilloché et sillonné d'ondulations de la queue de la comète était çà et là piqué de chutes de diamants. Mais, quand le bijoutier nous montra la bague, Helga mit la comète vers l'intérieur de sa main.

La vie sembla alors nous combler un temps de douceurs. À l'occasion de l'anniversaire de sa création, une banque fit une fastueuse cérémonie qui se tint à La Baule. L'opération de communication mobilisa un petit groupe de « Personnalités de l'Ouest » où, complaisant, j'y côtoyai Philippe Cognée, Annette Roux, Maxime Bossis, Pierre-Jakez Elias et Philippe Herreweghe. Margaret Price et son pianiste avaient été invités, la banque avait aussi agréé le souhait de la Diva que leur piano traversât aussi la Manche. Les larges baies de la salle de l'Hôtel de L'Hermitage étaient ouvertes côté plage, leurs lourds rideaux gonflaient mollement à la brise de mer dans la magnifique nuit de septembre. Une main appuyée sur le piano, Margaret Price chanta surtout Schubert (Marguerite au rouet, qui sauva le Faust) et Mahler. La douce beauté d'Helga régnait sur moi en harmonie de la nuit et la voix de Price hypnotisait.

Nous achetâmes d'occasion une vieille Volvo dans un garage de La Baule, une 240 break blanche (140 000 km, « la force de l'âge » ! dit le garagiste). Nous allions enfin pouvoir sillonner l'Italie, avec Adrien et Marc derrière, le visage à la fenêtre, comme dans une publicité du bonheur ! De retour sur Nantes dans la nuit, haut sur la route, toutes fenêtres ouvertes, je conduisis lentement dans l'odeur des pins. Je pensais à Storow Drive, aux longs travellings, naissaient très loin, indéfiniment devant moi, les bandes blanches de la route. Dans le rétroviseur, les petits phares jaunes de la 4L qu'Helga conduisait (elle ne voulut pas ramener la Volvo) semblaient me parler.

***

Nous étions de plus en plus harcelés par les appels téléphoniques de Moncalou, Helga n'échappait plus maintenant à ces plaintes de mon père ou de Josette. Ils ne pouvaient plus « garder » Tati Paule à Moncalou, ils avaient épuisé toutes les opportunités des aides sociales. De jeunes femmes vinrent en soutien plusieurs jours par semaine, mais aucune ne resta plus d'un ou deux mois dans cette maison qui devenait une maison d'impuissance et de culpabilité, où Tati Paule qui, pendant des décennies, y avait fait une si bonne cuisine, était devenue la difficulté. Mon père ne résista pas à une dernière et illogique tentative administrative pour permettre à Josette de bénéficier d'un statut d'aide sociale, Moncalou aurait alors pu fonctionner en vase clos. Le refus de la commission sonna comme une catastrophe alors qu'il ne vivait depuis presque 30 ans que de renouvellements de pension pour maladie imaginaire au long cours. Ils eurent alors le projet d'aller vivre ailleurs, en Provence ! Tati Paule était infirme, mais elle était encore autonome et avec une aide à domicile pour sa toilette, elle se débrouillait toute seule. Helga et moi décidâmes alors de l'accueillir chez nous à Nantes. Notre chambre du rez-de-chaussée deviendrait la chambre de Tati Paule et nous aménagerions au premier, elle n'aurait plus d'escaliers à monter. Helga, qui avait mis un petit message d'offre d'emploi à la boulangerie, avait rencontré Renée, une ancienne aide-soignante, elle pourrait venir tous les matins. La pension d'invalide de Tati Paule, avec un apport modeste de notre poche et de celle de Jacques (toujours à l'étranger), serait suffisante. Renée avait l'absolue bonne humeur de certaines fortes personnes, sa puissante et naïve philosophie de la vie « embrouillait » tout le monde. Une forte tringlerie soutenait sa vaste poitrine, sa force et son appétit surprenaient les plus blasés, la voir était un puissant remède ! Elle était, avec « Chou », son mari, une habituée du casino de Pornic où ils gagnaient outrageusement et suivaient assidûment, avec le même bonheur, les concours promotionnels de toute la presse régionale. Elle serait là pour l'arrivée de Tati Paule, tout allait bien se passer, assurait-elle !

Je partis un matin tôt pour aller chercher Tati Paule à Moncalou. Je partis seul pour libérer de la place dans la voiture pour toutes ses maigres possessions. Tati Paule, qui était déjà en larmes à mon arrivée, fut étrangement soulagée de me voir, moi seul pourrais encore la comprendre, la sauver de ce projet de mon père, pensait-elle ! J'eus l'impression de lui mentir en lui disant qu'elle viendrait chez nous à Nantes où tout le monde l'attendait, alors que je l'amènerais dans un hôpital ou une maison de retraite ! J'étais si mal à l'aise de la voir prise au piège d'une situation à laquelle rien ne pouvait maintenant changer, que j'imaginais que les traits de mon visage ne m'obéissaient plus, trahissant une terrible manœuvre. Alors qu'impuissante et totalement dépendante de nous, qu'elle pleura pendant tous les préparatifs et l'inventaire de ses habits, qu'elle perdait simplement pied devant l'impensable, mon père et Josette lui dressaient inutilement un tableau optimiste de son nouveau séjour (« tu pourras aussi revenir l'été », etc.). Je commençais à entasser ses affaires dans la voiture pour partir très tôt le lendemain matin. Je casai sa table de nuit, aux tiroirs scotchés sur les pastilles Vichy, l'aspirine, sa petite glace, la lampe de poche, ce chapelet qui ne sortit jamais du tiroir, pris quelques draps et habits (elle avait toujours sur elle deux pull-overs), ses bas marrons, ses jupes grises et marron, ses pantoufles tordues par ses pieds déformés, ses peignes et brosses, ses lunettes, son dossier médical et quelques papiers, relisant aussi une petite liste d'Helga. Elle eut peur en me voyant prendre la canne dont elle ne voulait jamais s'aider, préférant le dossier de sa chaise. Elle ne voulait pas participer ni même dire qu'il ne fallait pas oublier certaines choses, mais elle vit bien que je prenais bien sa chaise, celle de la cuisine qu'elle poussait devant elle pour s'approcher de l'escalier avant de tirer sur la rampe, et que je la calai bien à plat dans le coffre.

Alors que Tati Paule se débrouillait toute seule avec son siège percé, le matin, Josette et Marguerite Lacase, sa voisine, durent l'habiller et la gainer de larges couches pour le voyage, pour ne pas être témoin de cette scène, je restai en bas. Je préparai enfin de quoi grignoter et boire. Puis je l'aidai à s'approcher de la voiture garée juste devant la terrasse et essayai de l'asseoir confortablement, ses jambes qui se pliaient mal étaient cependant bien soutenues par l'avant du siège. Elle sentit alors qu'elle était prise dans une aventure qu'elle ne maîtrisait pas. Elle eut une sorte de rire honteux et forcé à travers ses larmes quand Marguerite, voyant le départ proche, s'approcha et lui dit : « Vous en avez bien de la chance, Paule, vous allez voir du pays, une nouvelle maison, des enfants ! »

Si toutes les petites routes que nous empruntâmes alors pour rejoindre la vallée de la Dordogne avaient jadis été parcourues à vélo par Tati Paule, elle n'avait plus voyagé depuis sa maladie il y avait 40 ans et je vis sa curiosité s'éveiller au fil des kilomètres. Quand la route devint meilleure, sentant la Volvo si bien filer, elle fut moins inquiète et se détendit un peu. Elle fit alors des remarques sur les paysages, me rappela que son père Léopold avait travaillé à Saint-Aigulin quand nous traversâmes la bourgade, me posa des questions sur les choses qui avaient tant changé. Nous nous arrêtâmes pour grignoter après Angoulême, garés sur une bosse dominant les champs à perte de vue. Elle avait toujours eu un appétit d'oiseau et nous reprîmes vite la route, traversant les plaines à blé et de soja autour de Niort et rejoignant les bocages. Je mettais de temps en temps la radio. L'autoroute, le péage, les grands échangeurs alors que nous approchions de Nantes réveillèrent quelque temps son angoisse avant que, klaxonnant dans l'impasse, elle vît tout le monde se bousculer pour l'accueillir, et Spot qui la reconnut immédiatement. Tati Paule resta avec nous une année, Renée ne manqua pas un jour à la tâche. Finalement, la maison avait gagné en gaîté avec ces nouveaux occupants, Renée assurait un spectacle quotidien et son optimisme forcené rendait toutes plaintes impossibles. Tati Paule était imbattable aux dames, Renée, Adrien, Helga, Muriel et moi étions régulièrement battus et elle apprit le jeu à Marc. Par beau temps, nous y jouions sur la terrasse et, comme dans un tournoi de démonstration, elle enchaînait les dames avec ce petit rire modeste (comme les Indiens, elle inclinait alors la tête pour dire oui, en faisant le geste qui dit non) et élevait les colonnes de pions instables de ses prises, elle avait retrouvé une petite flamme de fierté. Elle aidait à la cuisine, épluchait, faisait les mêmes délicieuses tartes et « îles flottantes » sur une onctueuse crème jaune qu'à Moncalou. Nous dûmes vraiment la harceler pour qu'elle accepte une fois de sortir de la maison pour voir la mer. Le plan était de se garer sur le parking surplombant une petite plage vers Préfailles, il faisait beau et des brumes se levaient quand nous partîmes tous les trois après l'avoir installée devant. Mais un épais et inhabituel brouillard apparut alors que nous approchions de la mer et nous ne pûmes apercevoir que des vagues mourantes dans un clapot grisâtre, déception qui généra un malaise dont l'intensité nous surprit comme un présage.

L'état de santé de Tati Paule se dégrada assez rapidement au fil des mois et sa dépendance s'accentua malgré l'aide de Renée. Elle comprit qu'il fallait qu'elle aille maintenant dans une maison de retraite médicalisée. Nous atténuâmes cette épreuve en trouvant une place à l'hôpital de Domme, revenir en Dordogne lui apparut comme un soulagement. Je dus directement la ramener à Domme, un dernier détour à Moncalou étant impossible. Le temps était à la pluie quand nous partîmes et les jours raccourcis m'obligèrent à allumer tôt les phares, le voyage fut long et pénible, car son état avait empiré. L'arrivée à Domme fut précédée d'un orage dantesque qui réveilla chez elle la frayeur incontrôlable de la foudre qui hantait la maison de Moncalou et qu'elle arriva presque à me communiquer. Je pris alors par mégarde la route de Dagan après Castelnau au lieu de me diriger sur Cénac au pied de Domme. Pour retomber sur la bonne route, je dus m'engager sur la petite route que j'avais si souvent faite à vélo et qui coupait vers Domme par des collines tourmentées. Si la distance était presque la même, le revêtement défoncé de cette route oubliée et ses méchants virages déversés s'enchaînant sur les kilomètres, renversaient sur moi Tati Paule et effondraient les affaires accumulées à l'arrière. Malgré ma prudente montée en seconde, la pluie battant violemment le pare-brise, la bruyante agitation des essuie-glaces submergés par les éléments, les phares qui paraissaient faiblir, tout accentuait la mauvaise visibilité alors que, par intermittence, s'illuminait, sous un effrayant éclair, un paysage mouvant, bouleversé, et qu'un craquement céleste ramenait le noir ruisselant autour de nous. Mes paroles ne faisaient plus rien à Tati Paule qui se cramponnait à mon bras, elle devait penser à la mort vers laquelle allait ce voyage. « Pourquoi m'as-tu amenée là ? », me demanda-t-elle dans un souffle. L'orage se déchaîna jusqu'alors que la route bascula vers la vallée de la Dordogne. Domme arriva enfin et nous nous arrêtâmes devant l'hôpital où mon père et Josette nous attendaient. Nous rendîmes quelques visites à Tati Paule avant sa mort qui survint l'année suivante. Nous l'installions alors dans un fauteuil roulant et l'amenions sous les marronniers de l'Esplanade voir, tout en bas du promontoire rocheux, la mosaïque des champs et la Dordogne.

***

Le départ de Tati Paule de Moncalou libéra de puissants fantasmes de liberté, mon père et Josette vendirent vite la Grange en partie restaurée pour acheter un appartement à Nice, « son Pays », disait Josette qui eut à l'époque un petit héritage. Je les visitai un jour à Nice peu de temps après qu'ils avaient quitté Moncalou. C'était un petit appartement au premier étage sur les hauteurs de la ville. Au-dessus de massifs de lauriers et peut-être de bougainvilliers, la vue s'étendait sur les toits, et au loin apparaissait un bout de mer. Je me sentis mal à l'aise lors de cette visite, comme si le fait que mon père n'habitait plus Moncalou avait fait de lui un étranger, qu'un vide existait dans cet appartement de Nice, s'étendant jusqu'à la vue amputée qui se déployait de la terrasse. Devant prendre un avion, je les quittai trop vite et mon départ accentua ce malaise. Quelques mois après ma visite, mon père m'appela pour me dire qu'il était revenu à Moncalou, Josette restait à Nice ! Puis, finalement, ils vendirent l'appartement et Josette revint aussi à Moncalou. Ils achetèrent alors l'ancienne maison de Raymond jouxtant l'arrière de la « grande maison », firent quelques travaux et Josette y aménagea. Il y eut alors des mois de calme avant que ne reprennent les appels téléphoniques. Au hasard de qui appelait, nous tenions le rôle de psychologues attachés aux lignes d'appels pour suicidaires. Mon père rêvait maintenant de séjours dans une maison de repos, loin de Josette. Ces derniers furent prémonitoires à une retraite hors de Moncalou, la maison de retraite médicalisée MGEN l'accueillit à Clisson où, après une nuit passée à Nantes, je l'amenai. Il se présenta comme un grand malade original (alors bien portant) qui ravit le personnel. Nous visitâmes un réfectoire à la bonne odeur de cuisine digne d'une pension de famille italienne et sa chambre avec une salle de bains aussi sécurisée qu'une capsule spatiale. Au terme de ce séjour, il resta chez nous, repoussant de jour en semaine son départ pour Moncalou, retrouvant un certain équilibre. On croisait sur la place Jean Macé sa silhouette de vieillard frileux, drapée dans une trop longue gabardine dont la martingale pendait dans le dos, errant dans le marché où il rencontrait Spot. Anormalement distrait, il achetait *Le Monde* au bureau de tabac de la place et, après avoir confié son encombrant cabas au bistrot du coin, il s'affichait lisant son journal à la terrasse mieux exposée du bistrot d'en face avant de revenir chercher son cabas, me racontait le serveur qui parlait souvent avec lui. Puis, il repartit vers Moncalou, Josette l'attendrait à la gare. Mais une nouvelle dispute particulièrement violente survint vite et mon père, terrorisé, appela Paulette, sa nièce qui vivait alors à quelques kilomètres de Moncalou. Paulette prit le parti de mon père, qu'elle trouva secoué de tremblements irrépressibles, homme battu, pensa-t-elle, et elle le recueillit. Elle m'appela quelques jours après avoir trouvé une chambre à l'hospice de Gourdon, où elle l'aida à aménager, il était rassuré, me disait-elle.

À ce paroxysme, je partis à Moncalou en train. C'était l'hiver – peut-être janvier –, j'arrivai tard à la gare de Sarlat et la nuit était déjà noire quand je récupérai la voiture louée. Je pensais à cet autre monde qui m'attendait là-bas, tant attendu, tant redouté, à la réalité d'aujourd'hui, alors que les phares trouaient une nuit d'encre, éclairant brièvement les ruelles de hameaux déserts jusqu'à notre petite maison du Cuvier où je passerais la nuit. Tout Moncalou était noir, les lumières étaient éteintes dans les rares maisons que je savais habitées, les gens attendaient le jour qui se lèverait demain. La « grande maison », fermée, n'était qu'un bloc noir, plus foncé que la nuit. Josette devait être dans la maison achetée à Raymond. Je dus pousser les feuilles mortes pour ouvrir la porte Cuvier, dont l'intérieur était glacé et humide comme une tombe. Une faible ampoule éclaira la pièce, le lit était sans draps, les couvertures pliées depuis l'été dernier. Je déroulai mon duvet et m'y glissai habillé, tirant sur moi de lourdes couvertures. Je fixais le noir de ce bivouac sans étoiles, me réchauffant lentement. Je n'étais jamais venu seul l'hiver dans cette maison à Moncalou. Devant moi, sur le noir qui se perça progressivement de la pâle lueur de la fenêtre sans contrevents, se mélangeaient les années d'enfance et leurs longues suites maintenant interrompues. Plus haut, la grande maison, sous le grand orme, était désormais vide. Je songeais à ses portes-fenêtres grandes ouvertes sur la terrasse dans la gloire de Mai 68, aux prétendants désarçonnés quand le centre du monde s'était déplacé sur le petit endroit plat entre les excavations de plantation des pruniers. Je revoyais sous le double-toit beige de la tente auréolée de tendeurs les tapis de bâts tunisiens rouges et noirs, les étagères en bois et briques, les livres, le jeu d'échecs, des photos, le vélo, les invendus de la presse communiste, de Charlie Hebdo. Le lendemain, j'irais tôt à la maison de retraite à Gourdon, je n'étais venu que pour le voir. Peut-être aussi cela l'importunerait-il, songeai-je, car il avait fui, lui qui avait toujours eu peur. Dans la hâte, sa nièce avait dû l'aider à faire sa valise. Il avait dû apporter une fois de plus son poste de radio, son Leica CL, son miroir rond entouré d'une couronne d'osier, ses affaires de toilette, etc.! Il y aura encore un ou deux de ses livres préférés sur une étagère, la première page affichée, cela suffit pour faire un monde, le rassurer. Ne pouvant m'endormir alors qu'une douce chaleur revenait, je m'évadais dans le souvenir d'une autre nuit de solitude. Adolescent, je me souvins d'avoir traversé la France en stop, partant (encore) de Moncalou pour les Contamines. Exalté de solitude, j'avais planté ma tente tard dans un pré en contrebas de la route où l'on m'avait déposé, la nuit s'installait. L'herbe était haute, l'humidité déjà tombait sur le pré, la lune faisait naître des ombres sur la toile, je m'endormis de fatigue. Dans un demi-sommeil, cerné par le froid humide de la nuit, j'entendis et sentis alors vibrer des coups sourds à même le sol sur lequel j'étais blotti. J'écoutais, immobile et totalement silencieux, puis perçus un souffle – car ça ne pouvait être rien d'autre – et un contact râpeux sur le toit de ma tente. J'ouvris la fermeture Éclair, et sous le halo de brume d'une immense lune blanche au-dessus d'une rangée de peupliers, je vis un grand cheval noir mouillé de rosée et fumant de brume qui me contemplait. Je me rendormis alors dans cette nuit jubilatoire.

Mon père revint à Moncalou après quelques courtes semaines passées à l'hospice de Gourdon où ma visite ne m'apprit rien de plus que je ne vis dans ma nuit de solitude au Cuvier. Les appels devinrent rares, il semblait avoir enfin accepté ce qu'il était devenu ! Mon père aimait-il encore son moi, ce moi qui permet de vivre ! Il n'était pas un ambitieux, il n'avait pas cherché à « arriver », pourquoi alors si longtemps refuser ce qui était lui-même, pourquoi l'enfouissait-il, semblait-il le subir ? Était-il victime d'un grotesque malentendu, de ce « mortel » désespoir de Kierkegaard ? Ces terribles soirées d'hiver dans ce hameau perdu où ses crises d'angoisse survenaient quand Tati Paule et moi enfant écoutions ses pas hésitants dans la chambre au-dessus de la cuisine, ou, seul avec sa sœur ou plus tard avec Josette, quand il nous téléphonait si souvent, pouvaient-elles être alors d'horrifiants moments d'effondrement, de déni de lui-même ? Moncalou n'agissait enfin plus comme un aimant. J'avais vécu tant d'années, encerclé par cette angoisse, que je n'aspirais plus qu'à oublier cette maison.

***

Nos séjours à Sarlat nous reposaient dans un délicieux confort de petite bourgeoisie. Retrouvant notre statut de classe, nous brûlions de grasses matinées dans ce lit étroit aux lourds draps de coton rugueux, sous la couverture tricotée de la chambre « des invités » qui était devenue, avec pleine légitimité, la nôtre. Par beau temps, nous laissions la porte-fenêtre grande ouverte sur le petit pré. Nous feuilletions après le petit-déjeuner la pile des numéros de Paris Match et Télérama que ma mère avait gardés pour nous depuis notre dernier passage. Plus tard dans la matinée, nous descendions avec elle vers la Traverse par le petit chemin du Plantier qu'elle avait si souvent descendu avec Muriel et remontions tout seuls après avoir lu le journal et traîné sur la terrasse d'un café place de la Mairie, où se démontait l'échafaudage du festival de théâtre. Elle avait fait effectuer des travaux au rez-de-chaussée qui offrait maintenant un petit appartement indépendant qu'elle louait. Par beau temps, nous prenions aussi nos repas sur la petite terrasse d'où partait le chemin vers le Plantier, ma mère faisait les allers-retours vers la cuisine, aucun de nous ne devait bouger. Elle invitait quelquefois sa sœur Simone et Georges, ou certains de mes anciens copains de lycée pendant nos séjours. Nous discutions alors des heures dans la salle à manger qui sentait la cire et la fleur d'oranger, le repas se terminait souvent par sa tarte aux pommes dont nous utilisons encore tant de fois la recette. Mais ces journées étaient encore souvent gâchées par le passé qui revenait en quelques bribes évoquer mon père, et notre retour vers Nantes s'apparentait aux départs de Moncalou.

Nos derniers séjours à Sarlat m'imprimèrent une image insidieuse d'un changement, un terni subliminaire dans l'apparence et le comportement de ma mère. À la retraite maintenant, elle n'avait plus de projets de voyage. Ses visites à ses enfants (à l'époque si médiatisées), à Jacques alors au Sénégal (qui l'amena de Dakar à Saint-Louis), à moi en Tunisie (vers Nabeul et Djerba) étaient devenues rares. Ses voyages « culturels » : Égypte, Grèce, Rome, etc., confiés à une agence spécialisée dans le public d'enseignants, semblaient oubliés. Elle ne renouvelait plus ses habits. Elle s'était un peu alourdie, ses gestes paraissaient plus lents et la teinte de son chignon – que le coiffeur m'avait assuré être la même – semblait avoir perdu son éclat. Simone et Georges s'interrogeaient aussi. Au fil des mois, ces signes s'accentuèrent, elle vint à Nantes où le diagnostic d'un syndrome neurodégénératif sévère fut porté. Elle dut un temps engager pour quelques heures par jour une aide à domicile qui faisait aussi ses courses. Mais les choses empirèrent et, avant notre retour à Sarlat aux vacances d'été, Simone et Georges nous dirent qu'elle ne pouvait plus vivre seule, que faire les courses ou simplement son ménage n'était plus possible, surtout sa marche était devenue instable et, de façon inconcevable, elle ne semblait même plus attachée à sa maison. Nous visitâmes alors avec elle des maisons de retraite médicalisées autour de Sarlat. Elle parlait souvent de la maison « Saint-Rome » à Aillac, à côté de Carsac près de la Dordogne, elle y connaissait des pensionnaires « distinguées » qui s'y trouvaient bien. Nous partîmes donc un jour vers Aillac et étions un peu perdus quand elle me dit « là, là ! » avec son petit geste de tapotement du doigt sur la vitre pour me montrer une toute petite route et l'écriteau « Saint-Rome » que j'aurais manqué. Nous fîmes le tour d'un bâtiment avenant, des voitures stationnaient le coffre grand ouvert, des couples avec des enfants qui gambadaient promenaient un parent en fauteuil, tout ressemblait à un prospectus publicitaire de la MGEN. « Oui ! oui ! c'est bien ! c'est bien », disait-elle comme rassurée ou souhaitant hâter le destin. Je revins seul à Saint-Rome et on me dit qu'ils pouvaient l'accueillir, sa retraite pouvait couvrir les frais. Mais Georges et Simone revinrent alors à Sarlat pour nous dire qu'ils pourraient la prendre avec eux à leur ferme du Coux ! À la retraite maintenant, ils avaient le temps, l'aide à domicile suivrait, elle accepta immédiatement.

Nous décidâmes de hâter son installation au Coux tant que nous serions encore à Sarlat en vacances. Ma mère aimait bien cette maison du Coux située à l'écart du bourg sur un léger épaulement de la plaine, comme un site que choisissaient les Romains pour ériger leurs villas. La vue s'étendait en majesté, par-delà les champs, les prés, le village et le clocher du Coux, vers la Dordogne dont on apercevait le feston parallèle des cimes des peupliers longeant les rives. Une petite route goudronnée séparait le corps de la maison du grand jardin potager en pleine terre de Simone où les fleurs et les légumes faisaient l'admiration des promeneurs. Derrière la maison, un séchoir qui sentait encore les feuilles de tabac et un hangar où Georges rentrait sa voiture et le vieux petit tracteur qu'il avait gardé rappelaient la ferme prospère qu'il avait tenue et dont les terres étaient maintenant louées. Tous ceux qui passaient chez Simone et Georges au Coux aimaient cette maison. Simone avait débarrassé une chambre au premier étage dont la grande fenêtre donnait sur un noyer et qui n'attendait que des meubles de Sarlat. L'escalier large et court sous le plafond bas du rez-de-chaussée et la rampe solide permettrait à ma mère de monter ces quelques marches toute seule.

Puis vint le jour où nous devions déménager toute la chambre de ma mère, une armoire et tout ce que nous pourrions apporter de ses affaires de Sarlat dans sa nouvelle demeure. Nous avions décidé ce jour-là de manger une dernière fois devant sa maison avant de finir d'emporter ses affaires chez sa sœur et Georges. De ce dernier repas à sa maison, il reste une photo noir et blanc, mystérieuse au regard d'un inconnu. On y voit une femme âgée aux cheveux encore vaguement teints, ma mère, assise au centre d'un espace que le cadrage a isolé du reste du monde. La scène est à l'extérieur, sur le petit pré de la terrasse à l'arrière de sa maison d'où part le petit chemin du Plantier. C'est l'été, il n'y a que peu d'ombre, il doit être midi, avant le repas. Ma mère est assise de face, un peu en biais, sous un parasol de toile, comme un dais un peu solennel. Devant elle, il y a deux tables en Formica mises bout à bout sur le sol irrégulier du petit pré, les couverts ne sont pas encore tous installés. La photo a été prise de la porte de la cuisine de sa maison. Sur la gauche de la maison qui lui fait face, son regard peut porter sur les toits des premières maisons de Sarlat et là-haut sur le viaduc qui enjambe la vallée et rejoint la gare. Plus loin, à droite de la maison, elle aperçoit certainement, sur une petite colline, les murs ocre du vieux lycée La Boétie où Jacques et moi allions. La ville, devinée, est en contrebas.

Son maintien n'est pas tout à fait normal. Son buste est vertical, légèrement redressé, un peu raide même, comme si elle observait avec attention une scène plus loin devant elle, qu'on ne peut voir. Mais la position de sa tête et son visage ne participent pas à un mouvement, on voit qu'elle est immobile, figée. Bien que la photo ne soit pas assez nette pour détailler son regard, on perçoit qu'elle regarde dans le flou, à moins qu'elle ne retienne des pleurs. La scène ne donnait pas le change à nos regards qui la scrutaient épisodiquement (mais elle n'avait pas pleuré ce jour-là). Elle n'a plus son éternel chignon d'enseignante à la retraite, mais porte un bandeau enserrant ses cheveux coupés court, la coupe lui a enlevé la sorte de majesté qu'elle avait.

Alors que les meubles de sa maison avaient déjà été déménagés, ces chaises disparates avaient été laissées de côté dans le pré pour ce dernier repas. La table est entourée de nombreuses chaises et de tabourets regroupés près d'elle, comme faisant corps avec elle. Trois chaises très bon marché viennent de la cuisine. Leur assise et leur dossier sont de fils de plastique noir non tressés qui laissaient les traces rouges de pression sur les cuisses quand on mangeait en short l'été dans la cuisine. On voit aussi trois tabourets de cuisine, carrés en Formica, avec des pieds chromés. Les deux grandes chaises en bois de noyer verni, avec des dossiers à moulures Saint-Jacques et des pieds ouvragés, viennent de la salle à manger. Ces chaises n'étaient jamais sorties de la salle à manger avant ce jour-là. Il n'y a qu'elle sur la photo, placée là avec toutes ces chaises, pendant que les autres s'affairaient dans la cuisine ou rangeaient encore quelques bibelots fragiles avant le repas. Il devait y avoir, ce jour-là, sa sœur Simone, Georges, Helga, Adrien et Marc, Elen, la sœur d'Helga et son mari Diederik en vacances en Dordogne, et peut-être Fantille, la petite fille de Simone.

Ce qu'elle voit en attendant ce repas, c'est la fin de sa vie, irrémédiable et sans possibilité de retour dans sa maison. Sa maladie l'avait déjà lentement ankylosée, comme paralysée de toutes parts. Sans qu'un sentiment ou un souvenir particulier se détachent probablement de ce qu'elle ressentait, elle revoyait à travers sa maison toute sa fierté, mais aussi les échecs de sa vie, les humiliations dont elle avait fait l'objet, tout l'amour qu'elle avait donné, le travail qu'elle avait fourni. Tout ce qu'elle avait obstinément donné pendant les décennies semblait passer devant elle alors qu'elle regardait au loin. C'est ce que tous ceux qui allaient et venaient de la maison (où les voix résonnaient étrangement maintenant) à la terrasse, tardant à venir s'asseoir à table alors que tout était prêt, pensaient aussi en lui jetant de brefs regards.

Ma mère, « Paulette », resta presque deux ans au Coux qui était devenu le passage obligé de nos descentes en Dordogne. Simone faisait une cuisine mémorable qui alla un jour jusqu'à la Mique levée, la table était remplie d'enfants. Dans cette maison de recoins, ma mère était vraiment bien. Je l'amenais alors marcher vers le bourg du Coux ou vers des villages qu'elle voulait revoir, mais jamais elle ne proposa de revenir à Sarlat. Pour ces marches (plutôt que promenades), elle choisissait des petites routes planes avec vue sur la campagne, elle aimait aussi aller sur le boulevard en haut du vieux Belvès où la vue s'étendait très loin. En sortant de la voiture, elle se plaçait à ma droite et, mon bras calé sous le sien, tenant fermement sa main, je la laissai s'appuyer fortement sur moi pour les premiers pas, puis nous avancions. Elle réagissait avec retard et une inertie de statue à tous mes mouvements, impulsions pour commencer la marche, changements de direction. Mais, quand elle avait mis son pas dans le mien, elle marchait assez longtemps, sans rien dire. Curieusement, je pensais alors à la marche d'hoplites sous le bouclier ou à une progression sur une dangereuse arête. Elle ne regardait que le sol en marchant et ne levait la tête vers le paysage que lors des haltes. Elle me demandait quelquefois si la recherche progressait sur sa maladie, dans mes réponses, j'oubliais qui j'étais, devenais irrationnel, cherchais des mensonges. Sa maladie était dominée par une raideur impressionnante, ses muscles étaient comme tétanisés, mais son entendement ne me paraissait pas atteint. Toute sa vie, elle avait adoré lire et je me souviens qu'après ma relecture d'« À la recherche… » dans ses volumes de la Pléiade qu'elle m'avait donnés à son départ de Sarlat, je lui parlai d'une page que je venais de lire où Robert de Saint Loup et Rachel marchaient dans un verger de pommiers en fleurs. « Oui, oui, les fleurs des pommiers éclairaient son visage », me dit-elle alors. Ces quelques mots m'indiquaient que c'était bien de la même lumière dont elle se souvenait en me parlant, celle des bouquets blancs et roses qui, comme une arche, éclairaient le visage de Rachel. Je n'eus pas le courage de dire non à Georges qui voulut l'amener dans une clinique à Bordeaux « spécialisée dans la maladie de Parkinson » ni lui dire que ce n'était pas exactement cette maladie qui la mordait si fort… Un médecin de cette clinique m'assura au téléphone qu'il y avait « quelque chose » à faire. Georges et moi l'accompagnâmes donc à Bordeaux où elle dut rester une semaine pour un bilan inutile, rien n'avança dans le diagnostic et le traitement proposé, j'avais été complaisant en acceptant ce séjour. Simone et Georges nous téléphonèrent quelques semaines plus tard, son état s'était aggravé et ils ne pouvaient plus faire face. Ils ne pouvaient plus la lever sans aide.

Nous trouvâmes alors une maison de retraite médicalisée rue Condorcet, à 10 minutes de notre maison rue de l'Abbaye. Les places se libéraient aux décès de pensionnaires, un jour, j'appelai le Coux et ma mère dut venir en ambulance, je l'attendis devant cette maison d'aspect bourgeois qui ne faisait pas trop hospice. Derrière des grilles et un portail qui ne s'ouvrait qu'après un appel par interphone, un grand séquoia, dont les racines mangeaient tout l'espace d'un petit jardin, s'élevait devant la porte principale du bâtiment qui obéissait à un autre code. Le hall était encombré de vieillards en fauteuil, penchés sur leur accoudoir par la pesanteur de leur tête, impatients devant la porte de la salle à manger qui devait s'ouvrir d'un moment à l'autre. La scène était transpercée de quelques gémissements et nous connûmes l'odeur qui devait coller à nos habits lors de chaque visite. L'ascenseur nous amena enfin à une chambre neuve et surchauffée, certains de ses meubles étaient déjà là. Nous avions affiché aux murs quelques reproductions de ses peintres préférés, et mis bien visibles des photos de ses enfants et petits-enfants sur son buffet. Une télévision faisait face au lit. Nous pendîmes aux cintres des habits qu'elle ne mettrait plus. Pendant quelques mois, elle put encore prendre ses repas de midi dans le réfectoire, elle était alors presque immobile et mangeait avec difficulté, ses voisins de table étaient silencieux, et comme elle, enfermés dans le reste de leur mémoire. Nous allions parfois manger avec elle, occupant alors toute la table ronde d'une petite dépendance du grand réfectoire ou encore, à cette époque, la chercher quelquefois le dimanche après-midi, puis ces sorties furent impossibles.

Quand deux ou trois fois par semaine, je rentrais du CHU un peu plus tôt, j'allais voir ma mère avant le dîner. Marc, déjà en pyjama et grosses pantoufles à oreilles de Mickey, venait souvent. Alors que le couvert était souvent déjà mis, nous quittions la cuisine où Helga finissait de préparer le repas et montions dans la voiture encore tiède de mon retour. Dans mon souvenir, c'était toujours la nuit noire de novembre, les lumières douces du tableau de bord éclairaient vaguement, Marc en pyjama suçait le pouce de la main qui tenait aussi son doudou. Nous allions lentement, mais les phares éclairaient vite le séquoia en retrait de la grille de la maison de retraite. Il faisait chaud dans le hall, les lumières tamisées éclairaient çà et là les vieillards qui tentaient de redresser leurs têtes à notre passage. Flottait la légère odeur doucement fétide, tenace aux efforts du personnel. Les lustres du restaurant au bout du couloir étincelaient derrière l'encombrement des fauteuils roulants devant l'entrée encore interdite. L'hôtesse souriait au passage de Marc qui courait dans le hall pour appeler l'ascenseur (second étage, chambre 7).

Elle nous attendait (est-ce bien ce soir ?), récemment peignée, ses cheveux avaient une forme qui jamais ne fut la sienne. Bien que figée maintenant et que sa tête ne déviât pas d'un pouce vers nous, elle nous accueillait d'un gloussement et d'un sourire de quelques traits alors que nous nous mettions devant elle. Marc lui disait alors le « Bonjour Mémé ! » et lui donnait comme chaque fois que nous venions la petite pichenette sur le crâne qu'elle attendait et qui déployait un sourire en coin, désordonnant un peu ses cheveux, dont une mèche s'écroulait. Mais, déjà, je savais que je n'avais rien à dire et rien à faire que d'être venu. Marc allumait la télé et réglait le son, ce qui s'y disait nous paraissait si étranger qu'il l'éteignait en partant, plaçant la télécommande dans la main immobile de sa grand-mère. Les carreaux embués de la fenêtre de la chambre surchauffée donnaient sur le noir opaque de la nuit. Il n'y avait que deux ou trois de ses meubles, comme une référence minimale de Sarlat, quelques bibelots et photos, rien n'était à ajouter, la chambre était parée pour le grand voyage. Peut-être manquait-il des photos qu'elle aurait aussi voulu voir, mais nul ne savait ce qui était enfoui dans sa mémoire. La salle de bains avait d'étranges accessoires en plastique et caoutchouc, auxiliaires hygiéniques du personnel professionnel. Personne d'autre que les visiteurs ne se contemplaient dans le miroir. La maladie qu'elle avait ne se traitait pas, elle ne demandait plus si des chercheurs s'intéressaient à ces cas, si les connaissances sur ce mal mystérieux avaient progressé, s'il y avait de nouveaux médicaments. Son corps était raide, lourd et encombrant, la redresser dans son lit pour glisser un traversin nécessitait deux personnes, tous ses muscles étaient contractés, son corps était arqué. De temps en temps, sa main tapotait le drap pour attirer l'attention, ses doigts seuls, faits de cette chair un peu blessée par sa vieille bague, n'étaient pas figés. Pourquoi vivait-elle, pourquoi la laissait-on vivre, que voulait-elle ? Ces questions étaient toujours repoussées. Sa maison vendue, tout étant maintenant dispersé, isolée du monde, elle n'avait plus que cette chambre. Si nous étions heureux de venir, même pour si peu de temps (ce qui concourait égoïstement au bonheur de ces visites), chaque minute augmentait notre impatience, « Il nous faut bientôt partir, nous n'avons pas encore mangé et Marc doit se coucher tôt, etc., etc. Demain, peut-être, je reviendrai avec Adrien. On te téléphonera... », disais-je souvent. Mais, après une longue sonnerie, une voix éraillée ne dirait souvent que « allô ? » et le combiné tomberait... « C'était pour te dire qu'on ne viendra que demain. » Nous revenions vers la maison, soulagés, heureux dans la voiture. Nous pouvions maintenant l'oublier cette nuit, peut-être pour quelques jours.

Bien sûr, son état devait vite s'aggraver, manger lui devint difficile et elle fit finalement une impressionnante fausse route et dut être hospitalisée. Quand je me rendis dans le service qui l'avait accueillie à l'hôpital, l'infirmière me mena à une chambre de trois lits où elle était seule. Elle était allongée sur le dos, dormant la bouche ouverte, son visage de lutte semblait indifférent à tout. Nous décidâmes de pratiquer une gastrostomie qui la nourrirait sans fausses routes. Que pouvions-nous et que devions-nous faire ? Elle revint rue Condorcet, elle était plus calme, un flacon de nutriment se vidait lentement dans son estomac. Elle ne me regardait plus quand je venais.

Elle mourut quelques jours après que je fis un rêve. Ce rêve occupait le plan légèrement agrandi et déformé d'une image noire et blanche qu'on regarde au travers des larmes. Ce que je percevais d'abord était le bruit de mes sanglots s'épanchant en poussée continue de mon corps révulsé, de mon visage crispé et inondé. Elle me regardait avant que je l'eusse endormie, introduisant des comprimés broyés dans le tube de nutrition, avant que mes gestes mécaniques poursuivent alors des préparatifs (seringues, ampoules), alors que mon visage était laissé à l'abandon de lui-même, et mon âme pressée comme une éponge. Alors qu'elle râlait, ses cheveux blancs collés à ses tempes, l'image de mon rêve était un visage de jeune femme, plus jeune que je ne l'avais jamais vue, sortie encore certainement du vieux cahier de Simone. Photo d'après-guerre, agrandie, mélange de netteté et de flou des souvenirs – qui ne sont que des sentiments. Elle me contemplait alors pleurer sans me parler, ses cheveux avaient encore l'encorbellement haut sur son front, comme ceux des portraits de Gala, onirique dans le rêve même, icône maternelle. Là, je pleurais le retard de toutes mes larmes, cette dernière fois où je l'avais vue, déjà seul avec le passé où rien ne peut plus bouger.

Nous n'étions que très peu, en ces terres étrangères, lors de son incinération, Simone et George venus de Dordogne, Jacques, Marc, Adrien, Muriel et Helga. Avant que le cercueil ne glisse derrière une sorte de rideau de scène pour la crémation, nous écoutâmes Yves Montand chanter « Avec Paulette », c'est vrai qu'elle était fille de facteur. Elle avait depuis longtemps cotisé pour que la cérémonie soit prise en charge. Ce fut pratiquement tout.

Mais, pendant les mois et peut-être les années qui suivirent sa mort, d'autres rêves d'elle parasitèrent mes nuits. À l'occasion de voyages, presque toujours en vacances, un nom de ville, de village ou d'institution me rappelait que je n'avais pas rendu visite à ma mère depuis des années, je réalisais, effrayé, mon total oubli de son existence. Dans l'impossibilité de revenir en arrière, m'envahissait alors une infantile et urgente volonté de réparer cet oubli. Était-elle toujours vivante ? (Je m'interrogeais sur l'absence de courrier de sa part.) Aurais-je le temps de passer la voir aujourd'hui ? Que penserait le personnel, savent-ils qu'elle avait un fils ? Pourquoi cet oubli me demanderait-on ? Me reconnaîtrait-elle si je passais la voir ou serait-elle comme une folle distraite ? Voudra-t-elle seulement me voir ? Et, si elle était morte, pourquoi ne m'avait-on pas alors prévenu ? Ce terrible mal l'avait-il empêchée de se plaindre, de pleurer, de m'appeler ? Était-ce bien toujours dans cette institution, après cet embranchement sur la route de Grolegeac, qu'elle m'attendait ? Mais, chaque fois, il était possible de la voir quand je disais que j'étais son fils et je la retrouvais vivante, rassuré qu'elle ne meure jamais pendant toutes mes absences. Elle allait mieux, même sans moi, elle faisait des pas et, quelquefois, malade enjouée, elle était debout sur son lit ; comme était rajeuni son corps ! Quand elle me voyait, il n'y avait pas de reproches, comme si je l'avais quittée hier ou comme si elle avait aussi oublié que je l'avais oubliée, peut-être était-elle si heureuse ici, qu'elle y resterait toujours. Dans cette attente, elle avait dû penser à moi, mais lors de mes visites, elle avait le regard des amnésiques et nous ne disions jamais rien. D'autres fois, son image extrêmement précise m'arrachait d'un sommeil sans rêves ; flashée de lumière blanche, crue et violente, elle apparaissait en robe de chambre, un halo de cheveux gris sur son visage dans l'apparat des matins à Sarlat. Dans ces rêves, ce que je percevais était un double manque, car ces faux oublis n'avaient pas de sens. Mais maintenant, elle est morte, me disait alors ma conscience à mon réveil, et j'étais soulagé.

***

La maladie de ma mère et sa mort avaient renforcé notre distance avec la Dordogne, la maison de Sarlat avait été vendue, j'étais alors aussi envahi par mon travail. Pendant plusieurs années, nous n'allâmes plus à Moncalou que deux semaines l'été. Mon père ne vint plus à Nantes après que ma mère avait dû quitter le Coux. Josette avait rejoint la grande maison, ils n'appelaient plus que rarement. Puis l'état de santé de mon père déclina, une lente et pernicieuse maladie nécessita un séjour à Nantes, et son traitement fut ensuite suivi à l'hôpital de Cahors.

Une atmosphère singulière d'apaisement régnait

maintenant à Moncalou. Un jour, je rangeai mon travail et, sous le tilleul du pré du Cuvier, attablé à la vieille table en plastique vert délavé, j'écrivis quelques notes au verso de brouillons. Il avait fait orage dans la nuit et ce matin un air vif faisait penser à la montagne. L'après-midi, mon père avait fait la sieste et s'était réveillé dans un cauchemar. Hagard, il avait alors appelé et je montai dans sa chambre. Il était debout en chemise, les jambes nues, ses lunettes avaient laissé de profondes traces sur son nez comme s'il les avait gardées en dormant.

— Mais quelle heure est-il ? Il est déjà midi ? me demanda-t-il.

— Non, mais tu t'es levé tard et tu as fait la sieste. Hier, tu as aussi déjeuné tard dans ta chambre et il a fait orage cette nuit.

— Mais, c'était hier, non ? Quel jour sommes-nous ? Pourquoi, dis-moi la vérité, explique-moi !

— On est mardi, tu vas le voir sur le journal.

— Je ne sais pas ! Redis-moi dans l'ordre ce qui s'est passé, reprends tout !

— Il y avait aussi trop de monde hier soir ! Tu as simplement mal dormi à cause de l'orage, des bourrasques, comme je t'ai dit. Tu as encore déjeuné dans ta chambre et tu t'es rendormi, c'est normal qu'on dorme mal à ton âge certaines nuits ! Ça m'arrive à moi aussi, on confond les heures quand on se réveille ! Tout va revenir normal !

Le temps se remettait alors lentement en place, mais nous le pensions maintenant tous les deux, cela avait donc bien eu lieu...

Le lendemain, je rêvassais en l'attendant encore sur la terrasse surmontée d'un entrelacs de vigne vierge et de bignonias. Des lauriers roses en jarres et d'autres fleurs en pot disparates étaient aussi disposés sur le muret. Dans le silence, les insectes et la chaleur prenaient possession du matin. L'ombre du figuier cachait le soleil et, reste de l'arrosage, il y avait comme un brouillard d'humidité qui isolait la terrasse et faisait un très fin halo autour de la table ronde, les fauteuils verts étaient jonchés de quelques cadavres de fleurs de bignonias. Vers dix heures, j'entendis son pas lent racler les marches de bois de l'escalier et la membrure de la rampe craquer. Il avait encore déjeuné dans sa chambre et s'était longuement rasé. Ses cheveux, trop longs, avec cette frange horizontale qu'il avait encore trop raccourcie aux ciseaux, étaient mouillés et portaient les sillons du peigne qu'on voit chez les vieillards après la toilette. Bien que la journée s'annonçât chaude, il hésita à venir sur la terrasse si tôt, mais nul souffle ne le découragea et il s'assit enfin sur son fauteuil avec le coussin. Il déplia *Le Monde* que je lui avais rapporté de Salviac, regarda les titres d'un air absent et le repoussa ouvert sur ses genoux, rien ne retenait plus son attention que la terrasse. On ne reparla pas de sa désorientation d'hier soir, ce matin tout était normal, la terrasse comme une grotte de pénombre, la lumière, les fleurs. Rarement, un souffle dolent froissait les feuilles du figuier. La chatte, inclinant sa tête, passait et repassait contre lui, frottant en câlines véroniques toute la longueur de son corps sur le bas de son pantalon. De l'autre côté du chemin, par moments, une matinale cigale occupait le silence, ou une tourterelle venait geindre sur le tilleul. On se rassurait aux taches de lumière se mouvant lentement sur la table, sur les pierres de la terrasse encore humides de l'arrosage, sur nos chemises, sur son chapeau de paille de guingois. Un orage avait tourné sur d'autres collines, plus loin sur le Lot semblait-il. Aucune musique, aucune phrase, aucune opinion sur un quelconque sujet auraient eu un sens. Il n'y avait que le présent sur la terrasse où Matisse, du bout de son bâton, peignait les taches de lumière, les bignonias, les branches de figuiers, où de pensives volutes de fumée s'élevaient de la pipe de Mauriac sur une véranda, où Le Che, comme un hologramme, se reposait un moment, attentif à son seul cigare. Un monde de rêves se dépliait sur la terrasse, mais *Le Monde* ne s'y ouvrait plus, les nouvelles se perdaient dans le lointain, comme un bruit d'avion. Il fallait donc aussi, maintenant, qu'il meure.

Quand je revins quelques mois plus tard, il avait dû abandonner sa chambre pour l'ancienne salle à manger qui était devenue une chambre de grand malade au rez-de-chaussée. Elle était maintenant encombrée d'un lit médicalisé, d'une table aux tubes nickelés à hauteur réglable pour ses repas au lit, d'une chaise percée. Tous les jours passaient un kiné et une infirmière. Rentrant à Nantes, je pensais à une chanson qu'il aimait fredonner, une chanson de colo des Contamines. Elle disait de ne pas oublier un chemin, « le chemin des ombres douces » qui amenait vers le camp, les chants. Elle demandait aussi à ce chemin de ne pas nous oublier, quand nos pieds, nos vies seraient passés. Elle était la plus simple, d'une éternelle fraternité, elle ne parlait pas d'amour et revenait toujours quand on pensait l'avoir oubliée. Je m'imaginai la chanter le jour où il mourrait, mais lui seul savait vraiment la chanter. Je revoyais son pas d'il y a si longtemps, descendre le petit chemin de mousse, vers le camp, les chants.

Mais, quelques jours après ma visite, il dut être hospitalisé à Gourdon. Jacques qui était alors arrivé m'envoya de son iPad une photo de lui. Les couleurs délavées accentuaient sa pâleur et il regardait intensément l'objectif avec un sourire de défi, presque joyeux. Bien sûr, il savait qu'il fallait mourir maintenant, ce qui advint sans que je le revisse alors qu'il était revenu à Moncalou pour quelques jours d'accalmie. Quand nous arrivâmes pour les obsèques, je vis dans le coin de la salle de séjour, allongée dans un petit lit, une forme que je n'approchai pas, d'où semblait s'échapper vers moi un champ vibrant. D'un unique regard jeté à quelques pas, je vis son visage épuisé, amaigri, ses narines pincées. Sous les draps, son corps ne semblait pas faire plus de volume que celui d'un enfant. La maison était envahie de gens du village et de cousins qui se taisaient à l'approche du lit alors que, comme soulagés, leurs jacasseries reprenaient quelques mètres plus loin.

Je montai dans sa chambre où les fissures dans le plâtre du mur semblaient plus apparentes, un drap blanc couvrait maintenant, comme un linceul, une bosse de draps et de couvertures pliés. Tout le reste, photos, Leica CL sous cloche de verre, les livres à la couverture exposée, l'affiche du Faune de Picasso, la table de nuit surchargée de tubes de médicaments sous l'abat-jour en laine tissée, des livres encore, sa radio, tout était encore intact. Tous ces objets qui avaient tant calmé son angoisse auraient pu, comme dans la chambre funéraire d'un pharaon, être placés dans sa tombe. Au dire des habitués d'obsèques, il y eut foule à son enterrement. L'accordéoniste de Balatz accompagna « l'Âme des Poètes » de Trenet que chantèrent quelques amis. Puis vint mon tour où je laissai échapper un flot de paroles censées décrire ce qu'il fut, mais qui parlèrent autant de moi.

III

Effectivement, tu es en retard sur la vie
La vie inexprimable
R. Char

La Platte, Gina, l'hôtel du Martinet, Chennai, écrire, la chambre du bas, Hongkong, le balcon, confinement.

En peu d'années, après la mort de ma mère, de Tati Paule, du père d'Helga et de mon père, Simone fut emportée par un cancer foudroyant et Georges retrouvé noyé dans une flaque au bord de la Dordogne, s'était-il suicidé ? La place était maintenant presque vide de nos parents, seule restait Gina, la mère d'Helga. Elle habitait maintenant encore dans cette petite maison du Kwakel près de l'Amstel alors qu'avait été abandonnée leur maison d'Alexander Boers Straat d'Amsterdam avec son furtif sentier d'enfants qui débouchait sur Vondel Park. Muriel habitait déjà Séville et allait être mère pour la deuxième fois, Adrien était médecin et Marc encore en fac. J'étais grand-père.

Nous avions alors une sorte d'aversion pour Moncalou et nous cherchions une maison de campagne dans les environs de Nantes. À cette époque, nous allions souvent pique-niquer le dimanche dans le « marais breton » vendéen sur les levées de digues ou à distance de la mer sur les charrauds herbeuses longeant les fossés, où broutaient de rares moutons noirs. Là-bas, dans toutes les directions, la terre n'était qu'une ligne vert pâle, le ciel était immense. Après avoir visité bien des maisons isolées dispersées dans le marais, l'agent immobilier désespéré quitta une petite route de gravillons et s'engagea dans un étroit chemin, bordé de Tamaris et de quelques Narcisses. Apparut alors un pré devant une basse longère à la toiture un peu cabossée et adossée à une dense barrière de cupressus et entourée de l'eau de mer des fossés. Les maisons les plus proches étaient à peine visibles. C'était un jour d'avril où, cachant un moment un vif soleil, de soudains grains faisaient rage. Le pré devant la maison était inondé et les gouttes de pluie lancées à l'horizontale par un vent furieux brillaient à la lumière. Quand, abrités sous nos manteaux comme sous une bâche, nous courûmes vers la porte alors que l'agent essayait d'ouvrir quelques contrevents récalcitrants, ni le froid humide, ni l'obscurité, ni même l'abandon de pièces par la propriétaire qui semblait n'avoir vécu que confinée dans la pièce principale de la maison ne nous repoussèrent. Cette maison isolée nous dit qu'elle pouvait effacer tous les sortilèges, elle était ce dont nous rêvions et elle était là, si réelle devant nous. « La Platte » n'était qu'à une petite heure de Nantes et nous partîmes y travailler tous les week-ends. Pendant que j'élaguais les tamaris, effondrais et dépeçais quelques grands cupressus qui enserraient trop la maison, entassais des réserves de bois pour l'hiver, dégageais une terrasse qui avait été oubliée sous la terre herbeuse à l'arrière de la maison, Helga aménagea une cuisine chaude comme une cambuse, plâtra les fissures, repeignit des pièces, mit ses petits rideaux hollandais de dentelle aux fenêtres. Harassés par ces journées, nous mangions sur la bande cimentée qui servait de terrasse le long de la façade regardant au sud, silencieux devant les fossés qui se remplissaient et vidaient chaque jour avec la respiration de la marée, et la fuite de la platitude des prés jusqu'à l'horizon. Nous achetâmes des lits, quelques chaises supplémentaires, et décidâmes enfin d'y séjourner quand l'été arriva. Partant un jour plus tôt que de coutume de l'hôpital et pour trois jours, j'eus l'impression de déserter ma vie, tant le dépaysement me saisit quand nous y arrivâmes pour y dormir pour la première fois, un vendredi de juillet. Je me souviens être si fatigué de la semaine, qu'entrant dans le pré, je restai un moment dans la voiture que j'avais laissée terminer ses derniers mètres en roues libres, comme une barque ramenant un nageur épuisé. Mais il faisait un si grand soleil, allié à ce vent qui presque jamais ne tarit dans le marais et qui toujours rafraîchit l'air, que tout autour de nous s'insuffla alors un sentiment de liberté qui effaça la fatigue. De ce premier week-end, je garde des souvenirs qui, paradoxalement, me semblaient plus appartenir à une autre personne qu'à moi, tant la nature et la nouveauté faisaient de nous des étrangers. Ainsi, l'histoire qui aurait précédé cette banale journée aurait pu changer, être celle d'un couple adultère qui vivait une histoire d'amour ou d'un couple qui revenait d'un long exil. Cette maison aux portes et fenêtres entrouvertes, mues par le vent, aurait pu aussi n'avoir été pour nous qu'un refuge loin de la ville, un secret suffisamment gardé pour qu'on n'y redoute nul intrus. Le vent et le ciel en étaient le décor, la voiture là-bas abandonnée dans le pré, vitres baissées et portes laissées ouvertes, se laissait visiter par le vent. Dans ce roman-là, nous percevions une inquiétude qui allait bientôt finir ou peut-être durer toujours. Il n'y avait pas d'enfants ou, ayant grandi, ils étaient maintenant absents. C'était comme si, après des fortunes diverses, des remords, de la fierté, la vie nous avait déposés là. Ainsi, il n'y avait pas de finitude dans cette maison cachée, une autre journée pouvait aussi s'imaginer. Ce vent qui agitait les Tamaris du chemin, qui ondulait l'herbe du pré, ne dérangeait cependant pas le calme des pièces, ne claquait ni portes ni volets. Bien plus haut que les mouettes batailleuses, de lointains goélands, traits blancs au zénith du ciel, ascensionnaient dans l'azur éblouissant et décrochaient en vertigineux glissandos. Si l'on suivait le vent qui avait entrouvert la porte du couloir longeant la façade, les restes d'un repas sur la table de la cambuse et la sourdine crachotante d'une radio indiquaient une présence invisible. Dans une chambre, où seuls d'imperceptibles remous témoignaient des torsades du vent sur les prés environnants, épuisée, elle s'était jetée en travers du grand lit. Elle avait au cou cette fine chaîne d'or qu'elle ne gardait que le jour et laissait ses yeux entrouverts, seulement attentive aux facéties de jeune chien du vent. Il retrouvait, dans son visage et ses cheveux défaits, l'exactitude de ses traits, le lait et le miel de sa carnation, le bleu vert pâle de ses yeux, tout ce que sa vie sans tache avait placé maintenant dans la justesse de sa maturité. Il humait son corps odoriférant, ses seins pressaient la petite chaîne sur son cœur et ses bras si légers lui enlaçaient la tête. Immobiles et silencieux, leurs esprits suivaient le cycle des oiseaux à l'assaut du ciel au-dessus de la maison abandonnée au vent, songeant à tout ce qui les avait jetés là, cette après-midi de juillet.

Il nous manquait une petite table pour manger sur l'étroite terrasse au ciment fracturé par les sécheresses face, au loin, au clocher du village indistinct. Nous allâmes alors au Super U de Beauvoir en acheter une, avec café, vins et victuailles pour le week-end. L'étroite route du port du Bec était encombrée des tracteurs ramenant les plates de la marée, alors que d'autres continuaient de remonter en longue file le chenal. Des hommes en hautes bottes attachaient des remorques, faisaient le plein de fioul. Des femmes, pleines de fierté, cheveux au vent, debout sur les plates-formes trépidantes emportées par les tracteurs impatients, rejoignaient les maisons. Le soir, les rayons du soleil – libres ici de tout obstacle – ne nous quittèrent que très tard, à l'heure où les rues des villes s'endormaient déjà. Nous regardâmes alors venir la nuit transparente. Posée sur l'horizon, la ligne des premières lumières du village, espacées comme les flambeaux d'une caravane, clignotait faiblement quand un projecteur inonda d'une lumière de sable le clocher de Bouin, lui donnant l'aspect du minaret d'une mosquée sous les étoiles. Fenêtres ouvertes, vaguement inquiets dans cette étrange solitude, nous écoutâmes la nuit vivante de bruits animaux. De vigoureux battements d'ailes froissaient les ramures des cupressus, des chouettes hulottes s'appelaient. La nuit était chaude et humide avant que je ne rêve et qu'enfin nous nous endormîmes comme au fond de la mer. Mais l'aube me réveilla tôt et le jour se levait quand je sortis en silence du lit, lavé de toute fatigue. Une rumeur de vacarme de cris d'oiseaux de mer, les premiers rayons mélangés aux brumes déjà envahissaient la scène quand j'ouvris la porte. Les odeurs et les insectes n'avaient pas encore quitté les ombres, sur les charrauds herbeuses, des bêtes à poil étaient levées par la lumière. La nuit était finie, déjà le matin hurlait.

Je filai maintenant pour ma première balade à vélo autour de la Platte. Dès le tronçon de route blanche qui prolongeait le chemin où les petits cailloux craquaient sous mes pneus, j'entrai dans les choses inouïes qui se passent si tôt sur les routes et les chemins, par-delà les clôtures. J'allai vers le vacarme de la vie, partout la joie éclatait. Mes jambes tournaient avec entrain, la route se penchait et se redressait avec moi, serpentait. L'eau rangée des étiers, les prés drus, les vaches, tout luisait comme un printemps, les carreaux de fenêtres de maisons dispersées étincelaient soudain comme un éclair dans la lumière et tous les bruits montaient avec la brume de chaleur ! Un ciel d'ardoise s'élevait vers la mer, mais la lumière était partout. Devant moi se dressèrent alors les fûts gris-bleu de moulins éoliens que l'ombre confondait encore avec les nuages sombres. Puis les rayons de lumière coururent dans les champs et d'un coup en éclairèrent le fut et les pales qui jaillirent, blancs sémaphores multiples et puissants, se mouvant en jeux composés dans l'ombre des dernières vapeurs puis dans la lumière qui les rallumait plus fort ! C'était comme un miracle, des gouttes de pluie volaient de là-haut, le ciel et les champs étaient brassés, les round-baller avaient semé dans le polder comme une nuit étoilée dans le grand jour. Tout se criait dans la lumière, là-haut je voyais rire le temps, le monde avait remplacé l'amour ! Je délirai ! et me vint alors comme un poème que j'écrivis dès mon retour :

Dites-lui merci ! Dites-lui merci ! Dites-lui merci !

Derviches d'ozone ! Christs éoliens !

Sisyphe des marais ! Dali des salines !

Quichottes exilés, vos regards indifférents

Sous vos sourcils arqués fixent les changeantes nues

Pendant qu'au-dessus de moi, vous pédalez dans le temps !

***

Les mois passèrent sans que nous nous fatiguions de cette solitude, de la nature et des animaux qui nous entouraient. Les lièvres profitaient de la sécurité à l'arrière de la maison amie. On pouvait, à travers les carreaux d'une fenêtre, observer la minutieuse procédure de leur toilette, lissant une oreille après l'autre, une patte après l'autre, ils aimaient jouer avec les pigeons ou des canards attardés. Le matin, nous n'apercevions qu'un moment les lapins qui rentraient dans leurs terriers dès que nous ouvrions la porte, mais nous en vîmes aussi en plein jour avec une moustache d'herbe fraîche dans la gueule s'affairer vers leur terrier ! Les lézards et les reinettes entraient sans crainte dans la maison. Les avocettes curieuses me suivaient un moment dans mes promenades, flottant au-dessus de moi, de leur vol aussi fragile que celui d'un avion en papier dans une cour d'école. Les cupressus abritaient des chouettes, des merles, et les pigeons dérangés claquaient des ailes au sommet de leur vol. Il arrivait que, le vendredi soir, nous découvrions une canne tadorne couvant dans l'appentis. Les ragondins tordaient l'herbe en courts épis et, à notre approche, se coulaient dans l'eau du fossé, ne laissant qu'un nuage de vase. Sur le sol meuble du chemin, des huppes fasciées, au vol imprévisible, venaient souvent nous voir, déployant soudain l'éventail de leurs huppes. Ou, redoublant brusquement la vigueur des saccades de la pioche de leurs becs sur le chemin, ramenant ces gros vers noirs d'elles seules connus, puis elles s'envolaient en déroutants zigzags, leurs gestes et décisions semblaient toujours improvisés ! Tard le soir, nous suivions le vol des hirondelles, leurs interminables circuits en huit, frôlant l'herbe, et faisant quelquefois de virtuoses incursions dans la maison.

Nous ne fîmes ainsi que de tardifs amis, nos relations se limitèrent longtemps aux commerçants, aux artisans, au bureau de tabac et marchand de journaux, au facteur. Mais un jour, sortant du bureau de tabac « l'Isle de Bouin », face aux marronniers du parvis de l'église, je vis de dos un homme en casquette bleu-gris, dont la silhouette de prolétaire me rappela assez quelqu'un pour que je le hèle soudain tout haut (à la surprise d'Helga) d'un fort « Crac ma poule » ! Et Jean-Pierre, que je n'avais plus vu depuis mon retour de Boston, se retourna et devint notre premier ami à Bouin ! J'avais connu Jean-Pierre, électricien maintenant à la retraite, rue Léon Jost où j'habitais à l'époque. Jean-Pierre louait une petite chambre chez Jean G. qui habitait juste en face. Leur maison rue L. Jost était une colocation avant l'heure. L'été, on entendait des musiques différentes sortir de diverses fenêtres ouvertes sur le jardin, Charlie Christian, Wes Montgomery (G. grattait la guitare), Bud Powell, et souvent Coltrane. Mais Jean-Pierre, le prolo qui disait souvent « Crac ma poule ! » pour sceller un accord indéfectible, avait tous les disques des Rolling Stones qu'il passait et repassait. Nous parlâmes de Jean, qui venait encore souvent chez nous quand nous étions dans notre maison porte-bonheur, Helga (dont G. aimait le parfum) nous roulait du Samson, on parlait politique, musique et livres. J'avais rencontré Jean G. les premiers jours de mon arrivée à Nantes, juste après Mai 68. Il habitait alors une petite piaule à l'entresol d'un escalier de pierre humide de la rue des Trois Croissants. On s'appelait toujours par notre patronyme. Ses parents étaient profs à la retraite, cadres du PC qu'on disait « Stal », G. vendait l'Huma aux manifs. Après mon voyage à Moscou, je compris l'insistance des questions que J.P Merrill posait au fellow français qu'il aimait inviter à sa table au Harvard Club, mais comment aurais-je pu expliquer que Jean avait mis un bulletin nul au deuxième tour de la dernière élection présidentielle en mai 2002 ? Chirac ou Le Pen, c'était blancs bonnets et bonnets blancs pour lui ! Changer d'avis aurait été trahir un peut-être croyait-il cette histoire de bonnets. Mais Jean était un ami que je ne pus jamais répudier. Il venait quelquefois à Sarlat où nous faisions d'interminables parties de tennis au Plantier qu'il finissait toujours par gagner (mais je me vengeais à vélo, où il manquait un peu de niaque). Il devint aussi un habitué de Moncalou, il dormait alors à la grange récemment aménagée. Sur de vieilles photos, il donne le biberon à son fils sur la terrasse, ou il joue du blues à la guitare (avec son repose-pied), ou fait encore une partie de dames avec Tatie Paule. Un jour, j'appris qu'il avait fait un voyage à Rome avec mon père et Josette, ils ne m'avaient rien dit, j'étais devenu trop compliqué, je les mettais mal à l'aise avec eux-mêmes. Mais G., qui fut témoin à notre mariage, était déjà mort d'un cancer à l'époque où je croisai Jean-Pierre à Bouin, il n'avait pas 60 ans.

C'était la première fois que j'allais aux obsèques d'un ami de mon âge, Jean G. était mort dans les contradictions de la vie, sans possibilité de retour. Vivant dans mes propres contradictions et mes propres renoncements, les détails de la cérémonie de ses obsèques prirent pour moi une signification démesurée. Au moment de sa mort, il vivait avec une élue d'une municipalité de la couronne rennaise. À l'abord de la cérémonie, la police municipale guidait une file impatiente de voitures vers le parking, les gens vaguement endimanchés s'acheminaient vers le cimetière paysager, je ne reconnaissais que peu de visages. Les « proches » avaient reçu un coupon pour le parking du cimetière. Sur une pelouse de terre rétive de confins de villes, des rangées de chaises réservées accueillaient les « officiels amis » de l'élue (que faisais-tu, G., dans cette galère ? me demandai-je). On supposait un corps (mais tu n'existais plus) dans le cercueil verni sur une estrade qui attendait les couronnes de fleurs. Dans un lent défilé de recueillement, sous les regards, des proches déposèrent des bouquets, d'autres une rose rouge avec la simplicité affectée de Mitterrand rue Soufflot. Sur l'aile de ce front déjà garni s'installaient ses anciennes familles éparses, quelquefois indistinctes comme des familles d'accueil. Les « moyens proches » que nous étions flanquaient, en retrait, l'arc de cercle des chaises officielles. Une photo de lui en pied, appuyée au cercueil, faisait face aux chaises entre des haut-parleurs qui encadraient la scène, une maîtresse de cérémonie veillait imperceptiblement aux détails. On dit qu'il avait choisi la musique de la cérémonie. Brassens, « Heureux qui comme Ulysse… Qu'elle est belle la liberté ! » – c'est vrai qu'il était sans rancune avec la vie en attendant la mort – une ballade de Coltrane. Des amis d'enfance de Saint-Nazaire, fidèles seconds rôles, déplièrent le papier où ils avaient noté les « quelques mots » qu'ils lurent au pupitre devant le cercueil et le rang des chaises, de petites bourrasques leur disputaient le micro. Ils firent son portrait d'adolescent, insaisissable, gentillesse toujours, écoute, réserve, mystère et cette petite distance qu'il avait déjà. Un des fidèles qui te veilla en corrigeant des copies, quand tu soupirais et somnolais en attendant patiemment la mort, lut ce fameux poème de Rilke décrivant toutes les souffrances qu'un homme doit affronter avant d'écrire seulement le premier vers d'un poème. Un ami de lycée, en veste de cuir écorché, le décrivit adolescent assis sur les marches du perron de l'école, regardant passer « les grandes filles ». Un de nos copains de l'époque, prof de musique dont j'ai oublié le nom, joua un court morceau d'Éric Dolphy sur sa flûte traversière qui sonnait parfois comme un fifre, je te revis alors comme à rue Léon Jost. Marguerite qui donnait sa bohème rue des Trois Croissants manquait à la cérémonie, elle ne fut pas non plus de ceux qui te visitèrent dans ta chambre à l'hôpital quand tu n'en finissais pas de mourir. Était-elle morte, ignorante de ta propre mort, indifférente ? Des avions d'un proche aéroport ascensionnaient lentement, interrompant un moment les discours, et viraient là-haut à l'aplomb de la cérémonie, leur fracas me donnait alors encore plus d'envie de la vie. Dans un vent capricieux, ses enfants et des ados qui l'avaient adopté dirent quelques phrases et lurent un poème, puis fut donné l'enregistrement de l'adieu de son épouse. Dans les jours où il attendait sa mort, il ne laissait échapper que de rares soupirs quand les voix se taisaient dans la chambre, comme la fin d'une phrase qu'il ressassait. Il avait accepté ces veilles, gardant l'arrivée de sa mort convenable avec cette distance qui était son mystère.

***

Jean-Pierre et sa femme Catherine habitaient maintenant une bicoque juste sous la digue de La Couplasse. Mais Jean-Pierre avait si bien retapé cette petite maison au plafond bas, qui ne semblait pas figurer sur le cadastre, que l'intérieur évoquait maintenant celui d'un confortable petit bateau où nous aimions si souvent nous arrêter. Jean-Pierre était un bricoleur doué qui partageait avec Helga la faculté de trouver une solution à presque tous les problèmes qui pouvaient survenir dans une maison, machines en panne, fissures, fuites, instruments abîmés, etc., et il avait tous les outils dont pouvait rêver un bricoleur. Jean-Pierre passait des journées entières à bricoler de vieilles machines récupérées dans des décharges avec J.B, un ingénieur à la retraite qui avait beaucoup bourlingué en Afrique noire et en Chine et qui avait acheté une maison en face de leur bicoque. Dans ces joutes de bricolage (alors qu'ils se vouvoyaient toujours après deux décennies de voisinage), l'astuce de Jean-Pierre simplifiait souvent des situations inextricables qui avaient résisté à nombre d'appareils dotés de cadrans sophistiqués qui surencombraient le capharnaüm de son appentis. Quand J.B ne bricolait pas, il avait d'interminables conversations téléphoniques où il était question de locations d'orbites de satellites pour des Pays d'Afrique noire, d'un réseau d'ambulances triporteur – solution révolutionnaire – vendu à Lomé, de construction de vestiaires de stades avec douche pour le Mali ou simplement de commandes directes de fenêtres en Chine pour le premier étage de sa maison, fenêtres qu'il allait ensuite chercher au port du Havre avec Jean-Pierre ! Quand on passait le voir, on repartait souvent avant qu'il ne pose son téléphone.

Pupille de la Nation, Jean-Pierre avait travaillé sur les chantiers dès l'adolescence, il avait la connaissance de nombreux sujets et son jugement tranché de prolo me faisait réfléchir. Quand j'achetai Zelda, une plate attachée à un ponton près du petit phare du port Des Brochets, nous partions presque toujours ensemble à marée montante, explorant prudemment (il ne savait pas nager) le golfe de Bourgneuf vers les sables à palourdes que découvrait la marée en face de la pointe de Noirmoutier ou, pour les pétoncles, vers les rochers du Bec affleurant l'eau et qu'il ne fallait approcher que poussant sur la rame, moteur coupé. Alors que Zelda tapait bravement la houle et que nous discutions de tout, nous oubliâmes quelquefois de surveiller notre alignement sur le château d'eau de Saint-Gervais, touchant alors les petits rochers du fond sableux, notre hélice revenait aussi torturée qu'une oreille de pilier. Au retour, doublant la « bouée verte », je téléphonais rituellement à Helga qui détestait le bateau, mais passait vite chercher Catherine pour nous attendre toutes les deux à l'entrée du port, comme de vraies femmes de pêcheurs (mais très préoccupées par notre manœuvre d'accostage). Malheureusement, la dégénérescence maculaire dont Jean-Pierre commençait à souffrir s'aggrava et nos maraudes sur Zelda devinrent impossibles. Il ne se plaignait jamais et, bien souvent, se servait même de son handicap pour nous amuser. Il avait un tricycle qui lui permettait d'aller au village ou venir nous voir sans trop de danger. Il l'avait équipé d'un haut-parleur qui amplifiait des morceaux que son téléphone, répondant à sa voix, sélectionnait. On entendait alors de loin la musique des Pink Floyd ou des Stones venir, à puissance maximale, sur le chemin de la Platte. Puis Jean-Pierre apparaissait dans le pré, suivant avec attention le chemin de terre et, mettant pied à terre, il commandait alors (« pour nous écœurer ») un autre morceau en quelques mots murmurés à son téléphone et au petit haut-parleur cylindrique qui pendait au guidon, venaient souvent Bashung « Mon ange, tu m'as trahi » ou encore les Rolling Stones. Jean-Pierre était grand lecteur de romans policiers que nous échangions souvent et dont il dénouait très tôt les énigmes. Mes tentatives désespérées de bourgeois pour lui faire lire (ou écouter maintenant qu'il y voyait trop mal pour lire) Balzac, Stendhal, Dostoïevski et bien d'autres échouaient. Mais le jour où je lui apportai « À la recherche du temps perdu » en audio livre, dit par Gallienne, il n'osa pas blasphémer et dire « non, Proust, non ! » et il prit les CDs et un jour, désœuvré, il écouta le premier. Au fil des semaines, au fur et à mesure qu'il progressait et qu'il m'assurait que ces histoires de comtesses étaient ridicules, je le vis qui accrochait. Alors que le vent sifflait, à l'abri dans le petit cabanon de Zelda, regagnant le port Des Brochets, nous parlions alors de Charlus, des Verdurin, d'Odette ou d'Albertine. Il avait quand même un peu honte d'avoir lu tout ça, et revint aux polars qu'il jugeait si bien.

Honoré nous avait été recommandé comme homme providentiel au village par la propriétaire qui nous vendit La Platte. Je l'appelai un jour pour lui demander s'il pouvait faucher le pré et nous le vîmes arriver dans l'heure sur ce vieux tracteur qu'on aurait cru dessiné pour lui. Il avait placé bas, sur des yeux bleus, le tout petit chapeau italien que nous lui avons toujours vu. Il portait beau pour la soixantaine dépassée et les femmes craquaient devant son sourire de star du marais. Quand il eut d'un tour de main fauché l'herbe et relevé la barre de coupe, il nous rejoignit sur la terrasse pour nos premiers bavardages entre gens du marais et de la ville. Mais Honoré comprit un peu trop tard que j'étais « un client », comme il disait. Quand je lui avais demandé « café ? », il avait répondu « ben, pourquoi pas ! ». C'est là que, distrait, j'avais dit « bon, alors de mon côté un petit verre de blanc, comme pour Helga », là il comprit que je lui avais tendu un petit piège. Certainement, car il savait que j'étais « professeur », Honoré nous montrait qu'il avait des principes. Quand nous parlions de gens du village, il nous prévenait de qui était divorcé ou vivait en secret concubinage, qui était un « bon client », etc. Il ne manquait aussi aucun enterrement ni voyage en autocar du club de troisième âge : Luxembourg, Futuroscope, Lourdes, le Cirque de Gavarnie, plages du débarquement. Il en ramenait souvent des dessous d'assiettes en plastique exhibant des paysages verdâtres de sites touristiques éculés, sur lesquels il disposait les petits verres et la bouteille de vin blanc (« pas de café pour moi… ») dans sa salle à manger aux murs couverts de photos d'ados au franc sourire quand nous lui rendions visite. Nous sommes vite devenus des amis, mais c'était encore Helga sa préférée. Lors de nos premières années à Bouin, il organisait le feu de la Saint-Jean avec quelques voisins du « quartier » dont les maisons étaient dispersées loin dans le marais. Je l'accompagnais juché sur la plate-forme alors que son vieux tracteur menait vraiment un train d'enfer sur les charrauds (pour un gars de la ville, soupçonnais-je). Sans rien dire, jambes écartées, je m'agrippais des deux bras aux longerons à la recherche de vieux tas de bois oubliés dans ce marais qu'il connaissait comme sa poche. Quand le feu incendiait la nuit de la Saint-Jean, tout le « quartier » était là, tout un monde disparate mélangé. Tartes, saucisses, gros pain et vin s'accumulaient sur de vieilles planches à tréteaux, les visages rouges reflétaient les hautes flammes, Honoré frottait d'ail de grandes tranches de pain qu'il couvrait d'une épaisse couche de rillettes. Christian, le voisin, avait laissé son tracteur au bout du champ et jouait encore cette année « l'Amant de la Saint-Jean » à l'accordéon (« Comment ne pas perdre la tête, Serrée par des bras audacieux »), quelques-uns essayaient de danser sur l'herbe. Venait le concours de lancer de bouses sèches qu'Adrien gagna une année. Honoré connaissait chaque arpent du marais et les kilomètres de rochers, de sable et de vase que découvrait le reflux des marées. Lors de nos sorties, il marchait devant moi d'un pas rapide et infatigable vers ses gisements de pétoncles et de palourdes, suivant comme un Indien des sentiers invisibles où le sol était miraculeusement dur sous le sable ou la vase. Quand sa femme mourut, des mois passèrent avant qu'il revienne nous voir, puis il repassa un jour et nous dit qu'il allait à nouveau danser et que la vie reprenait. Un jour, il amena à La Platte une compagne de son âge qu'il avait rencontrée au bastringue de l'Étoile du Marais, nous les avions alors invités à manger. Nous étions tous heureux ce soir-là, et comme pour une réconciliation, Honoré avait oublié ses « principes ». Il mourut quelques mois plus tard d'une hémorragie cérébrale fulgurante lors du petit-déjeuner, il avait eu juste le temps de dire à son amie qu'il avait soudain très mal au crâne. Effrayé d'incroyables surdosages des AVK prescrits, je lui avais plusieurs fois interrompu ou drastiquement diminué la dose, lui recommandant d'aller bien plus souvent voir son médecin et faire des tests, mais je suppose qu'il avait exclu qu'une telle chose puisse advenir. L'église de Bouin était bondée lors de son enterrement où nous reconnûmes quelques divorcé(e)s. Dieu et le paradis furent longuement évoqués, Christian ne pouvait pas, bien sûr, jouer « L'amant de la Saint-Jean », c'est du passé, n'en parlons plus.

***

De nos parents, seule Gina vint à La Platte. Mais c'était une grande tristesse silencieuse qu'elle ne puisse pas bien voir le ciel et les champs jusqu'à l'horizon, car elle aussi avait une dégénérescence rétinienne. Eurydice de sa maison de retraite de Bloemendaal, Gina ne voyait plus qu'un vague reflet du monde. Elle marchait sur le chemin de terre de la Platte en serrant fort le bras d'Helga et, après les repas, regardant simplement le vide devant elle, sentait la campagne et les petites meules d'herbe du pré fauché par Honoré et la pulsation de la brise. En la regardant, il était difficile de ne pas penser au dernier repas de ma mère à Sarlat. Helga avait hérité de sa façon d'accepter les choses immuables sans y revenir. Bien que handicapée pour se peigner et se farder discrètement, Gina gardait sa distinction, cette simplicité si personnelle, sans apprêt, son chignon s'écroulant un peu sur son chemisier de soie grège. Je ne revis pas Gina le jour de sa crémation à Haarlem, seulement la photo d'elle exposée sur le bois du cercueil pendant la cérémonie. Nous avions repris, Adrien, Marc, Helga et moi, les mêmes trains, gare du Nord, Bruxelles Midi, Amsterdam et Haarlem que lors de la crémation de Barend. Cette photo de l'absente avait été faite alors qu'elle n'y voyait presque plus, après que le spot flou s'était élargi et qu'on lui avait dit qu'il n'y avait plus rien à faire. Sur cette photo, le regard de ses yeux bleus, pâlis par l'âge, semblait tourné vers l'intérieur d'elle-même, là où elle était déjà ensevelie ; comme une Gina Rowland qui resterait sur le bord de la route et qui ne jouerait plus dans le film, ou un taureau qui s'arrête, car il comprend qu'il a perdu. Toute sa famille et beaucoup d'amis étaient là. Il n'y avait pas de regards désabusés, chargés de déjà-vu, la peine était sincère. Lors de cette cérémonie à Haarlem, Helga, moi et Rogier Smit (ami de la famille que nous n'avions vu que pour les obsèques de Barend) avions arrêté de fumer, mais Rogier, si touché par la mort de Gina qu'on aurait pu croire qu'elle fut sa sœur, rompit le jeûne, sortit son tabac et nous roulâmes alors fébrilement des cigarettes, aspirant ce vertige libérateur et offrant tabac et papier à d'autres endimanchés. Depuis la crémation de Gina, Rogier apporta toujours un paquet de Samson fermé d'un Scotch neuf lors de nos passages à Amsterdam, averti par Frank, le frère d'Helga qui se joignait à nous. Fumant alors sur la petite terrasse du café habituel de nos rencontres, à deux pas de la statue de Spinoza et de l'appartement de Frank, les cérémonies passées restaient à l'arrière-plan de nos discussions sur un livre chinois rare que Rogier venait d'acheter ou sur le travail de Frank sur les cités-jardins d'Amsterdam. En me serrant la main, Rogier me dit, comme s'il avait l'intention d'y revenir à notre prochain voyage, « il faudrait un jour parler de choses qui s'approchent ». C'était vrai que nous avions vieilli, mes délires à vélo avaient laissé place aux longues lignes droites où mon esprit battait la campagne.

Avant de reprendre le train, nous allâmes tous au Vondel Park où Gina allait jouer au tennis et s'arrêtait à la cafétéria dont les tables et chaises de métal ajouré longeaient les allées. Dans le viseur de mon appareil, je suivais Helga qui cherchait quelque chose derrière elle, vers les cris d'enfants et les voix. « Rien n'a changé », dit-elle. Mais les faons dans l'herbe rase du parc n'étaient plus les mêmes, d'autres enfants poussaient les cris et la grande femme au front rieur qu'elle cherchait peut-être des yeux n'était plus là. Des couples entourés d'enfants impatients revenaient de la cafétéria les bras chargés de paquets vers les tables de pique-nique. Au bord du chemin, les feuilles des ormes maintenant presque dépouillés du Vondel Park faisaient un terreau de boue noire, quelques flaques regardaient le ciel.

Ce que je voyais dans le viseur était l'histoire de ce moment et l'histoire d'Helga dans ce parc où enfant, elle achetait des biscuits brûlants quand le froid qui mordait ses pieds serrés par les patins de bois l'appelait vers le kiosque ou, quand dans la pause d'une après-midi d'été, tirant sur la paille d'une limonade, elle suivait derrière le grillage la balle de tennis que renvoyait sa mère à une partenaire.

***

Le Marais, et encore plus Bouin où le tourisme n'avait pas sa place, était pour nous une terre si traditionnelle qu'elle donnait finalement la paradoxale impression d'une résistance à l'uniformité, aux conventions. À l'ombre de ces traditions vivaient des marginaux qui y avaient trouvé une patrie secrète, quelques arpents de polders, et les digues n'avaient pas pour eux aboli la singularité de l'île. Il n'y avait pas de plage, mais la mer, que la mer qui découvrait et couvrait un estran à perte de vue, jonché de silhouettes de travailleurs, hommes et femmes, de tracteurs, de plates-formes, de remorques. L'espace libéré par la marée ressemblait à un paysage de campagne bretonne aux travaux de récolte. Sur la terre ferme, dans un monde presque opulent d'artisans, de pêcheurs, d'ostréiculteurs, étaient aussi dispersés des hommes et des femmes qui ne pouvaient vivre que sous un tel ciel, une telle platitude. Au bout des ornières et de pas-de-porte comblés de coquilles d'huîtres écrasées, ils habitaient des maisons isolées, entourées d'instruments agricoles déclassés, de vieux tracteurs, de chiens, d'un cheval ou de rien, que de l'herbe cirée par le vent. Il y avait aussi des cafés, des auberges, ou de simples endroits particuliers qu'on ne découvrait qu'après des mois de vie dans le marais, qui ressemblaient à des secrets. Le vendredi soir, quand nous quittions tard Nantes, nous maraudions doucement à leur recherche dans le marais ou les rues de Bouin. Sous l'ombre de l'église, je me souviens d'un soir où les rues étaient d'un vide minéral et les contrevents fermés, une seule lueur bleue de télévision perçait la nuit. Dans une petite rue qui quitte la place de l'église, nous croisâmes la façade cossue de l'Hôtel du Martinet dont le portail laissait apercevoir un parc entouré de vieux murs, « Hôtel de charme », avions-nous lu dans un dépliant de la mairie. Sur la gauche de la porte, une plaque en faïence éclairée par les phares figurait un martinet bleu nuit stylisé en une comète soyeuse, ailes arrondies et queue de sirène. Les martinets rayaient aussi le ciel encore lumineux du bourg de traits noirs de leurs infatigables poursuites et de leurs cris, puis disparaissaient on ne sait où. J'ai lu que, tard dans le crépuscule, quand le ciel aussi s'assombrit, ils ascensionnent dans les courants du soir, leurs traits noirs se fondant dans l'obscurité. Ils dorment alors, leurs corps graciles portés par les vents humides, leurs ailes faiblement déployées, abandonnés dans des sortes de rêves. Existait aussi un restaurant dans l'hôtel comme le proclamait le panneau derrière la vitre de la porte d'entrée fermée à clé ? Était-il ouvert ? « Sonnez longtemps », y était-il écrit, mais personne ne répondit dans l'interphone.

***

Quelques vieux amis venant de loin nous rendirent visite à la Platte. Des discussions animées sur de nombreux sujets ne manquaient pas de survenir, nous rappelant nos séminaires de recherche et nous retenaient tard sur la terrasse alors que s'allumait le « clocher minaret » au-dessus des lumières du village ou, plus tard encore, autour d'un feu de cheminée. Nous sortions alors un moment pour voir les escarbillos piquant le ciel comme des étoiles filantes et qui, rabattues par le vent au-dessus de la masse noire de la maison, mimaient la silhouette d'un train dans la nuit. Il était habituel qu'au gré de repas animés de plaisanteries, nous bondissions soudain, excités comme des étudiants avides de nouveautés, sur un sujet de « philosophie ». Regroupés autour du feu au fil des heures, nous avions l'impression qu'une argumentation se structurait, s'approfondissait, nous donnant le naïf sentiment de « tenir quelque chose » ! Ces discussions laissaient de profondes traces dans nos esprits, mais surtout un sentiment d'inachevé, nous nous promettions alors d'y revenir, ici même ou à l'autre bout du monde ! Cette année-là, Suthan (un de ceux qui occupèrent un petit box de la salle des fellows au Peter Ben Hospital) et Phyllis, sa femme, étaient venus de NY pour quelques jours, Alberto nous avait aussi rejoints de Londres. La discussion, suivant quelques chemins singuliers, qui s'engagea un soir sur textes fondateurs de l'Inde, promettait de se poursuivre très tard dans la nuit. Suthan était né à Chennai et Alberto avait déjà voyagé dans la vallée du Gange. Helga et moi n'étions encore jamais allés ensemble en Inde, mais plusieurs années auparavant, j'avais profité d'une réunion à Delhi pour un voyage éclair à Bombay où je voulais voir les trois sculptures de l'Avatar de Vishnu de la grotte de l'île Elephanta, à quelques miles de Bombay. L'extraordinaire photo de Malraux du Musée Imaginaire, posant à côté de Shiva, le destructeur miséricordieux, m'obsédait. J'achetai alors un billet de vol de nuit Delhi-Bombay pour presque rien. Il n'y avait étrangement que très peu de passagers dans l'immense 747 dont le volume paraissait alors démesuré, et la plupart d'entre eux s'étaient regroupés pour bavarder en mangeant, dans les allées vides, les enfants jouaient sans restriction. Tout le voyage, l'avion vola à si basse altitude qu'intrigué, le visage collé au hublot, je suivais le serpent de lumière d'une autoroute et les reflets de la lune sur un grand fleuve et des lacs, j'avais l'impression que le pilote suivait aussi ces repères ! L'avion avait déjà atterri alors que quelques passagers n'avaient pas encore rejoint leurs places. Avant de dormir pour une courte nuit, je marchai de l'hôtel en direction de la mer, un golfe noir entouré des lueurs de la ville. Sur le large trottoir de Premsingh Jetha et la partie contiguë de la plage jusqu'où portait mon regard à travers le léger brouillard de la nuit, des corps isolés ou des familles dormaient, éclairés par les faibles lumières des réverbères de la Jetha. Le matin, je marchai jusqu'à la porte de l'Inde et pris le premier ferry pour l'île Elephanta. Je me souviendrai toujours de ce tremblement incontrôlable qui, pour la première fois de ma vie, me prit, alors que dans la presque obscurité je vis, dans l'incertaine lumière du jour qui envahissait lentement la grotte, la gorge nouée par un sanglot violemment réprimé, le triptyque de Shiva, sa face et ses deux profils apparaître lentement au-dessus de moi dans la paroi où il avait été sculpté. À mon retour, pendant des semaines, je m'immergeais dans le Mahabharata et sa Bhagavad-Gita puis le Ramayana. Suthan m'avait aussi apporté de NY un exemplaire du « The Argumentative Indian » de A. Sen dont, ardent prosélyte, il gardait toujours quatre ou cinq volumes dans sa valise. J'eus alors l'impression d'être envoûté par ce pays dont je ne savais presque rien, mon rêve était d'y revenir et c'est ce qui advint.

Dans la nuit de Bouin, j'affirmai, avec une véhémence qui me surprit comme si un autre moi de moi-même s'exprimait, que dès ma première lecture du Mahabharata, derrière le premier plan de la Gita qui aguichait tant le lecteur avec les clés du bonheur éternel, la nature du débat qui faisait rage entre Krishna et Arjuna m'avait occupé bien avant d'avoir lu ce texte ! Pourquoi l'avatar de Vishnu, le caressant joueur de flûte adossé à sa vache, le divin enfant-cochet des enluminures où, du haut du char d'Arjuna, leurs arcs tendus ne semblaient tirer que des flèches de Cupidon, mit tant de vers pour convaincre Arjuna que seules la guerre et une écrasante victoire pouvaient réparer la tricherie d'un roi félon et permettre au monde, un moment suspendu à l'issue de la guerre, de poursuivre la flèche du temps. Au centre de leur joute, envoûtant Arjuna à ses moments de doute, Krishna lui vantait aussi la sainteté s'il le rejoignait. « Mais, intervint Suthan, Arjuna n'était-il pas alors déjà le plus grand saint quand il se cabrait pour refuser le meurtre, par ses traits magiques, de tant d'innocents héros simplement fidèles au roi félon » ? Pourquoi Krishna refusait-il d'accepter l'offense et l'injustice, *quels qu'en soient le motif et le coût*, alors même qu'à la fin du Mahabharata, après tant et tant de vers de la Gita, aucun des héros survivants ne pouvait se prévaloir d'uniques vertus, et que le vieux roi lui-même avait été abusé, plutôt que tricheur ?

« Parce que, pour Krishna, la justice serait notre lot éternel si le juste n'avait jamais cédé, déclamais-je fébrile » ! alors que des voix étaient prêtes à transiger vers la sagesse d'Arjuna, je ne croyais qu'en Krishna ! Étais-je touché par la grâce ? Je me sentis, un moment avec délice, toujours incapable d'accepter l'injustice *de celui qui commence* (plus que l'injustice elle-même, hélas si loin du pardon). Mais, si véhément dans ma conviction qui s'enfonçait dans la nuit de La Platte, avais-je prêté assez d'attention au rubis tremblant du Garmòn (Ribera Del Duero) ? Du rubis frémissant, comme les vapeurs d'un philtre, remontait une morale gravée dans mon enfance. Krishna, comme les héros des antiques récits qui dans le dortoir de La Boétie m'avaient façonné, écartant la complexité qui brouillait l'entendement, jamais je n'échapperais à vouloir punir *celui par qui commençait le mal* ! Pensifs, nous fixions dans nos verres le rubis tremblant du vin, incendié par la lueur des flammes des branches de cupressus alors que quelques bouteilles de la caisse de « reserva speciale » qu'Alberto avait apportée encombraient maintenant le carrelage. Désolé, je réalisai que ne pas accepter la *tricherie de celui qui commence, quel qu'en soit le coût*, avait hélas pris une place trop ridicule dans ma vie.

Étions-nous ivres et fatigués, ou avions-nous renoué avec notre moi ? Où donc était la vérité, songeais-je, hypnotisé par le flamboyant Garmòn ? Mais tous, acculés dans nos langes, tous, nous fûmes tristes, tristes et tristes d'évoquer encore, plus tard dans la nuit, la fin du Ramayana. Voir Rama et Sita accepter sans protester la parole du vieux roi abusé par l'ambition de la nouvelle reine et, vêtus de seules écorces, les voir filialement affronter l'obscurité d'une si profonde forêt pour tant d'années nous serrait le cœur. Même Suthan ne pouvait admettre qu'aux toutes dernières lignes, Rama répudia Sita (la si pure Sita !) qu'il aimait tant, alors qu'elle ne fut que *prisonnière forcée* de Ravana le démon aux dix têtes, dans son palais volant. La mort de Sita, non, vraiment, c'était trop salaud ! Les hommes enfants étaient accablés de culpabilité, les deux femmes fixaient aussi le sombre rubis tremblant de leur verre, « un jour, l'Inde devra modifier cette fin injuste », dirent-elles à Suthan qui se taisait, honteux. Mais l'Inde nous avait déjà envoûtés et, avant de nous séparer, il fut convenu que maintenant que nous avions du temps, Helga et moi voyagerions vers Chennai, l'ancienne Madras où la famille de Suthan avait encore une maison.

Organiser ce lointain voyage pris plus d'un an, mais le jour du départ était bienvenu ! Après une escale de nuit à Delhi où les gaz d'échappement de la lointaine ville bleuissaient l'air du tarmac, c'est la fraîcheur de l'océan qui nous accueillit quand nous arrivâmes à

Chennai où Suthan, Phyllis et leur chauffeur nous attendaient. Après la longue traversée de la ville, nos têtes dodelinant de fatigue, nous arrivâmes devant la grande maison de famille, dans un quartier d'aspect résidentiel où les trottoirs balayés de frais étaient plantés d'eucalyptus et ornementés de figures éphémères. Suthan, précédé du gardien déverrouillant et ouvrant en grand toutes portes et fenêtres, nous conduisit d'abord dans notre chambre à l'étage où trois grandes chambres meublées, aux couvertures pliées sur les matelas, aux draps recouvrant chaises et fauteuils alignés contre le mur, donnaient l'impression de n'avoir pas été occupées depuis des mois, peut-être des années. Nous parcourûmes les affiches de voyages aux armes de la Madras Railway Company et le rang de photographies légèrement bistrées qui couvrait les murs à hauteur d'homme : groupes de personnages officiels, poses de familles endimanchées, portraits de vénérables vieillards aux impressionnantes moustaches. Témoins de lointains voyages et de migrations sans retour ou abandonnées, grandes valises, malles poussiéreuses et vieux attachés-cases encombraient les planchers. Une trappe d'escalier débouchait plus haut sur une vaste terrasse qui servait de toit à la maison et d'où la vue s'étendait sur un fouillis d'eucalyptus et de murs blancs des maisons coloniales du quartier. Cette trappe ne devait être ouverte qu'à l'occasion du passage de rares visiteurs, la terrasse semblait en effet oubliée, le sol poussiéreux était jonché de cosses d'acacias et d'essences inconnus de nous, une grande branche d'eucalyptus qui aurait dû être sciée depuis longtemps avait poussé sur la largeur de la terrasse. De l'ensemble se dégageait la puissante nostalgie d'un monde finissant que d'anciens habitants avaient déjà quitté et que les derniers se préparaient à faire. Mais il était si tard pour nous qu'il nous fallait maintenant vraiment dormir.

Dès les premières lueurs de l'aube, nous descendîmes en silence vers la cuisine, quand un bruit insolite sous la table nous figea un instant. Indira, la cuisinière, dont nous apprîmes qu'elle avait de toujours fait de la cuisine sa chambre quand tous les occupants avaient rejoint leurs lits, se leva alors de sa natte (qu'elle rangea précipitamment), posée à même le carrelage, et, spectre souriant et déjà familier, nous fit, mains jointes, des révérences. Helga engagea sans plus tarder une fructueuse conversation de gestes, accompagnés de quelques mots anglais, et Indira commença à lui apprendre à préparer les Chipata pendant qu'elle tenait à faire le thé. Nous déjeunions quand Babu (« monsieur », nom donné en toutes circonstances au frère de Suthan et que même Suthan employait) fit à son tour son entrée après avoir chaussé les mocassins impeccablement lustrés qui l'attendaient sur la dernière marche de l'escalier. Babu nous demanda alors si nous souhaitions toujours nous joindre à eux (Suthan et lui) pour leur promenade rituelle du matin comme nous en avait informés Suthan à notre retour de l'aéroport, il allait être 7 heures et Suthan descendrait d'une minute à l'autre. Je viendrai, dis-je, mais Helga préféra rester avec Indira et Phyllis. Quand nous fûmes tous dans la voiture, Babu, dédaignant ce jour-là son habituel chauffeur, sortit du garage avec une extrême lenteur, imprimant une connotation à la fois dramatique et comique, certainement exceptionnelle, à ce début de promenade. Déjà, sur la chaussée comme sur le tarmac d'une piste d'envol, un employé à la maigreur accentuée par d'énormes moustaches faisait de grands sémaphores pour guider Babu dans une rue pourtant large et vide. La seconde vitesse passée, Suthan qui était à l'avant échangea avec son frère des phrases parcimonieuses et mesurées sur le trafic naissant, nous nous déplacions vers la mer. Babu conduisait toujours très lentement sur la large chaussée avec une componction appliquée quand, alors que nous approchions de la plage, j'aperçus un barrage de pacifiques soldats en uniforme de parade et porteurs d'armes hétéroclites qui nous demandèrent de rouler prudemment au pas (c'est-à-dire quasiment de s'arrêter !) sur le front de mer. « C'est la fête de l'indépendance, me dit Suthan, le pouvoir a été transféré à Nehru un an avant l'indépendance officielle de 1947. » Des escouades folkloriques, des hommes et des femmes enrubannés, des notables chargés de médailles s'entassaient de minute en minute sur un podium, des trompettes s'accordaient. Babu exprima des inquiétudes protocolaires sur le choix du parking, y a-t-il mieux et plus sûr là-bas ? Après le bloc ?, etc., etc. Dans le jour encore pâle et sans soleil, un halo de plus grande clarté et la brume de mer indiquaient l'est et le golfe. Maintenant, nous marchions sur le sable houleux des terrains de volley de la veille, des employés ramassaient çà et là les restes de la soirée prolongée dans la nuit. Dans leur promenade rituelle, Suthan et Babu marchaient vite et avec l'application d'un exercice et je marchais derrière eux. Au bout d'un moment, Suthan demanda à Babu s'il voulait s'isoler pour « stretcher ». Pendant que Babu enchaînait ses mouvements lents (stretchant encore cérémonieusement), Suthan et moi nous approchâmes de la mer, « l'Inde a exactement mon âge, me dit Suthan, c'est là-bas que nous irons ce soir », ajouta-t-il en désignant la vaste étendue de sable vers le Golfe. Au retour, nous nous arrêtâmes devant le Gandhi du kiosque dominant la grande plage du front de mer. L'Inde regorge de statues de Gandhi en promeneur décidé, avec lunettes, tongs et bâton de marche, « c'est l'œuvre d'un célèbre artiste, mais les habitants de Chennai n'aiment pas cette statue », me dit Babu. Je n'aimais pas non plus ce Gandhi-là qui avait une vigueur qui transcendait sa si simple modestie, comme si cette vertu le diminuait et devait avoir été corrigée, l'ascèse avait disparu. Sa jambe, formée à l'entrain des grands chemins de ses pèlerinages politiques, était ici, en soi, une étude allégorique du pas, presque détachée de l'ensemble et trop évidemment portée par une grande idée. L'artiste avait pris le pas sur celui de Gandhi, dont le corps, alors presque athlétique, était dédié à une cause allégorique et dont la tête chérie, comme embaumée pour un remake de parade des figures de Yalta, était là « peoplelisée » pour l'histoire. A-t-on voulu ici figurer l'Inde de demain, le nouvel homme, se demandait-on ? Mais l'homme de la rue de Chennai n'aimait pas cette statue ni Suthan qui était d'accord avec moi, Babu se taisait.

Nous repartîmes vers la grande maison de Babu par le sud maintenant, nous éloignant du front de mer. Apparut alors brutalement l'autre ville, celle des baraques, des chiens errants, des enfants nus et de la neige noire, brûlante et ininterrompue des lambeaux de plastiques dispersés par le vent sur les terrains vagues, accrochés aux buissons, aux arbres, traversant la rue. Pendant le retour, à la même vitesse de protocole pour ce jour béni, les deux frères n'échangeaient encore qu'à voix basse des propos précis n'ayant prudemment trait qu'à des choses domestiques, l'heure d'une réunion demain, etc. Le dernier virage déclencha l'accueil empressé du personnel, l'un guidant encore à grands gestes Babu vers l'entrée évidente du garage, l'autre courant ouvrir ma porte. Sur la véranda, à l'heure du thé, je vis Helga parlant en grands gestes avec Indira, une femme aux cheveux gris qui devait être l'épouse de Babu et Phyllis qui nous invitèrent à les rejoindre.

En fin d'après-midi, le chauffeur qui avait chargé des paniers de victuailles nous amena, Suthan, Phyllis, Helga et moi, vers la grande plage. Beaucoup de familles de Chennai allaient pique-niquer les soirs de journées torrides au bord de la Baie du Bengale, de l'océan. La lumière des derniers rayons du soleil avait une douceur particulière sur la grande plage où les slam-dogs étaient encore endormis, la bouche ouverte, comme morts dans le sable, où les marchands ambulants préparaient leurs guinguettes vitrées montées sur des roues de charrette aux rayons de couleurs acidulées. Nous marchâmes dans le sable piétiné presque jusqu'au milieu de la profonde bande de plage à marée basse, apercevant au loin le trait d'écume phosphorescente des rouleaux de grandes vagues qui s'effondraient là-bas dans la nuit. La nuit était presque tombée quand nous arrivâmes à l'emplacement choisi, une double clarté venait de Chennai derrière nous et de l'est encore où murmurait l'océan. De là où nous nous étions finalement assis sur le sable, la rumeur des vagues couvrait maintenant celle du bruit confus de la ville et la frange blanche des rouleaux semblait vaguement éclairer le sable. Tout au fond, on distinguait des feux de cargos immobiles. L'air était doux et humide, et la nuit encore sans étoiles, et l'obscurité avait estompé les souillures et les souffrances de l'Inde. Les familles venant respirer la fraîcheur de la nuit naissante s'installaient çà et là, les slam-dogs s'étaient réveillés et recherchaient timidement quelques offrandes, et les marchands ambulants proposaient leurs babioles phosphorescentes dans l'obscurité. Suthan nous montra les lumières du dôme de l'Académie sur le boulevard du front de mer, là étaient affichés, nous dit-il, les résultats des concours d'entrée en médecine. Comme d'autres jeunes étudiants indiens en pantalon noir et chemise blanche, il y avait cherché son nom sur les listes, le verdict qui séparait alors à jamais deux groupes. Les robes d'Helga et de Phyllis faisaient comme deux corolles de tourneur posées sur le sable, l'air du soir vivifiait d'indistinctes silhouettes. Les groupes étaient plutôt composés de garçons, mais identifiables par des cris plus vifs et des poursuites, des jeunes filles pique-niquaient aussi. Suthan, qui nous décrivait l'ancienne tradition de ces soirées sur le sable de la plage de Chennai la nuit tombée, nous parlait dans l'obscurité de la grande pudeur des discussions entre jeunes gens, « jamais de flirt sur la plage des soirs d'été », nous disait-il. Dans la nuit, on voyait soudain s'allumer un reflet dans un regard ou, aux éclats de rire, briller comme un éclair les dents si blanches de l'Inde. Un garçonnet se détacha d'un groupe familial et vint vers moi me demandant « How do you find India, Sir ? », « It's a so wonderful country you have ! ». De sa famille où il courut apporter la réponse, ses parents nous saluèrent de loin avec des sourires. Avant de quitter Madras, nous partîmes quelques jours vers le sud, Babu ayant arrangé le service d'un chauffeur. Comme l'avait dit un poème, nous saluâmes alors des idoles à trompe et de savants jongleurs que le serpent caresse. Dans des villes-temples, nous nous égarâmes dans le vertige d'une dimension inconnue de nous où, marchant dans les rues au même pas que la foule des pèlerins, encerclés de prières, de mendiants en haillons, d'ascètes nus à la barbe grise aspergée de couleurs, contournant les vaches sacrées, nous étions perdus dans le temps.

***

C'est au retour de Moncalou, lors d'un de mes premiers étés de « fausse retraite » où je partais à vélo vers les écoles des villages où mes parents avaient travaillé en « poste double », que je commençai à écrire quelques pages, aidé de bribes d'anciennes notes. La question « pourquoi écrivais-je ? » ne me vint pas alors à l'esprit tant j'aimais revenir sur moi-même, écrire.

Mais, écrivant, la difficulté d'écrire se révéla vite dans sa perversité, et le doute de toutes parts m'assaillit. Si seule existait la « vie écrite » (j'ai écrit, donc je fus) comme le pensaient des écrivains et comme me le suggérait aussi simplement le plaisir d'écrire une partie de ce que j'avais été, je réalisai déjà trop la force de ce qui, aussi, ne voulait – ou ne pouvait – pas être écrit ! La trace de l'écrit et de « l'existence témoignée » était donc bien apprêtée ! Malgré tout, les livres qui m'avaient touché utilisaient souvent la sincérité apparente du « Je ». Mais, par le savoir-faire, ce « Je » me semblait alors souvent s'émanciper en fiction et je ne voulais ni le maquiller ni établir un dialogue entre le « Je » qui écrivait et un autre moi-même, embusqué. J'avais lu bien de ces « Je » contaminés par la fiction, c'était alors une écriture savante qui tournait les pages (tel, me semblait-il, « Le Phare » de V. Woolf). D'autres récits autobiographiques transpiraient d'une prude culpabilité de dire « je ». S'établissait alors un « jeu du Je », comme dans « Enfance » où, pour assumer ce « Je », N. Sarraute inventa un curieux dialogue avec une amie fictive, sœur ventriloque intervenant çà et là, pour justifier qu'elle parlait de choses qu'elle soupçonnait ne devoir intéresser qu'elle-même ! D'autres « Je » (« Enfance » de Gorki et tant d'autres récits !) ne se nourrissaient que de désastres (guerres, misère, alcoolisme, etc.), auxquels ma vie avait heureusement échappé. Un « je » pouvait aussi se lire « il » ou « elle » sans peine, s'effaçant devant la fresque des années (Les Années, A. Ernaux), dans une sorte de complaisante modestie sociale, un « je » perdu dans les événements et la foule des « je », dont la vie semblait n'être qu'une aliénation.

Comment était-il alors possible d'écrire ? Pourtant, je sus dès le début que si un jour j'écrivais, je dirais alors un « je » comme Céline dans sa fugue en Angleterre, frappant à la porte du Meanwell College où Nora débarbouillait Jongkind ! Je laisserais couler la vie sans artifice ! Quel délire avais-je ! J'avais bien mis un pied dans le pays de l'écriture et il fallait que j'avance !

Mais était-ce en fait être « écrivain » que d'écrire un seul livre (ce qui serait mon lot écrivant si tard) ? Et ce livre, aurait-il le temps d'être lu par d'autres que moi-même ? Ces questions qui me bousculaient trahissaient-elles que, sans me l'avouer, j'imaginais un jour être lu ? Mais étais-je bien sûr de le vouloir ? Dans ces heures d'écriture, j'aimais tant être seul avec moi-même ! Si j'adorais en lire, écrire une histoire « inventée » me paraissait impossible, alors qu'écrire « Place de la Victoire » m'était devenu puissamment addictif. Me décourageait enfin ce que tant d'« écrivains connus » répètent, dans leurs interviews, leurs préfaces ou articles : qu'il fallait des années pour aboutir à un livre *fini*. Mais le temps qui m'était compté, allié à l'inconscience des optimistes, me pressa au lieu de me décourager. Je me révoltais aussi ! La matière même du « Je » de l'écriture n'était-elle pas faite que de vie, la vie qui m'était aussi donnée ? Et si la matière de la vie devait être apprêtée par des années de travail avant le point final, ce travail n'en dénaturerait-il pas forcément la nature ? Des écrivains ne perdaient-ils alors pas la sincérité primordiale (ruminais-je, désespérément) ? Même allégé d'un trop savant savoir-faire, je réalisai cependant aussi que la vie passée (enfance, l'adolescence) écrite « au présent » ne pouvait être que divertie par l'adulte qui écrivait ! La « sincérité » était alors *encore* (inconsciemment) violée !

Mais cette distorsion est-elle aussi vraie pour les sensations, ces sentiments engrangés dans la mémoire, que pour les jugements et les raisonnements, bien plus vulnérables ? Ces « sentiments », qui nourrissaient ce que j'écrivais, me semblaient reposer dans un sanctuaire dont je pensais pouvoir trouver la clé pour les redécouvrir intacts. Les descriptions, les paysages (pour moi aussi comme des sentiments) me paraissaient bien plus retors à l'intrusion du présent dans l'évocation des souvenirs, car ils pouvaient restituer ce qui n'avait pas à être dit, ou ne pouvait l'être. Je laisserais alors aux possibles lecteurs (marmonnais-je...) le soin de percevoir ce qui se déroulerait dans mes pages, moi, je ne m'occuperais pas de ça !

Avec la vie comme sujet, fort de cette matière-là et même agressé de toutes parts, je me sentis plus confiant. Il me suffirait d'un stylo, de papier (ou d'un clavier qui, au fil des phrases, viendrait « à ma pogne » comme disait Bukowski) et d'une table de cuisine pour écrire. J'étais rentré dans un autre monde, je n'avais gardé de l'ancien que les sensations qu'il m'avait imprimées. La rationalité qui m'avait tant accaparé avait soudain déserté, m'était devenue étrangère. Je n'avais plus à me soucier d'elle, obsédée d'ordre et de géométrie.

Se posa alors autour de moi encore un autre oiseau, m'interrogeant comme un sphinx condescendant : « Et ton style ? Ce médium, toi si sensible à tes murmures de crooner et à leur buée sur la vitre de la micheline ou de l'Aronde, d'où te viendra un style ? » Mais, basta ! on ne pouvait pas « inventer » un style ! Rien du style, si propre à celui qui écrit, ne pouvait être confié au savoir-faire ! Il me fallait donc faire encore confiance à la force de la vie, non plus ici *sujet* de l'écriture, mais à *ma* vie, celle qui coulait de moi sans effort, écrivant, ordonnant mes mots par un processus que je ne pouvais qu'observer. Et c'était ce que je croyais être mon style, autant que ce à quoi il s'était un moment attaché, qui me donnait cette *joie* d'écrire, activant de secrets réseaux de récompenses ! Je pouvais alors lire l'ordonnancement de *ses* mots sur *son* écran imaginaire.

Mais, plus que tout, il se trouva que je lus par hasard ces vers de Char :

« Effectivement, tu es en retard sur la vie

La vie inexprimable,

La seule en fin de compte à laquelle tu acceptes de t'unir. »

Ses vers qui me parlaient, qui m'alertaient, m'encouragèrent, me donnèrent confiance ! L'angoisse s'éloigna de moi et, bien que le temps me parût compté, j'avançai dans la liberté qu'il avait tant chantée ! Je revins alors impatient à mes brouillons, m'isolant à nouveau des heures sur mes pages, comme j'aimais le faire sur mes articles lors des longs vols vers Boston.

Ces quelques pages (pourquoi et comment écrivais-je ?), emphatiques, animées de naïveté, alourdies de banalités perçues en nouveautés, de complaisance pour mon enthousiasme, je les ai supprimées cent fois ! Mais je les gardai, car c'est envoûté par la félicité d'écrire dans le « Je », « dans » la vie, que j'avais échappé au *métier* d'écrivain, au *travail* d'invention d'histoires et de vies affublées de destins en costumes d'époque et peut-être à une idylle de Pygmalion regardant une petite pile de livres inaboutis.

***

Quand j'eus terminé la première partie « de ton livre » – comme l'objet de mes efforts était maintenant désigné –, Helga la lut. « Mais je connais déjà tout ça », me dit-elle alors ! Ce qui était impossible puisque j'y abordais une époque où nous ne nous connaissions pas. Mais c'était aussi peut-être vrai (m'inquiétai-je), tant elle avait ce don de reconstituer le passé à partir de bribes, de propos, de recoupements, noués par l'intuition. Néanmoins, alors que j'écrivais « vraiment » maintenant et qu'elle voyait les pages s'accumuler, elle ne se penchait pas sur mon épaule pour lire « la suite » ni ne dérangeait sur ma table les pages abandonnées dont j'avais noté la disposition. « Je n'aime pas le passé, tu le sais, le passé *en général* ! » Au fil des jours, il était évident qu'elle n'avait pas de curiosité pour ce qui suivait. « Mais si de la suite tu connais alors déjà tout, tu ne peux cependant pas connaître ce qui habitait *ma* mémoire quand j'écrivais ! » (ce qui, pensais-je, pouvait mobiliser sa curiosité). Le texte, alors frémissant d'attente, qui avait maintenant le titre de « Place de la Victoire », imprimé pour elle en double interlignes, resta pourtant encore des semaines oubliées. À la fois frustré et ridicule, j'essayais de trouver des explications.

Alors qu'elle aimait lire, au fil des années, elle n'avait plus ouvert de livres, lire la fatiguait, comme aller au musée ou voir des expos lors de nos séjours à Paris ou Amsterdam qui étaient aussi devenus rares, et Suthan et Phyllis nous récrivaient inutilement qu'ils nous attendaient encore à NY. Elle y voyait pourtant bien mieux maintenant et épluchait tous les jours les pages de *Ouest-France* et se plongeait des heures dans les rébarbatifs mensuels écolos hollandais que sa sœur lui réadressait. Elle suivait aussi avec assiduité l'émission télé « La meilleure boulangerie de France », elle aimait regarder enfin de longs films d'auteurs, mais elle ne lisait plus de livres ! La réponse à ma question était donc peut-être qu'elle repoussait cette malheureuse liasse de pages puisqu'elle ne lisait plus, *aussi,* de « vrais livres » ! Mais au fond de moi restait la conviction qu'elle ne *voulait pas* lire le manuscrit, qu'elle imaginait que lire « tout ça » serait forcément une déception, et que ce qu'elle avait en tête ne pouvait être que plus vrai (et il *fallait* que ce qui était écrit fût vrai !). Ainsi, à la place de sa lecture, resta une tension au sujet de *ce qui avait été* (peut-être) écrit alors qu'elle soutenait que cela ne l'intéressait pas, puisqu'elle « savait déjà ».

Puis un jour, à ma surprise, elle revint finalement au texte, car « quand on en parle, je suis gênée de ne rien dire ». Elle lut donc par petits bouts, avec une extrême lenteur confinant à la suspicion, sur plusieurs semaines. Mais j'étais certain qu'elle irait jusqu'au bout pour vérifier si ce que j'avais écrit était exact, car « tu ne peux pas dire n'importe quoi, il y a déjà d'ailleurs plusieurs choses qui sont fausses, me dit-elle. Par exemple, Java avait fait sept petits sur mes genoux et pas six comme tu dis ! et aussi, l'un d'eux mourut ». Ou encore « le jour de la naissance de Marc, je n'ai pas téléphoné à une amie quand j'ai 'perdu les eaux' comme tu le dis (qu'est-ce que c'est cette histoire !), il était 10 h, j'avais seulement des contractions et je suis allée à l'hôpital en voiture. Ils m'ont dit que j'allais accoucher assez vite, mais je dus repartir à la maison pour Adrien, tu étais au travail ! Je leur ai promis de revenir tout de suite ». « Et quand Marc est né – je ne m'en suis d'ailleurs à peine aperçue ! Tout le monde le regardait et disait : comme il est beau ! comme son visage est heureux ! Mais ça, tu l'as dit, je crois. » « Tu as aussi écrit que l'amie avec qui j'étais venue à Boston s'était jetée d'un pont dans la Charles River, mais ce n'est pas vrai ! Elle s'est jetée d'un pont alors qu'elle venait de rentrer en Hollande ! Je n'aime pas non plus que tu aies dit 'Kennedy' pour mes papiers de visa, et aussi le diplomate chez qui je fus baby-sitter avait trois enfants et non pas que deux filles ! Et il y a encore d'autres choses. Et pourquoi tu dis tout ça ! » Je ne lui posai plus de questions sur sa lecture, il y avait certainement encore beaucoup trop « d'erreurs », « OK, je vais corriger pour ton amie, et pour Kennedy je vais mettre 'de la Governor House'». Tournait cependant dans ma tête qu'elle disait souvent après sa lecture « Je n'aime pas le passé ». C'est vrai qu'elle n'en parlait jamais, bien que la précision de sa mémoire me surprît toujours quand je lui posais une question.

Mais si place de la Victoire n'était « que du passé », l'écrire avait bien eu lieu dans une bulle de présent, une distorsion du présent eut ici un étrange effet. Les épisodes les plus tristes qui revenaient alors vers moi, en fait reliés à des phénomènes naturels (maladies, morts), y avaient subi une stupéfiante mutation ! Avec la dérive des souvenirs, l'immuabilité de ces événements avait été vidée de toute peine et *j'aimais* littéralement me perdre dans leur soudaine résurgence. Dans mon écriture, la vie qui « coulait » n'était que le ressenti du *plaisir de revivre* le passé dans la bulle du présent. Comme dans l'histoire des sociétés, où guerres et épidémies deviennent avec le temps « déshumanisées ». Le temps, allié à mon inconscient complaisant, m'avait ainsi protégé de « confessions », auraient-elles eu quelques vertus ? Mais elle, elle « qui n'aimait pas le passé », était-elle sollicitée par des confessions à ma lecture ? Décelait-elle des affleurements qui lui faisaient haïr ce passé ?

***

Les années ont filé, les événements nous forcèrent à quitter notre chambre dans la canopée de Chantenay, rue de l'Abbaye, notre chambre sous les toits ne s'appela alors plus que « la chambre d'amis ». Quand nous dormions là-haut sous les toits, c'étaient les bruits de la ville qui nous réveillaient. Ces bruits meublaient alors mes insomnies, ferraillement interminable des longs trains de marchandises, le crissement de leurs freins me rappelait mes nuits près de la gare Saint-Jean à Bordeaux, les averses subites, les cris des éboueurs, le bruit des réacteurs des avions dont le vent d'ouest portait le fracas du décollage et qui viraient ensuite sur Chantenay. Les pinceaux de lumière des phares des rares voitures de la rue balayaient les murs et le plafond de la chambre et fuyaient brusquement comme le faisceau d'un phare sur la mer. L'été, par les Velux ouverts, le souffle frais de la nuit passait sur nos visages. Comme tous les matins, je trouvais démêlé l'essentiel des tracas professionnels de la veille. Bien que magnifié par la nuit (travail, oublis, revanches, etc.), le chaos des idées s'était dénoué et des réponses étaient venues miraculeusement. Mêlant des moments de veille entrecoupés de sommeil, je percevais le murmure de la ville s'enfler rapidement et, au bond des chiffres lumineux du réveil, il fallait alors se lever sans tarder. À l'époque de la chambre du haut, vivre était participer, tout ne parlait que futur, en semaines, en mois, en années. Impensable aujourd'hui, j'avais accepté un moment que l'homme accompli ne devait être que « public », entièrement dévoué ! Dans l'action, le présent n'existait que par la couleur du ciel, la pluie, l'amour, mais était toujours en retard sur l'heure qui courait, qui courait. Je me souviens de ces quelques jours où, cloué au lit, une perfusion au bras, désœuvré, j'écoutais alors avec tant d'attention ce présent qui paradoxalement semblait si rare : les voix qui montaient de la rue, le bruit d'un chantier dans notre impasse, les cris stridents d'enfants de la cour de l'école de l'Abbaye, aussi stridents que des cris de martinets. Depuis que nous n'y dormons plus, je n'entre que rarement dans la chambre du haut qui, par de minuscules détails, me rappelle maintenant les chambres sous la terrasse du toit de la maison de Babu à Chennai. Un Velux oublié ouvert en automne pouvait aussi y laisser entrer des feuilles mortes poussées sur le plancher par le vent. Une nouvelle affiche qu'on n'aurait pas imaginée dans notre chambre apparaissait, comme l'affiche rouge de Blow-Up avec Vanessa Redgrave photographiée au Nikon F qui figure maintenant à côté des cintres vides de nos robes de chambre du portemanteau, ou des objets maintenant inutiles y sont entreposés comme l'agrandisseur pour négatif noir et blanc, là, sous un linge protecteur. Bien que le lit soit King-size et le matelas « de rêve », nos invités préfèrent souvent dormir dans la « vraie » petite chambre d'amis qu'est devenue l'ancienne chambre d'Adrien.

La nouvelle chambre que nous avons maintenant aménagée au rez-de-chaussée, maintenant revenue la nôtre, donne presque sur la cuisine. Comme il y a longtemps, le matin, quand je traîne au lit, j'entends alors Helga préparer le petit-déjeuner comme dans une pièce que son amie nous avait laissée à Amsterdam (participer à sa préparation m'y est encore interdit). La chambre a été prolongée par une véranda qui déborde sur le jardinet. C'est une chambre hétéroclite, au mur un poster de Calder qui nous a suivis dans toutes nos chambres, le tableau « La montée à la fraîche », acheté pour presque rien à ce peintre qui ne voulait pas le vendre et qui au fil des ans dévoile ses mystères, une photographie en noir et blanc d'Helga jeune se maquillant devant le miroir d'une chambre de voyage. Sur le sol, on a mis la grosse jarre de potier du Lot, beige avec des coulées de céramique brune, rapportée de Moncalou. Les rideaux de la véranda ont un motif vaguement berbère et, le soir, la moitié de la chambre est mauresque. La nuit, nous sommes maintenant dans un monde privé où les bruits du quartier sont inaudibles. Le bruit de la pluie y est différent, la rumeur du début de l'averse sur le toit a disparu, la pluie s'annonce par le « ploc, ploc » de grosses gouttes tombant des arbres du parc surplombant le zinc du toit de la véranda. La Mobylette du porteur du journal et le camion des éboueurs ne nous réveillent plus. Au printemps, quand les jours s'allongent, les couleurs des rideaux deviennent plus méditerranéennes, me rappelant certains jours l'étoffe légère qui obstruait mollement l'air d'un couloir de l'appartement d'Oran où vécut Saint-Laurent (« entrez, entrez ! » nous dirent les occupants actuels, refusant les euros et préparant café et petits gâteaux).

    Dans la chambre du bas, je ne rêvais plus de voyages professionnels bouleversés, de retards absurdes qui s'accumulaient, les réveils libérateurs d'apnée, l'obsession du travail avaient lâché prise. Chaque nuit était éboueuse de miasmes, seules de bénignes alertes accompagnaient maintenant mes réveils, je laissais alors aller des monologues silencieux aux mystérieux méandres. Quels liens se tressent entre les images que le cerveau déploie la nuit, routes phonétiques ? Chemins secrets de l'inconscience ? « Reset » de quoi ? Hasard quantique qui met pour la première fois ensemble deux images ! que sais-je ? Mais d'anciennes hontes, inoubliables, dont les témoins ont pour la plupart disparu trouvent, maintenant encore, un peu d'espace pour m'assaillir, étaient-elles si importantes, sont-elles encore secrètes ? Je parcourais souvent ces amers regrets, mais que serais-je sans eux ? La lueur de l'aube entre plus tard dans la chambre du bas, tout y est calme, je vois quelquefois dans les yeux d'Helga la tache de lumière de l'iris des peintures, les heures paraissent avant que j'ouvre les rideaux de la véranda et que la journée commence. Ma rêverie y bat la campagne. Que deviendra ce lieu, que fera-t-elle de cette maison ? Que faire de cet argent qu'on ne voulait pas ? Ferons-nous d'autres grands voyages, la vie est-elle presque finie ? Maintenant si près peut-être, fais-je réellement ce qu'il faut faire ? Il me faut effacer ces notes ridicules de mon ordinateur, vieilles radiographies narcissiques. Puis, quittant la veille quelques minutes, le toboggan des images revient. Pourquoi ma vision de mes parents avait-elle tant changé le long de ma vie ? Sur la table de nuit, je vois le « Divan » de ce Goethe (Marguerite au Rouet et les poèmes de Mariana), mais je préfère mille fois Hafiz. En jouant aux échecs, Marc m'a dit en plaisantant : « Eh oui, j'ai un problème avec mon cerveau. » Ce type qui a monté l'Alpe d'Huez à 90 ans a dit au sommet « une bonne chose de faite ! ». Comment la mort allait-elle se présenter ? D'autres images passaient, le hautbois d'un nouveau jour souriait dans l'aube (pitié ! pourquoi ça ?). La conscience n'est peut-être que le plaisir d'être. Descartes disait que le cerveau sécrète la pensée, mais laissa piteusement l'âme hors champ ! Spinoza l'avait chambré en potache sur sa théorie de la vibration pinéale (chef-d'œuvre de pamphlet !). Wallace, qui fit presque le même chemin que Darwin, renonça à appliquer les principes de l'évolution à l'homme alors que Darwin écrivit « The ascent of men » qui nous émancipait enfin de Dieu ! Tous les jours, « le mystère de la mort », de la mort sans mystère, est mis dos à dos avec celui de la vie ! À l'hôpital, l'inconscience qui suit l'épuisement précède presque toujours l'arrêt du cœur, la mort ne survient que sur un cadavre en quelque sorte. La vraie mort n'est peut-être que celle des rêveries, comme moi si vivant ici, qui pensais à la mort dans la chambre du bas. J'imaginais alors des morts sublimées (mais le « je » n'y était plus tenable !). Je retrouvai des notes naïves :

« Au détour du dernier virage, il découvrit des deux côtés de la route l'eau à perte de vue, miroir sans rides étincelant d'où seuls les troncs noirs des saules et les griffures de leurs branches émergeaient. Comme souvent lors des grandes marées, l'eau avait enjambé le talus, venant toujours de la gauche où la Loire au loin glissait vers la mer. Le paysage se déplaçait aussi insensiblement et il ne distinguait plus le noir de l'asphalte sous la roue. Il dut progresser à égale distance des deux haies de saules, de frênes, vestiges des limites de la route. Il ressentit alors cette sorte de douceur à l'endroit du cœur. Son cœur qui lui disait : 'Sur les routes, les monts où tu as tant roulé, tant marché, je ne t'ai jamais dérangé, mais cette douceur que tu ressens maintenant, je la ressens moi aussi.' Le courant poussait plus fort les rayons et les roues vers la droite, l'obligeant à corriger la force têtue de gargouillis chantants. L'eau traversait la route comme mille têtes en transhumance, les vaguelettes courtes et rapides prenaient alors possession du bord des fossés. N'ayant plus qu'un équilibre incertain, il dut alors poser un pied dans l'eau du débord de la Loire de Cordemais poussée par la marée et les vents de nuit. Elle était tiède, accueillante, à la fixer il se perdit, le vertige le pencha d'un côté, le sol lui échappa doucement, l'allégeant du poids de son corps. Il lâcha alors son vélo, maintenant si fort disputé par le courant, les chromes étincelants, lavés de boues s'éloignèrent, pivotèrent, et s'éloignèrent encore. Ce courant qui couvrait le marais paraissait presque immobile, mais sous ses jambes filait le flot qui susurrait, qui lui parlait de la douceur qu'il avait dans le cœur et le soulevait alors sans effort. Lourdement lesté dans son équipement d'hiver, il ne pouvait nager et se laissa alors porter dans l'allégresse de l'eau. Son pied toucha une fois l'herbe du pré et il fit un dernier pas de géant. Le froid l'avait maintenant saisi et, ensommeillé par la douceur qu'il avait dans le cœur, il réalisa qu'il allait mourir. »

C'est aussi quand je commençai « Place de la Victoire » que mes cauchemars professionnels disparurent, que mes insomnies se disciplinèrent, m'alertant de tout ce qu'il faudrait biffer ou ajouter dans ce que je voulais d'écrire. Comme un peintre qui songe à changer la clé d'un tableau presque fini en derniers coups de brosse, j'attendais alors impatient le jour pour réaliser les corrections que je craignais d'oublier et que je croyais aussi pouvoir tant influencer ce que j'avais écrit. C'était alors une insomnie de plaisir ! Une nuit, le dernier éboueur s'infiltra dans mon esprit sous la forme d'un songe et mit enfin un point final à des cauchemars, reliquats d'années de travail, en forme de culs-de-sac anachroniques. Depuis que j'avais physiquement quitté hôpital et labo, j'étais en effet épisodiquement assailli par des rêves où, à quelques variations près, des complications d'ordre matériel faisaient que ce qui jadis était un plaisir (comme présenter des travaux et en commenter les résultats) apparaissait maintenant sous la forme de cauchemars. Se liguait alors une suite d'obstacles absurdes, comme la confusion de dates ou d'horaires de réunions ou du sujet même de la communication qui ne correspondait plus alors au programme ! due à une désinvolture irrattrapable. Mais vint enfin le dernier rêve qui me libéra définitivement de ces cauchemars. J'avais reçu une invitation où je n'avais plus à rejoindre une destination lointaine après plusieurs vols. Non, j'arrivai en voiture dans un centre voisin où je devais parler français. La salle où j'étais attendu pour prendre la parole ressemblait à celle qui aurait pu convenir à une réunion syndicale, encombrée de chaises sans l'ordonnancement de rangées et dont l'audience clairsemée, alors même que j'arrivais un peu en retard, me sembla « familiale », des enfants s'agitaient. L'estrade consistait en une table de bois et sa chaise derrière lesquelles le mur était couvert de casiers cadenassés, évoquant un vestiaire du gymnase ou la salle « d'étude » du lycée La Boétie, où les internes travaillaient après les cours. L'un de ces casiers, dont la porte qui s'ouvrait du haut vers le bas était retenue comme une planchette par une tringle, offrait une surface plane, qui me sembla proposée pour préparer mes diapositives. Car c'étaient bien ces anciennes diapositives que j'avais apportées, tassées dans une des petites boîtes Kodak blanches à couvercle jaune, de celles que j'avais jadis si longtemps utilisées. Je perçus néanmoins une inquiétude sur la nature de ces jeux de diapositives (je ne voyais en outre ni projecteur ni écran), mais à cette minute-là, encore dans une sorte de normalité, en orateur blasé, je priai la salle d'excuser mon retard, percevant alors quelques regards bienveillants dans l'audience. Clignant des yeux sur mes diapos faiblement éclairées par une ampoule nue qui pendait au-dessus de la table, je ne pouvais cependant pas en identifier le contenu. Je ne voyais en fait rien, mais j'en classai 10 dont le message serait forcément absurde. Puis, dans un instinct de survie, je me tournai alors vers l'audience, l'invitant à négliger comme moi un problème de confusion du jeu de diapos apporté, dont je m'excusai encore et, après avoir demandé au projectionniste de ne plus chercher projecteur et écran, je lançai à l'auditoire (dont je perçus un brouhaha d'intérêt) : « Échappons à la tyrannie des diapos, regardez-moi plutôt dans les yeux ! » comme je le fis jadis quelquefois pour captiver une salle avant une audacieuse communion. Cependant, quelques parents quittaient la salle et des enfants s'étant approchés de la table jouaient avec mes diapos sans être grondés. Mais, sans data, taries depuis des années, de quelle histoire pouvait-il s'agir ? Je me sentis alors dans un décor irréel, il ne pouvait plus y avoir encore d'excuses pour erreurs de dates ou d'endroits et, en fait, il n'y avait plus personne dans la salle. Remettant en vrac mes diapos dans la vieille petite boîte Kodak, je sortis alors soulagé et longeai un couloir où donnait une porte ouverte sur une salle bondée d'où, là-bas, s'élevait de l'estrade au-dessus d'une rumeur de surprise intéressée de l'audience, la voix d'une conférencière pointant chiffres et courbes du spot vert de son laser et je ne pus que me réveiller. Peut-être ce dernier rêve ne tint-il que quelques secondes, que seul mon ressenti comptait, le reste pouvait être meublé d'anciens décors. Les yeux grands ouverts, loin des cauchemars et des sueurs, j'échappais enfin à l'intrication des absurdités. Comme un personnage de Kafka, je m'étais enfin décrit mon déclassement.

***

J'étais professeur émérite depuis plusieurs années quand, attendant mon tour chez le coiffeur, je vis qu'on m'appelait depuis l'Australie. Je décrochai et il me fut dit que le Medawar Prize 2016, attribué tous les deux ans, me serait remis à Hongkong lors du prochain congrès de la Transplantation Society. Sir Peter Morris, Oxford, ancien président de la Society, accepta de me présenter lors de la cérémonie. Sir Peter m'adressa alors un mail où il me demandait des photos représentatives et surtout des informations sur mes « hobbies and eccentricities ». J'avais un problème… je lui fis la réponse suivante : « I find it quite difficult to present me as a brilliant individual with aristocratic hobbies as violin, piano, classic dance, opera singing, piloting aerobatics planes or race cars, sailing (Indian Ocean), climbing the Everest, being a polo player, exposing my last paintings in New York, exploring speleological abysses or discovering a new cave with Neanderthal sculptures, etc., etc., etc. As a matter of fact, my only eccentricity may be to be French! (it would admirably meet your expectation if… I was… British). I hope these few lines and pictures will help you. »

Les photos que je lui envoyai étaient cependant « excentriques », y figuraient, outre la photo avec mes parents à Nabirat, une photo où ma grand-mère qui avait à l'époque déjà de petites moustaches me tenait dans ses bras (je devais avoir deux ans et ne portais qu'un maillot de corps) et enfin une photo avec Helga en balade à vélo le long de l'Amstel, datant de notre premier séjour au Kwakel. Sir Peter prit tout ça ! Arrivé à Hongkong en plein mois d'août, j'allai au palais des Congrès chercher mon badge et jeter un œil sur la grande salle qui avait accueilli la cérémonie de rétrocession de Hongkong à la Chine, mais je n'allai à aucune session scientifique du congrès, je ne connaissais plus personne, je me cachais presque, et c'est inutile, pensais-je. Je décidai alors de partir à mon hôtel travailler ce qui serait ma dernière présentation et quittai l'air conditionné pour buter contre une chaleur humide étouffante. Après mon laïus et pendant la remise du prix (commentaires, éloges, photos, poignées de main), le projectionniste laissa sur l'écran la photo avec Helga qui n'avait pas pu venir. Descendant (avec prudence) les hautes marches de l'estrade plongées dans le noir, je sentis que cet événement m'avait propulsé dans une zone sans retour, il y avait très peu de cheveux blancs dans l'assistance et les miens l'étaient presque autant que ceux de Sir Peter. Mais heureuse surprise, Adrien était venu avec une amie et avait loué une chambre au même hôtel que moi ! Je retrouvai alors la jeunesse ! Avant de repartir, nous allâmes dans une banlieue au nord de la ville que des amis de mon frère, qui avait vécu à HK, nous avaient recommandée « pour voir aussi la vraie Chine ». De cette banlieue-ville plate, on voyait au loin la sky-line et les deux tours de l'entrée du port de Hongkong dans une lumière bleutée, glamour, mais c'était ici un autre monde. Nous entrâmes par curiosité dans un immense marché couvert où, dès les premiers pas, le bruit était tel que toutes paroles devaient être criées, des enfants couraient dans les ruelles où, sur des allées de crochets, pendaient les écorchés sanglants de toutes sortes d'animaux. Dans le secteur des volailles, nous fûmes cloués par la vision d'un homme affecté à la tuerie de poulets devant une queue de ménagères et de vieillards impatients. L'homme était debout, un mégot pendait de ses lèvres ouvertes et son regard de drogué dénué d'expression se fixait dans les yeux des curieux, comme nous figés devant lui, qui ne pouvaient que baisser les yeux. Son travail consistait à prendre un poulet dans un bac à sa droite où s'entassaient les volailles et le tenant par les pattes à introduire sa tête pendante dans une machine à saigner dont le moteur électrique ronronnait continuellement, parasité par des craquements d'os. Jetant l'animal agité de derniers soubresauts, il prenait une autre victime dans le bac. Le sang coulait dans un bidon sous la machine. Quand, après une sorte de fuite, nous émergeâmes au soleil dans une rue au large trottoir bordée de platanes aux troncs blanchis à la chaux qui ressemblait à celle d'une ville du sud-ouest de la France, respirant enfin hors de ce cauchemar, une autre épreuve nous attendait. Derrière quelques badauds et ignoré du flux des passants, un homme presque nu était allongé sur un matelas à même le trottoir, une perfusion au bras. Cet homme, ictérique, d'une extrême maigreur, avait perdu presque tous ses cheveux comme s'il sortait de chimiothérapie et on pouvait supposer que la perfusion était de la morphine. Il semblait vivre ses derniers jours ou heures. Plutôt que mourir dans une chambre, il avait dû quitter l'hôpital et peut-être avait-il obtenu d'amis d'avoir été transporté sur ce trottoir au soleil qui le réchauffait avec un paquet de cigarettes, une bouteille d'eau, une minuscule radio à pile et quelques autres accessoires qui bordaient le matelas. Il fumait, allongé, sans signe apparent de souffrance, ignorant les gens qui ne marquaient qu'un léger ralentissement de leur marche en l'apercevant. Et effectivement, il n'y avait rien à faire.

***

Je revins à Moncalou alors que les vacances d'été se terminaient. Moncalou avait tant changé en quelques années, presque toutes les maisons du village étaient maintenant des habitations secondaires, et le Cuvier, la grande maison que Jacques avait modernisée, et la petite maison que Muriel avait reçue de son grand-père étaient aussi devenues des maisons secondaires dont les fenêtres ne s'ouvraient qu'au mois d'août. Mais aussi, çà et là sous les chênes ou sur les hauts ensellements des collines face à la vue vers la vallée de la Dordogne, de nouvelles maisons étaient apparues. La commune s'était lentement ouverte au tourisme, les gîtes s'étaient multipliés, les ruines avaient été restaurées. Il n'y avait plus qu'une ferme à Moncalou, celle de Michel qui avait mon âge. Dès la sortie du village, d'anciens chemins d'ombre douce, maintenant dévastés, butaient sur des dominos de hangars préfabriqués posés à même la terre rouge déchirée par les pelles mécaniques d'où s'élevait le tumulte des piaillements de poulets d'élevage, plus loin commençaient les friches. Sous un soleil de bagne, j'y cherchai un jour la trace de l'ancien sentier de la Garrigue que les chardons maintenant obstruaient presque. Je n'entendais que le vrombissement des mouches dérangées des bouses, je n'étais pas rasé et la sueur perlait sur mes joues comme dans une mauvaise barbe, je plissais les yeux pour éviter les griffures. Sous d'étranges cumulus blancs immobiles, le hameau de la Garrigue n'était plus qu'un massif de ronces qui montait jusqu'aux toits crevés du grand pigeonnier, de granges en ruine et de l'ancienne maison de Lulu, un anachorète qui avait fui la ville et qui fut dernier habitant du hameau. Certaines nuits, on entendait à Moncalou la cavalcade d'immenses camions dévaler ce chemin de la Garrigue vers les préfabriqués de l'élevage, fouettant du haut de la benne les branches des noyers et des tilleuls et qui nous réveillaient encore en remontant pleins phares vers la route goudronnée. Le lendemain, le silence entourait les préfabriqués dont les grandes portes restaient béantes.

Mais les tubes d'irrigation montaient maintenant l'eau de la vallée sur les collines, vers les vignes qui longeaient les chemins de crêtes ou s'étalaient sur les versants, et vers les noyeraies dans les combes. La misère avait disparu et les parkings étaient pleins de voitures rutilantes. Nos enfants, ceux de Jacques et maintenant de Muriel, qui tous avaient déserté Moncalou après leur enfance, y revenaient maintenant quelques jours l'été. Les repas remplissaient alors les tables à rallonges de la terrasse de la grande maison ou du pré du Cuvier sous le tilleul. Kazuko, la femme de Jacques, jouait du Bach sur le piano à queue de la grande maison. Un jour, Marc apparut les yeux rougis de fatigue venant de Nantes à vélo. Chargé de quelques affaires dans un haut sac de porteur Delivero, il avait fait plus de 500 km en un jour et une nuit, dormant que quelques heures dans un champ. Il s'était baigné dans la Dordogne avant de monter la côte de Moncalou. Helga, qui ignorait la nostalgie, me disait qu'à Moncalou j'étais enfoui dans le passé, mais je pensais y avoir finalement échappé. La vie était devenue plus gaie ici et c'était maintenant quand revenaient mes moments de nostalgie de la tente aux draps d'or que je me sentais déclassé. La lumière était bien la même, comme la ligne des collines à l'horizon, et comme l'était aussi le bruit des avions de baptême de l'air de Domme qui venaient tourner sur les vignes et dont le ronron lointain, s'étirant dans l'air changé de septembre, me faisait encore si mal au cœur. On ne pouvait que dire « c'était une autre époque ! », le temps coulissait sur la vie des gens, sur le village, l'horizon et plus loin vers les planètes, à la vitesse propre et immuable de chaque chose. Ce glissement qui, à notre place un moment immobile, changeait la vision de nos endroits familiers, était peut-être alors la nourriture de nos âmes.

Avant notre retour à Nantes (où nous le savions reviendrait dans les premiers kilomètres une trace de l'ancienne culpabilité des départs), je proposai à Muriel de lui montrer une ancienne carrière de pierre désaffectée que j'avais la veille revisitée avec Helga. Nous partîmes en voiture et, au fond de la Cote des

Morts, cette côte descendue à vélo pour aller à l'école publique de Nabirat au début de ce livre, je pris à gauche et montai la vertigineuse rampe d'une vieille route au goudron défoncé menant à la carrière « Dos Santos ». La voiture, versant vers le ciel, écartait les bras de ronces sur la route alors que je montai en première jusque là-haut sous les cumulus, où elle bascula et se rétablit sur la vaste terrasse de pierraille de l'ancienne carrière, barrant le flanc de la colline. Du balcon d'arbustes qui la bordait au-dessus de la vallée, un jeune bouleau au tronc de neige se dressait dans le soleil au-dessus d'une combe où l'asphalte d'une route étroite fuyait comme un serpent noir et se perdait au loin dans la vallée. Au-delà de la combe, un vaste cintre déployait jusqu'à l'horizon le moutonnement des chênes rabougris de Dordogne déjà roussis par l'été. Sur la terrasse de pierre régnaient le silence et l'odeur lourde et sucrée des arbustes à papillons dont les branches ployaient sous les cônes de fleurs bleues. Dans cette minéralité me venait une envie d'éternité, une urne pourrait reposer là au creux d'un cairn dans le silence, la solitude et l'étrangeté de l'absence. Il y aurait sur la terrasse des jours de vent, de pluie et de flaques, de neige, de croûte éphémère du givre en avril, des jours gris d'ennui infini. À l'automne, le cintre aurait la couleur rousse d'un renard endormi. La nuit, la lune énigmatique veillerait sur la carrière, les cairns de pierre, le balcon de broussailles et le cintre des collines. À ces jours immobiles suivrait la gloire de l'aveuglante lumière des jours de soleil.

Muriel explora le container abandonné sur le bord de la terrasse, il indiquait que des hommes avaient fait ce balcon, sa porte entrouverte grinça sur des gonds rouillés. Les casseurs de pierres de Dos Santos, des Portugais, des Turcs, y mirent jadis leurs bières et leur eau fraîche, l'intérieur y était encore balayé, au plafond d'une lampe d'abattoir pendaient des crocs de bouchers. Des fils électriques du vieux caisson de réfrigération couraient dehors sur les ronces. Après le nivellement des Caterpillar géants qui façonnèrent la colline comme un gigantesque coup de sabre, d'autres engins à mâchoires avaient découpé et broyé les blocs de roches avant de partir pour toujours. Depuis, les fleurs bleu violet des arbustes à papillons restaient immobiles dans la lumière de la carrière. C'était comme un théâtre pour la fin prévisible d'un film noir, un homme y serait venu mourir. Il n'y aurait maintenant que de rares visites espacées à une urne glissée entre les pierres du cairn, prescrites sur un codicille pour des matins de jours de grandes chaleurs et de lumière, quand l'horizon est si net et l'argile du calcaire est encore humide. Quittant le balcon empierré, passé le chemin envahi de ronces exubérantes, les cairns, les fleurs des arbustes, ne resterait alors le silence vide de sujet.

***

Un dimanche de fin avril où le pays était confiné, je partis à Bouin par des routes oubliées. Dix degrés, à peine huit heures, ciel sans nuages. J'empruntai encore un premier segment de la route que je découvris il y a très longtemps lorsque j'habitais encore loin de Chantenay et où je m'aventurais alors à vélo vers les champs de choux et l'histoire des chouans, où le lent déroulé des volutes de l'eau de la Loire à ma gauche m'accompagnait. De cette route que j'ai parcourue depuis, tant de fois, je n'empruntai ce jour-là que le tout début pour un exaltant petit voyage solitaire et clandestin vers Bouin. Sur ce petit tronçon, je ne retrouvai rien de ce que je ressentis alors les premières fois, descendant le long du fleuve jusqu'au bac de Couëron après lequel j'entrerais dans la campagne, laissant alors la Loire continuer vers son immuable destinée. L'asphalte était maintenant celui d'une piste neuve où se croisent de nombreux cyclistes, mais dans la lumière bleutée des brumes se pavanait toujours le flot du fleuve se mêlant à la marée. Les jachères, les jardins gras de plants de choux, les ruines du port ont maintenant disparu, de nouvelles grues d'un rouge vif s'affairent le long de vraquiers endormis. Des bâtiments neufs, de couleurs vives, côtoient de nouvelles dépendances industrielles mêlées aux derniers vieux hangars désertés. Je roulais à la vive allure des départs, poussé par un vent léger qui donne un moment l'illusion d'être brillant comme un sou neuf. Après le bac au plateau désert, je quittai les rives du fleuve indolent qui derrière moi se retournait encore en lent remous de jade et filai vers Rouans dans la campagne où de légers brouillards frôlaient encore les prés. Les feuillages étaient tendrement dépliés, d'un vert plus clair que celui des champs et des bords de route. Les merles des haies et de la canopée en voûte m'éclaboussaient de cascades de trilles d'un monde animal ivre du présent. Un grand cheval luisant de rosée bandait en broutant dans les remous indécis du vent. Le nouveau soleil me surprit si vite que, mon vélo appuyé à la haie du bocage, je bus déjà à ma gourde et m'allégeai de mon coupe-vent. Jusqu'aux rives du marais, la routine des kilomètres défilait, je laissai mon esprit s'égarer dans un rêve éveillé de pensées inabouties.

Mais les derniers tournants qui mènent au chemin blanc de la Platte réveillèrent l'ardeur de mon coursier Genesis (aux étincelants essieux…) et, en moi, le sentiment de triomphe des arrivées. Des deux côtés du chemin m'accueillirent, comme un portail à ciel ouvert, les denses et drus massifs de sabres des nouvelles feuilles d'iris couverts de fleurs d'un bleu-violet tonitruant, alors que sur de plus hautes tiges du massif se dressaient d'autres fleurs bleu pâle comme le ciel. À l'approche de mon vélo, ces haies de hautes fleurs, comme deux jeunes filles d'un antique Poème, me conduisirent au bout du chemin vers le taillis de vigoureux cerisiers sauvages, éclatants de fleurs blanches au soleil, comme la robe d'une accueillante déesse.

Mais je mis derechef pied à terre et, sans plus penser à ce triomphe, ouvris grand les fenêtres de la maison et plaçai sous l'ombre frêle des branches encore presque nues de feuilles du mûrier un fauteuil de jardin sur lequel je me laissai enfin prosaïquement tomber, dépliant un sandwich long comme cette phrase !

En mangeant avec appétit, par les trouées entre les tamaris qui longeaient le chemin, je contemplai la platitude du marais et son herbe de printemps, brillante et souple, onduler en vaguelettes poussées par le vent jusqu'au lointain vers le clocher de Bouin, et plus près de moi l'éblouissante lumière des cerisiers. L'idée me revint alors que la seule sensation d'être méritait plus d'attention dans notre vie dispersée. Tournait aussi dans ma tête, qu'évoquant les morts, l'image qui se présentait d'eux à nous était aussi seulement celle de l'être. Synthèse de ce qu'ils furent, « être » les résumait le mieux. Étrange pensée, qu'être sans penser, me disais-je étonné.

Pendant que la batterie du petit tracteur de fauche se rechargeait, je furetai dans la sacoche de mon vélo à la recherche d'une des premières et très anciennes lettres d'Helga que je relisais à des années d'intervalle dans des moments de paisible solitude et, qu'oubliée dans un livre, j'avais récemment retrouvée. Je l'avais donc apportée pour la relire dans l'étrangeté de ce dimanche de confinement. Elle avait été écrite après son départ de Boston alors que nous nous étions quittés sans être sûrs de nous revoir et que, dans cet épisode mélodramatique, je ne pus retenir mes larmes lors du check-up du vol pour Amsterdam. Dans cette lettre, après m'avoir relaté en anglais quelques occupations très banales de ses jours devenus si vides, disait-elle, alors qu'elle ne connaissait que quelques mots de français, elle écrivit plusieurs fois « je t'aime vraiment ». Relire ces mots me remplit à ce moment de la même certitude et d'un plaisir aussi irradiant que quand j'en déchirai l'enveloppe prétimbrée « US Post, Par Avion », bordée de bandes rouge et bleue et aussi fragile que du papier à rouler les cigarettes et lus cette lettre pour la première fois, il y a si longtemps. Elle n'avait pas écrit « je t'aime beaucoup » (ni, Dieu merci !, « je t'aime vraiment beaucoup »), non, rien d'autre que « Je t'aime vraiment », elle qui ne voulait jamais dire « je t'aime ». Puis, restauré et heureux d'avoir été un jour « aimé vraiment », après avoir encore rêvassé devant les iris du chemin et les minuscules nouvelles feuilles jumelles qui pointaient à l'extrémité de chaque petite branche de l'olivier, avoir inspecté celles maintenant dépliées des trois peupliers malingres qui, malgré l'hiver et les embruns de la baie, offraient le printemps venu, à chaque respiration du vent, un ballet virevoltant de feuilles feutrées de blanc duvet, j'enfourchai le siège crevassé de ma faucheuse et traçai avec entrain de larges bandes de coupe rase dans une orgie de chardons ! Mais, alors que lame de coupe relevée, je faisais le dernier tour passant en trombe derrière la maison (partie malingre du pré où domine la mauvaise herbe), je vis soudain une flaque, d'un bleu vif mêlé de rose, de minuscules fleurs si serrées et si blotties sur le sol qu'elles avaient échappé à la coupe, et je m'arrêtai pour les observer.

Cette minuscule nappe de fleurs, portées à bout de bras aussi fins que des cils, était encombrée de papillons penchés sur elles comme de petites voiles sur la mer bleutée, et composait aux fantasques souffles d'air les figures changeantes d'un théâtre pour minuscules fleurs. Un souffle un instant soutenu orientait leurs profils dans une même parade de phalanges d'Érinyes mues par une cause aussi inconnue qu'exaltante ! Puis le souffle fléchissant, chaque fleur redevenait particulière, les plus échevelées ébauchant alors des figures évanescentes de derviches tourneurs. Une nouvelle bourrasque capricieuse les remobilisait sur un tapis volant de rase verdure ou comme tassées dans l'habitacle décapoté d'une torpédo d'apparat pour minuscules fleurs lancée à vive allure, pour des citoyennes de la République Populaire des petites fleurs bleues et roses, le profil tendu imperceptiblement frémissant. Bref, il me fallut cependant m'arracher à ce théâtre fascinant, remiser le petit tracteur rouge dans l'appentis, remplir ma gourde, fermer fenêtres et volets de la maison, m'assurer d'avoir soigneusement rangé la lettre. Enfourchant mon vélo, je jetai un dernier regard (satisfait) à la façade blanche, aux volets bleus lavés par les embruns et repassai la porte des iris (abandonnées des impatientes jeunes filles qui m'avaient conduit aux arbustes de cerisiers sauvages éclaboussant de fleurs) et rejoignis le goudron de la route de Bourgneuf, passant devant la petite bicoque de Jean-Pierre (dont les volets étaient fermés), longeant l'ancienne digue des moines hollandais, doublant la ferme de La Palette entourée d'énormes tracteurs et autres engins de couleurs vives abandonnés dans le pré au hasard de la débauche, et m'engageai enfin sur la route d'Arthon et son interminable ligne droite. Ici, sans repère, comme à dos de chameau, on ne semble plus progresser, prisonnier de vagues pensées, la tête dodeline dans le désert des labours, caravane croisant des chênes solitaires comme des dattiers.

Mais la fatigue du retour s'envola quand les collines précédant l'estuaire de la Loire, comme une douce digue vigilante, se dessinèrent. Sur l'autre versant se rapprochaient aussi, plus hautes, les cheminées rouges et blanches de Cordemais, alors que devenait si forte l'envie de voir enfin le fleuve caché dans son val. Rien ne laissait penser sur ce chemin du retour que je suivais la même route tant la lumière, avec l'heure et l'angle d'apparition des paysages, y est changeante. Je descendis alors à vive allure, dans l'allégresse de cigale de ma roue libre, vers le fleuve qui se découvrait enfin, faisant de grands sémaphores au pilote du bac qui souvent attendait un dernier vélo isolé.

Postface

Fini, c'était fini, fini ! pensai-je !
Mais chaque relecture de « Place de la Victoire » me confrontait à l'intérêt que pourrait avoir ce texte pour un lecteur anonyme, question qui était restée à l'arrière-plan tant j'écrivais « dans moi ». Il fallait donc que d'autres lecteurs que l'auteur lisent ce livre en devenir ! Ma première lectrice – de la seule première partie – fut une élève de la Boétie qui taillait des rosiers alors que je passais à vélo devant la maison qu'elle habitait déjà à l'époque du lycée (mais c'est elle ! pensai-je en freinant). Enfin reconnu..., je lui parlai de « Place de la Victoire », car j'étais persuadé que « la fille C. » (son père C. étant notable de la petite bourgade), qui quitta La Boétie une année avant moi, mais que peu de garçons avaient oubliée, était bien celle que j'avais vue au bras du surveillant dandy qui, en terminale philo, m'évoqua si fortement Pouchkine et remplissait la salle du Ciné-Club. Cette première lectrice, qui ne lisait les fichiers que sur son téléphone portable (elle détestait les ordinateurs !), m'envoya un message enthousiaste dont elle ignore encore certainement le retentissement qu'il eut sur moi (elle niait cependant – sans me convaincre – avoir été l'amie du « votre Pouchkine de La Boétie »). Quand j'eus fini les deux premières parties de « Place de la Victoire », j'envoyai enfin le fichier à Muriel. Son avis, plus que tout autre, m'importait alors (oubliant complaisamment

nos liens si particuliers). Elle lut immédiatement et m'alerta une journée entière en direct de sa lecture, par d'incessants « clinks ! » de messages WhatsApp. Elle m'y disait son émotion à l'évocation de sa grand-mère (« tu la décris si bien ! »), de Tati Paule, de son grand-père, etc. Puis, à distance de sa première lecture, elle me suggera de restreindre les « portraits » à ceux que l'on « voyait si bien » disait-elle (pour m'encourager), comme Adémar, ou Marco Zorlengo à Boston, ou encore Honoré, et d'oublier les noms sans visage. Elle me faisait alors surtout part de réflexions plus profondes sur « l'intérieur » du texte (et donc aussi de moi-même, intérieur auquel elle avait cet accès par notre relation siamoise) qui me touchèrent avec précision. Il m'était en effet assez facile de décrypter le sens de ses remarques (soumises elles aussi à des torsions d'expression et à notre vigoureuse intuition des non-dits). Elle n'aimait pas le début de la deuxième partie – moi non plus, et je la repris. Muriel lisait dans ma pensée, elle comprenait que, sans argumenter, c'était mon œil qui écrivait et qui générait ces « ondulations » mystérieuses (qui berçaient complaisamment l'auteur). Mais elle comprenait je crois que je ne voulais pas (et même ne pouvais pas !) me déguiser.

J'adressai ensuite le fichier à un couple de vieux amis. Mais, par pudeur ou réserve, pour ne pas me blesser, ils se consacrèrent surtout à redresser d'innombrables fautes d'orthographe, qualifiées de « coquilles » avec indulgence. Après ces corrections, le texte était plus présentable et je pus l'adresser à mon frère, lui-même écrivain essayiste, dont je n'obtins que quelques mots, mais démoniquement pertinents : « ce n'est pas fini ! » et à Adrien et Marc qui apprirent d'un seul coup tant de choses sur leur mère et l'auteur pour n'être pas gênés de parler de leur lecture. J'avais aussi confié à un ami universitaire italien que j'écrivais une « biographie », mais j'avais omis de lui dire « biographie sélective ! », car il m'écrivit aussitôt qu'il serait très heureux de la lire, mais insistait cependant sur importance de l'écrire en anglais pour ma postérité ! Quand il eut parcouru « Place de la Victoire », et qu'en francophone éminent mit son point d'honneur à trouver de nouvelles « coquilles », il m'assura en terme très chaleureux avoir pris grand plaisir à me lire et à me découvrir sur bien des aspects (qu'ils ne détaillaient pas). Enhardi, je me confiai alors (après beaucoup d'hésitation cependant) à deux personnes de mon ancienne sphère d'activité universitaire : une étudiante qui m'avait dit beaucoup aimer lire (j'avais souvent vu sur son coin bureau le roman qu'elle lisait dans le tram et dont nous discutions quelquefois), elle avait aussi ajouté, en boutade, qu'elle avait choisi des prénoms de poètes – Arthur et Paul – pour ses deux enfants. L'autre était une collègue et amie de longue date qui se disait modestement peintre du dimanche (comme moi écrivaillon) et qui, m'ayant montré l'un de ses tableaux qui me plut, reçut à titre de réciprocité « Place de la Victoire » ! À toutes deux, j'avais demandé de jurer le secret et affirmé à ce titre qu'elles étaient *seules dépositaires* du fichier PDF – sans dire expressément que j'identifierais ainsi immédiatement la responsable en cas de fuite. (Je confesse ici la honte que m'inspira cette manœuvre infantile !) Après plusieurs mois, ma « collègue peintre » m'adressa un mot dont, connaissant sa franchise, je perçus la sincérité, mot qui me remplit de fierté. Enfin, dans le contexte d'un véritable complot (car il fallait encore qu'en aucun cas mes velléités ne s'ébruitent sous la statue de Spinoza), je proposai « Place de la Victoire » à un ami d'Amsterdam, érudit lisant couramment le français (et lointain cousin d'Helga), avec qui je parlais souvent de Proust lors de mes voyages. Il m'écrivit qu'il avait été sensible à la poésie qui marquait des chapitres du livre, mais recommandait cependant un « éditing ». (Ah !! ça, que c'était dur ! Mais je me débrouillai facilement avec moi-même : comment transgresser ma volonté d'apparaître tel que j'étais ?!) Malgré l'embargo que je prétendais si étanche sur ma vie secrète, pas moins de 13 personnes (y compris Helga dont la réaction à la lecture tardive du texte fait partie du manuscrit) avaient finalement lu une partie ou tout le texte !

Mais deux autres amis, qui étaient aussi des personnages de « Place de la Victoire », reçurent plus tard le fichier. Un copain de fac (Léric était mort et John perdu de vue) qui, dans son habituel style bref, se demandait si je ne pourrais pas extraire des nouvelles de mon texte, il évoquait la balade vers l'océan, et Boston (il parlait d'un Jules et Jim inversé). Ces parties lui avaient donc plu, mais cela pouvait aussi signifier que « le reste » l'avait ennuyé...

Je dois enfin une place particulière au dernier et 15^e

de mes lecteurs, à Christian, personnage de « Place de la Victoire », celui qui me conduisit sur de si dangereuses arêtes ! Je n'avais pas revu Christian depuis des décennies lorsque je lui rendis visite à Paris. Ancien chercheur au CNRS et professeur à la Sorbonne, l'âge n'avait terni ni son amour des lettres, ni sa culture, ni son intelligence et sa confondante jeunesse d'esprit. Le bleu de ces yeux (que je comparai à celui des rigoles d'eau sous les séracs dans « Place de la Victoire » !), tout aussi inaltéré, me donna l'impression de nous retrouver, comme intacts, loin dans ce passé que nous avions partagé. Quand Christian me dit avoir regretté de ne pas être allé au bout d'un projet de roman mûri au début de sa longue retraite, lui envoyer « Place de la Victoire » prit une dimension particulière ! Le long mail qu'il m'adressa deux semaines après effaça bien des miasmes qui s'étaient glissés dans mon plaisir d'écrire. Il me demandait aussi si j'acceptais qu'il envoie le fichier à Jean-Claude (le Kob qui, du toit du car arrivé devant la colo, alluma sa pipe de maïs), ce que je fis avec enthousiasme, lui recommandant de le transmettre aussi à F. R. dont je fus tant amoureux entre « La danse des petits pains » et la fin de « Feux de la Rampe » de Chaplin.

Tous ces lecteurs étaient cependant de ma famille, ou amis liés d'une manière ou d'une autre au livre. Mais, bien que ces liens m'engageassent à la prudence, je ne pus résister à ce que je croyais reconnaître dans leurs lettres et, plus que jamais, je crus à mon livre !

Mais quel serait alors l'intérêt de « Place de la Victoire » pour un lecteur inconnu ? Terminerait-il le livre ? En sauterait-il des chapitres entiers ? Cela me mortifiait. Je décidai alors d'attendre plusieurs mois dans l'espoir qu'une sédimentation de « Place de la Victoire » ferait de moi le lecteur anonyme d'un livre qu'on m'aurait recommandé. Je savais par ailleurs que même dans l'écriture d'articles scientifiques, dont la base paraissait stable, cette distance était toujours bénéfique. Je ressentis en effet cette étrange distance avec moi-même, et modifiai encore çà et là, mais retombai pour l'essentiel sous le charme addictif que je prêtais à mes propres évocations, l'exercice n'était pas convaincant !

J'étais arrivé au bout de cette longue route, j'étais maintenant face à la statue du commandeur et commençai à parcourir Internet à la recherche d'informations sur l'édition. Par une féerie numérique, des adresses d'éditeurs non indépendants jaillissaient immédiatement à l'écran, quelle que soit l'adresse de l'éditeur recherché ! Néophyte, je tombai un moment, enthousiaste, dans le piège. Les fichiers électroniques étaient acceptés ! Les réponses promises en 15 jours ! J'envoyai alors « Place de la Victoire » (qui changea de statut, qui m'échappait) à deux éditeurs « participatifs ». Deux courriers à bel en-tête me furent adressés dans les délais mentionnés, les deux responsables éditoriaux vantaient « ma plume » (en termes proches) et ma « modernité » qui assuraient un succès commercial ! L'un d'eux contenait quelques lignes manuscrites, tracées à l'encre bleu nuit d'une large écriture, vantant encore mon style, un nouvel écrivain était né ! Chacun contenait aussi un lien proposant un contrat. Tout était si facile ! N'avais-je pas *toujours* cru en moi ? Je téléphonai alors à l'éditrice des E. B., je la remerciai de son enthousiasme et pour la simplicité de la procédure (si loin des cruelles révisions de manuscrits, nécessitant même des études complémentaires pour mes articles) ! Mais il ne me fallut que quelques minutes de discussion pour comprendre que cette sympathique éditrice n'avait lu que quelques pages de « Place de la Victoire » ! Elle m'assura que E.B ne « sélectionnait » que 50 manuscrits sur les 500 reçus chaque mois et que des cohortes d'auteurs (je les voyais trépignant de plaisir à la vue des premiers exemplaires de leur livre) les remerciaient de chaleureuses lettres ! Ces éditeurs me relancèrent, mais je ne répondis pas. Je me sentis ridicule.

On me conseilla alors des plates-formes qui ouvraient les manuscrits à une impressionnante liste d'éditeurs indépendants. Pour un abonnement modique, le monde de l'édition m'était ouvert ! Une conseillère m'offrit alors 20 conseils pour écrire un « résumé » de quelques dizaines de mots qui devait allécher les éditeurs (sorte de demande d'emploi type pour chômeur longue durée). Je me torturai pour (me) décrire (cet) auteur d'un premier livre, habité d'une subjectivité unique, etc., mais résumer mon livre m'était impossible, là je butais, la seule histoire en était la vie (je n'osais pas l'écrire !). Je mentionnai pourtant le mot que m'avait adressé Julien Gracq (à qui j'avais envoyé quelques anciennes pages, plus tard intégrées à « Place de la Victoire »). Il y décrivait mon écriture « hésitant entre poésie et fiction », mot dont j'étais si fier ! Qui pourrait résister à tant d'attraits !

Mais cela n'eut pas d'importance, car aucune maison d'édition ne « cliqua » *simplement pour ouvrir* le « profil », le « résumé » ou le fichier PDF de « Place de la Victoire » ! Peut-être était-ce lié au fait que dans la courte liste des catégories de manuscrits de la plate-forme manquait « Biographie sélective », aurais-je dû cocher « Roman » ? Bien que des liens du site invitaient à lire des articles de presse vantant ces plates-formes, qu'elles s'appropriaient les vertus des éditeurs indépendants dont elles se prétendaient les alliés, fustigeant les faux éditeurs « participatifs », je me désabonnai.

Que « Place de la Victoire » soit édité me faisait maintenant peur, j'avais eu l'impression de salir le manuscrit avec ces premiers pas, mais me taraudai toujours le besoin d'avis de relecteurs indépendants. Je fis alors une série de copies du manuscrit que je glissai dans des cartons abondamment scotchés et oblitérés par moi-même à la poste de Chantenay (sous l'œil bien veillant des employées). Plusieurs mois plus tard, je reçus quelques réponses : Actes-Sud déclinait, leur maison était petite, me disait-on, et s'était engagée pour des années ! Bien que j'eusse été dépité, cette lettre ne me déplut pas. J'avais aussi adressé le manuscrit à un éditeur bordelais, il pourrait au moins être attentif au titre opportuniste de « Place de la Victoire », pensais-je… ! Dans une lettre assez longue, celui-ci accompagnait son refus de phrases ambiguës, évoquant la nécessité de « nouer des relations de confiance avec les auteurs » (avait-il eu accès à mon âge ?), indiquant cependant qu'il n'y avait pas de « raison objective » à la non-considération – je me sentis alors vraiment soulagé d'avoir échappé à une telle « relation ». Les éditions Seghers (car on évoquait quelquefois ma poésie) me renvoyèrent *à leurs frais* le manuscrit, cette courtoise attention était accompagnée d'une lettre où était néanmoins reconnue la qualité du manuscrit. Bref, me sentant embarqué dans une relation masochiste avec l'édition (et résumer le livre m'était toujours impossible ! tout comme l'idée de participer à des forums d'écrivains !), je décidai, enfin soulagé comme un randonneur qui aperçoit le refuge, d'utiliser l'éditeur auto-proclamé « Éditions du Céou » que mon frère et moi avions créé pour « Chroniques d'une commune occitane », Pierre Soulillou.

Éditions du Céou, aurais-je pu trouver mieux ?

Je voyais maintenant « Place de la Victoire » ! J'utiliserais un extrait de lettre d'un premier lecteur enthousiaste pour la quatrième de couverture et j'exhumerais cette ancienne photo d'un magnétophone AKAI que je mettrais sous le titre et le nom de l'auteur ! à la première de couverture. Mais j'abandonnai l'idée d'un gag de collégiens où l'auteur (Combessiem, mon pseudonyme) dédiait modestement « Place de la Victoire » « À Jean-Paul Soulillou, sans qui ce livre n'aurait jamais vu le jour ».

Et ce fut ainsi que dans ma quatre-vingtième année je devins l'écrivain d'un premier roman.

Remerciements: *Merci à J. Gracq qui, par sa courte lettre, de sa nuit m'a encouragé. Merci à Christian George, merci à Muriel, à madame Voisin, et à Zinette et Alain Rousse pour leurs leçons d'orthographe et leurs conseils, à Jacques pour partager les Éditions du Céou ! Merci à François Va-lentin, à Emanuele Cozzi, à Magali Giral, à Sarah Bruneau et Rogier Smit.*

© 2024 Jean-Paul Soulillou
Éditions du Céou
Impression : BoD – Books on Demand, In de Tarpen 42,
Norderstedt (Allemagne)
Impression à la demande

ISBN : 978-2-9552-5660-2
Dépôt légal : Janvier 2024